U0486852

大鱼文化传媒　大鱼文学

我很好，只是忘不掉

百谷 作品

贵州出版集团
贵州人民出版社

图书在版编目（CIP）数据

我很好，只是忘不掉 / 百谷著. -- 贵阳：贵州人民出版社，2016.1（2020.1重印）

ISBN 978-7-221-12959-8

Ⅰ.①我… Ⅱ.①百… Ⅲ.①言情小说 - 中国 - 当代 Ⅳ.①I247.5

中国版本图书馆 CIP 数据核字 (2016) 第 014713 号

我很好，只是忘不掉

百谷 著

出版统筹	陈继光
选题策划	大鱼文化
责任编辑	陈继光　潘 嫒
流程编辑	潘 嫒
特约编辑	准拟佳期
封面设计	Insect
出版发行	贵州人民出版社（贵阳市观山湖区会展东路SOHO办公区A座 邮编：550001）
印　　刷	三河市华东印刷有限公司
开　　本	880×1230毫米 1/32
字　　数	267千字
印　　张	9
版　　次	2016年3月第1版
印　　次	2016年3月第1次印刷 2020年1月第2次印刷
书　　号	ISBN 978-7-221-12959-8
定　　价	39.80元

版权所有，盗版必究；如有质量问题，请与出版社联系调换。

目录 · CONTENTS

第一章 · 蒋小康是个美少年 / 001

第二章 · 宁得罪小人，勿得罪李致硕 / 026

第三章 · 凌辉是个坏透了的少年 / 050

第四章 · 二就一个字，一天犯一次 / 071

第五章 · 我不抬头看啊，因为我有病 / 099

目录 · CONTENTS

第 六 章 · 说多了全是眼泪，说少了自己受罪 / 127

第 七 章 · 世界再冷，至少有我 / 155

第 八 章 · 就算世界无童话 / 185

第 九 章 · 我们不如想象中伟大 / 217

第 十 章 · 你再不会遇见第二个我 / 242

第十一章 · 我很好，只是忘不掉 / 260

{第一章} 蒋小康是个美少年

我喜欢蒋小康。

蒋小康年方十九，身长一米八三，爱笑爱动懂礼貌，喜蹦喜跳喜玩闹……

不仅性格好，蒋小康的外貌更是一等一的好。在雄性生物如此密集的理工院校，蒋小康算是出类拔萃的，肌肉紧致，五官清秀。放在篮球场上，那赤裸裸的算是制服诱惑。

蒋小康天好地好哪里都好，就一点不好。蒋小康唯一的一个毛病，就是他不喜欢我。

我喜欢蒋小康。

可是，我一点儿也不喜欢现在的蒋小康。

此时此刻，蒋小康灵巧的手指玩弄着我递给他的矿泉水瓶。在一众朋友的起哄下，他满不在乎地问我："金朵，你喜欢我吗？"

"喜欢。"当场表白的次数太多，我话说得没羞没臊，"蒋小康，我喜欢……"

"多喜欢？"阳光一照，蒋小康手里的水瓶折射出斑斓的光，"金朵，你说说，你多喜欢我？"

多喜欢……我几乎是脱口而出："我很喜欢你，比喜欢我自己，还要喜欢。"

蒋小康点点头，不过看样子，他丝毫不相信我说的话。我旁边围了一圈经常跟蒋小康一起打篮球的男生，个个牛高马大，我站在中间呼吸困难有点儿缺氧。

一群大男人，笑起来却像是被掐住喉咙的鸭子。在他们诡异的怪笑声中，我不卑不亢又重复了一遍："蒋小康，我真的很喜欢你。"

"我知道，金朵，我知道。"蒋小康上半身斜靠在阳台上，他咧嘴笑，"不仅我知道，全校的人都知道……你金朵喜欢我蒋小康，已经喜欢得走火入魔了。"

蒋小康的话没错，而我也不想否认。

"可是，我想要你证明一下。证明，你是不是像你说的那般喜欢我。"蒋小康骄傲极了，嘴角牵动的弧度如同施舍我一般，"金朵，我可以让你做我的女朋友，我可以每天接你的电话允许你来球场，我甚至可以在全校跑早操的时候对所有人宣布你是我的女朋友。不过……"

我掩饰不住心里的喜悦，不自觉地发笑："不过什么？蒋小康，你想要我怎么证明？"

蒋小康对我的反应很满意，志得意满地对着阳台外仰仰下巴："不过，你要当着我们的面从这儿跳下去。"

"这儿？"我不知道是我疯了还是蒋小康疯了，"这里是二楼，你要我从这儿跳下去？"

"是啊！"蒋小康一本正经地点头，"金朵，我想，以你的脸皮厚度，从二楼跳下去应该也不会感觉疼吧？"

周围的男生再一次嗜嗜怪笑，起哄着说："对啊！你不是说你喜欢小康吗？喜欢他，你倒是跳啊！"

蒋小康其实没想让我跳，或者说，他并不相信我会跳。自始至终，我的喜欢在他那里都是一个天大的笑话。他没考虑过我的感受，更加不会在乎我的颜面……且一点儿也不在乎我。

几乎没有任何犹豫，在其他人忙着笑话我的空隙，我一个跨步，径直从阳台上跳了下去！

大学第一天报到，是蒋小康接待的我。作为师兄，蒋小康做得十分周到，给我拿行李带我去缴费帮我铺床……虽然照顾新生师妹是每个好师兄应尽的义务，可我，不能自拔地因为蒋小康的周到喜欢上了他。

"我要追他，我要让他做我的男朋友。"我在寝室里宣誓一般说，

"总有一天，我要让蒋小康每年开学都为我铺床。"

"金朵，你实际一点儿吧！"室友刘楠劝我的时候，正在抠脚，"像蒋小康这样的美男师兄都是喜欢萌妹子的，我们这种女汉子还是别自取其辱往前冲了。"

好吧，即便知道刘楠是对的，我却还是控制不住对蒋小康的喜欢。骚扰蒋小康，俨然成为我大学生活最重要的组成部分。

蒋小康上课，我跟着；蒋小康社团活动，我跟着；蒋小康篮球比赛，我跟着；蒋小康去外校参加辩论赛，我还跟着……不管别人如何看，我就是跟着他。几乎所有T大的人都知道，有蒋小康的地方，一定会有我金朵。

我喜欢蒋小康，喜欢得没皮没脸没羞没臊。

蒋小康不止一次气急败坏地推开我："金朵，你能不能别跟着我了？我不喜欢你，你离我远点儿成吗？"

"不成。"我不止一次斩钉截铁地拒绝他，"蒋小康，我喜欢你，我就要跟着你。"

被我牛皮糖精神打败的蒋小康十分无奈："金朵，你有病吧？"

"不，不是我有病。"我很严肃地对待这个神圣的问题，"蒋小康，你不喜欢我……这是病，你得好好治治。"

蒋小康彻底无语。

伟人曾经说过，不在沉默中爆发，就在沉默中变态。

痛定思痛的蒋小康爆发了，他让我去跳楼。

感情长久得不到回应的我变态了，我竟然真的跳了。

蒋小康指定的阳台并不高，说是两层，一层却是个地下室。实际上，充其量只有一层半的高度，加上草地的厚度，风速阻力……就算我跳下去也不会摔死，顶多轻微骨折。

"金朵！"

伴随着我左臂骨折的声音，是蒋小康愤怒的嘶吼。我有些得意，虽然我断了手，可我还是赢了蒋小康。

或许蒋小康说得没错，我确实有病，而且病得不轻。

从楼上跳下来，围观的人有增无减。虽然学校的同学已经习惯了我和蒋小康隔三岔五类似恩爱角逐般你追我赶的游戏，可跳楼，确实是生平头一遭。寂静的校园好不容易出了点儿乐子，大家忙着奔走相告。

在所有人"喜大普奔"的和谐场面下，蒋小康脸臭得要命。我不在乎其他人的看法，我执着地问他："蒋小康，刚才你不是说，我要是从上面跳下来，你就跟我谈恋爱吗？"

"是……金朵，你赢了。"蒋小康痛恨得咬牙切齿，"我同意跟你谈恋爱，行了吧？"

"呵呵，行！"我捂着已经摔断的胳膊，轻笑着对看热闹的人说，"你们听见了吗？蒋小康说，他同意跟我谈恋爱了，他现在，是我的男朋友。"

并没有多少人对我得来不易的恋爱表示祝福，他们中的绝大部分人，是用一种同情怜悯讽刺嘲笑的眼神看着我。

我不知道自己有什么好值得他们同情怜悯讽刺嘲笑的，我喜欢蒋小康，虽然他并不喜欢我……可我没偷没抢没坑没骗，他男未婚我女未嫁，我大胆追求爱情，他们凭什么瞧不起我？

蒋小康显然也用跟他们一样的眼光看我，其中稍有不同的是，他对我多了分厌恶。

以前我总有一种非常奇妙的预感，仿佛只要我坚持下去，在未来的某一天，蒋小康会像我喜欢他那样喜欢我。可到了今天，我才意识到蒋小康有多么厌恶我对他的喜欢。

厌恶得，用我对他的喜欢逼着我跳楼。

我站在楼下草地上抬头仰望，午后阳光刺得我眼睛微眯。蒋小康抿紧薄唇站在阳台边上，好看得像一幅画。

"蒋小康！"我声音清脆，大声地喊，"我们分手吧！"

"你给我上来！"蒋小康眉头皱紧，"金朵，你是不是犯病了？脑子又抽了吧？"

蒋小康的朋友不客气地挖苦我："楼你跳了，小康也遵守承诺答应跟你在一起了……你还想怎么样啊？蹬鼻子上脸啊？"

摔断的胳膊疼得我满脑袋的冷汗，可我依旧站姿不变地仰头看他："是，我是喜欢蒋小康，喜欢得能为他去跳楼。"

"我跳下来，是证明给你看，我曾经多么喜欢你。"我字正腔圆地说道,"而我拒绝,是因为你不值得我这么喜欢了……蒋小康,是你赢了,从今以后,我金朵都不会再跟着你了。"

"蒋小康,你自由了……你终于可以,得偿所愿了。"

当着所有人的面,我昂首阔步地离开了。哪怕这次蒋小康先开口叫我,我都没有再回头。

因为我的奋力一跳,我在整个学校出了名。虽然以前我也很出名,不过这次之后我是彻底声名大噪了。以前大家只是知道,学校有个叫金朵的喜欢外语系的蒋小康。可在我不懈的努力下,大家终于知道,这个金朵对蒋小康的喜欢已经病入膏肓。

而我出名的代价,就是我丢脸丢得更加出色具体,以及左臂骨折打上石膏和钢板。如果开设研修丢脸的专业,我想我能本硕博连读。

在学校里,流言和瞎话……不,佳话,流言和佳话,总是会以一种极为诡异的速度传播。下午的时候,大家还在传,我为了蒋小康从教学楼的小二楼平台上跳了下去。可等到我从校医院回到寝室楼,版本已经绘声绘色地扭曲成,我为了以死相逼蒋小康和我交往,而不慎从学校最高的教学楼上跌下摔成生活不能自理。

如果不是我的及时出现,没准到了晚上,大家会说我为了蒋小康从帝国大厦上奋力跃下,随后洗心革面痛彻心扉的我爱上了帝国大厦的金刚云云。

拜托,他是蒋小康,又不是富士康。我是喜欢他喜欢得有点儿脑子不灵光,但我又不是真的傻瓜。

大家习惯了对我追求蒋小康的事迹津津乐道,像是我在熄灯后在男寝楼下喊他的名字啦,像是蒋小康和女孩子出去约会的时候我从中捣乱啦……虽然我"跳楼"的行为实在是夸张,不过大家除了振奋以外丝毫不觉有何不妥。

只要蒋小康开口,天上的星星金朵也会尽力去摘给他。跳个楼而已,算不得大事儿。

对于我的不正常大家已经习以为常,对于我的正常行为大家则表现得诚惶诚恐。摔断胳膊后的第三天,我背着书包走进教室时,所有同学都震惊了。刘楠甚至用一种如同见鬼般的表情看我:"金朵,你怎么来了?你来干吗啊?今天上午蒋小康不是……"

"嘘……"我用还算完好的右手捂住刘楠的嘴,以避免她继续往下说,"低调,上课。"

经过两年的唠叨,蒋小康的课表刘楠几乎和我一样清楚,不用刘楠多说,我也知道蒋小康上午在教学楼B304有听力课……估计几天前那一下把我的脑筋摔好了,因为我居然心悦诚服地接受了一个事实,那就是当我决定从楼上跳下来时,蒋小康的事儿跟我已经没多大关系了。

其实,以前也没多大关系。

老师走进教室,同学们瞬间保持安静。我低头,拿书,握笔,一本正经地开始在课本上标记。

蒋小康经常对我说的那句"金朵,你有病",简直是对我人生最简洁明了的概括与总结。事实证明,我从小,就是一个跟其他人不太一样的孩子。

胡同口的张先生说,以我的性格来讲,如果是男孩子,那肯定能成就一番大事业。可我偏偏是个女孩子,恐怕以后不是闹得自己家宅不安便是别人家宅不安……因为张先生的这句话,我妈是操碎了心。

盼女成龙的我妈绞尽脑汁,不能改变我性别的客观事实,她只好转换自己看待事物的理念。我虽不是男儿,在我妈眼中却胜似男儿。

可在我妈"女儿身男儿心"的教育下,矛盾也日益显现出来。

最为突出的一点是,对于喜欢的东西,我总会表现出超乎寻常的执着和顽强。小时候曾经觉得彩虹很漂亮,我不管不顾自己追着彩虹跑了好几个街区。为了看看彩虹另一端到底有什么,我险些让人贩子的花言巧语拐走。最后幸而被路过的警察叔叔救下,我这才免于被卖到山区当童养媳的噩运。

后来上了中学,我有一段时间又疯狂迷恋上韩剧,无尽的癌症兄妹和"撒浪嘿"荼毒着我,以至于我神经大条到将学校检查身体的病历篡改后回家跟我妈说我得了绝症。

我伪造的技术过硬,以至于我那个不太经吓的妈完全崩溃了。她请了好长的假,带着我四处求医问诊。虽然我一直觉得北京×和医院是治疗不孕不育的,可在医生的极力证明下,我也不得不心不甘情不愿地说出自己伪造病历的"罪过"。

自此,我妈才清醒地意识到,再拿昔日的教育对待我,俨然是行不通的。所以从医院回来后,我妈的拳头,毫不客气地跟我身体表面轮流进行了短暂而又灵巧的触碰。

唉,过程惨烈,不提也罢。

除了带有幼女梦幻色彩的追彩虹事件以及少女怀春的韩剧事件,我的成长历程中很少再有性格正常的事件发生。我不梳辫子不穿裙子,每天上树爬墙打架玩街机。在大部分女孩子爱美打扮迫不及待早恋的年纪,我毫无觉悟地只知道傻玩。

对此,我妈那颗玻璃心再次碎得跟饺子馅似的。她不止一次用深藏幽怨的眼神看着我,问道:"朵朵,在学校里你就没遇到让你感觉比较特别的男孩子吗?男校长也行!"

你听听,你听听,一个对女儿未来怀揣憧憬饱含希望的母亲该说诸如此类的话吗?

我爸偷偷拉我到一旁,小声安慰我:"朵朵,你别听你妈的。你妈妈最近工作上受了点儿挫折,情绪不太好。"

作为我家摆设一般存在的一家之主,我爸说话真是太婉转谦虚了。我妈妈工作上受了挫折……她哪里是受了挫折?还不是因为我妈妈同事家女儿性取向有问题,我妈妈开始过分代入了?

我妈妈的过分代入也不是毫无道理,毕竟在遇到蒋小康之前,我并未对任何异性动过心思。哪怕是少女本该怀春的豆蔻年华,我依旧如老僧入定般沉稳。而在我妈看来,爱错人,比爱错性别,问题要好办得多。

唉,我再次叹息。我到底对我妈做了何等惨无人道的事儿,以至于她一直活在焦躁不安和忐忑之中。

因为我妈糟糕的心情,她的做饭水准跟着直线下降,我和我爸的幸福感指数一再低至破表。要是早点儿遇到蒋小康,我爸估计也不会由于营养不良过早秃顶……即便到了今天,我依然深深自责,我依旧对我爸倍感抱歉。

我走神得厉害,老师叫了我三声,我都没有听见。还是身旁的刘楠大力掐了我一下,我这才猛然惊醒,"噌"的一下从座位上跳了起来。

可能是我跳起的姿势太过于滑稽,班里同学瞬间哄堂大笑。在嬉戏吵闹的调笑声中,我清晰地听到有人吐出了"蒋小康"这三个字。

周围闹哄哄的,讲台上站着的年轻男老师脸上却未见笑意,他面无表情地沉声问我:"你就是金朵?"

我真的希望自己能气势恢宏地回一句"正是老娘"……可一想到我几乎为零的平时分,我的气势瞬间溜了:"是,老师,我就是金朵。"

答完之后,我再次后知后觉地意识到……他竟然是我的老师?

在孜孜不倦追求蒋小康的道路上,我曾经和眼前这位叫李致硕的男老师发生极其不愉快的几次……呃,口角。

事情的起因,要从这学期开学我给蒋小康占座说起。

我们学校是城区内的重点大学,师资力量和硬件设施都是顶级的。蒋小康的英语专业,更是全国优秀的教育试点。英语公共课的时候,好多其他院校的学生老师都慕名前来。新学期第一堂英语公共课,场面相当火爆。

蒋小康只是在校内网上随便抱怨一句,说他想去听公共课却抢不到座位。先蒋小康之忧而忧的我,第二堂公共课开课前便拿着小马扎去给他占座位了。

我在春寒中坚守阵地,饿了一个早上。公共课教室刚打开门,我便率先冲了进去。我喜滋滋地坐在第一排给蒋小康发短信,稍没留神,李致硕一屁股坐到了我旁边的座位上。

"同学,不好意思。"我笑呵呵地对他解释,"这是我朋友的位置。"

李致硕忙着低头看电脑,心不在焉地回答我:"我是老师。"

"哦,老师……这个座位我不能让给您。"天地良心,我态度真的是非常好,"实话跟您说,我是帮我男朋友占的座儿。他是英语专业的,特别想来听这堂课……要不您去后面看看?我看后面还有座儿呢!"

李致硕专心在电脑上写着英文,对我的话,选择充耳不闻。

"老师怎么了?老师就能插队?"我"啪"的一声将他的笔记本电脑合上,瞬间暴怒了,"老师更不能抢同学的座位啊!我说了,这是我给我男朋友占的！我记住你的名字了，李致硕是吧？你要是现在不把座位让给我……你再坐一会儿，也成。"

本来我是底气十足，大义凛然的。可李致硕冷飕飕地瞥了我一眼后，我不自觉地缩了一下脖子。

不过李致硕很有自知之明，被我"训斥"一顿后，立马收拾东西离开了。

虽然我心里过意不去，但一想到蒋小康我又什么顾虑都没有了。蒋小康听说我抢占到了座位，很是难得地答应跟我一起上课……让我没想到的是，几乎在蒋小康来的同时，公共课的教室竟然临时换了地方。

教室门在后面，我第一排的优势瞬间演变为不可逆转的劣势，我悲愤地哀号："为什么会变成这个样子？"

有了解情况的同学告诉我："听说是英语课的李致硕老师感冒了，而这间教室的麦克风不太好用……"

"你说什么？"我顾不得远去的蒋小康，毫无仪态地拉着同学的袖子问，"英语课老师的名字叫李致硕？"

"是啊！"同学奋力甩开我的拉扯想要去抢座位，"你外校的吧？李致硕老师都不认识……你松手啊！我要没座位啦！"

松开手，我才意识到那句"我是老师"有多么意味深长。

正如，现在这般。

李致硕抱着胳膊站在讲台上看我，他二十八九岁的样子，斯斯文文的，戴着眼镜，面皮儿白净得，让人怎么都讨厌不起来。英伦风的打扮，精英味儿里透着高冷。

说好听点儿是严肃，说不好听点儿，那就是俊朗高大一面瘫。

我摸摸吊着的胳膊，不自觉地咽了口口水。

"金朵。"李致硕漫不经心地拿起点名册看了看，他微小的动作使得人人自危，"这周一的课，你没来吧？"

"老师，我周一的时候不小心把胳膊摔断了。"人在屋檐下，我小心翼翼地解释，"呵呵，周一我去了校医院……辅导员有给我开假条。"

我心虚，虚得厉害。虽然我确实是周一摔断的胳膊，不过我有病历没假条……主要是我的胳膊不是在李致硕的课之前摔断的，也没法去找辅导员请假。

"嗯，我知道了。"李致硕似乎并不打算看我的假条，点点头，继续不咸不淡地往下说，"不过，金朵同学，你上周的课也没有来。"

打上钢板的掌心开始冒汗，我努力回想上周有哪些能够用来蒙混过去的借口。

看情形，我的借口完全是多余的，李致硕显然已经盯我很久了。他拿着本子，一步一句话地冲着我走过来："上上周的周一和周四，班长没有给我你的假条，所以，你算无故旷课；上上上周的周一和周四，我同样没收到班长的假条，你依旧算无故旷课。"

得，新仇旧恨加在一起……李致硕这是来秋后算账了。

李致硕每迈一步，我的心便跟着颤悠一下。等他走到我面前的时候，我差点儿没出息地高呼老师饶命了。

"也就是说，这学期，我的课，你一堂都没来过。"李致硕在笑，可他笑得实在是太毛骨悚然，"你一直没来上课，可能还不认识我……自我介绍一下，我是你们的新辅导员，并且负责你们这学期的马克思主义基本原理，我叫李致硕。"

到底发生了什么？我们班辅导员什么时候换的？

李致硕骨节分明的手指有节奏地敲打着点名册，他轻易看透了我的心思，解释说："我大概是，这学期第二次英语公开课的时候被调来任职的。"

我暗自咽下一口老血。

"我知道，大家都是大学生，每天很忙……有恋爱要谈，有男朋友要追。"李致硕不轻不重地合上点名册，笑说，"不过我是你们的辅导员，我的课，多少也该给面子来上一下吧？是吧？金朵同学？"

李致硕站在过道上，面色淡然地回头看我。

从侧面的角度望去，他窄挺的鼻子好像十分脆弱……我要是一拳打过去，他的鼻骨能断吗？

我压抑住想狠狠揍李致硕一顿的冲动，悲情地低下自己一向高昂的头颅。李致硕还算绅士，很给面子地没有继续为难我："行了，坐下吧！"

虽然李致硕让我坐下，我却比站着的时候更加难安。我跟李致硕接触的次数不算多，可在为数不多的几次交锋上，我算体会到一个深刻的人生真谛。宁得罪小人，也不要去得罪李致硕。

不然的话，那真是生不如死。

上课之初，我一直沉浸在自己文艺青年的无限犯二小忧伤中。但被李致硕叫起来之后，我听课听得精神百倍。我眼睛瞪得老大，生怕李致硕看不到。

李致硕的英语课讲得如何，我不清楚。不过他的马克思主义基本原理，讲得是真心不错。我假积极地听了一段之后，后面竟然真的听进去了。李致硕瘫着张脸，声调抑扬顿挫中有丝不易察觉的圆润。

如果李致硕刚才不是让我那么丢脸的话，我想我也不会记恨得妄想打断他的鼻子。

"好了，今天的课先上到这儿。还有十分钟才到中午放学，你们现在去食堂刚刚好。"在几个女生恋恋不舍的眼神中，李致硕关掉PPT，"班长过来一下！"

"你去啊！"刘楠推推我，"快去找辅导员说说，看看你旷的课该怎么处理。"

"还是不要了吧！"我有些犹豫，"这也太……"

我的话还没说完，刘楠下手没轻没重地过来推我。一拉一扯，我们两个之间发出了巨大的响动。教室里还没走掉的同学纷纷回头，接着哄堂大笑。

"笑屁……"

我抬头的工夫，李致硕也正好抬头。我的话再次说了一半，我觉得自己憋得肚子都大了。

"笑屁啊！"刘楠不是女汉子，她是真汉子，即便当着高冷辅导员的面，她仍旧面不改色地将话说完，"该干吗干吗去！省得吃屎都赶不上热乎的。"

刘楠在我面前的形象立马高大起来，我无比佩服甘拜下风。

经过我和刘楠一闹腾，教室里的人散得也差不多了。李致硕站在讲台上小声跟班长交代工作，我吊着胳膊，磨磨蹭蹭地往他那儿挪。

"刘楠，要不还是算了吧？"我一边往前走，一边小声地对身边的刘楠嘀咕，"我觉得吧，今天好像不合适……今天说，是不是有点儿找骂？嗯？刘楠？"

我一回头，身边的刘楠已经不在了。而等我再一回头的时候，讲台旁边的班长也走了。

教室里只剩下我和李致硕，静悄悄的。

"咳……"我清下嗓子，轻声说，"李致硕老师……"

"嗯？"李致硕没有停下手上整理的动作，态度极为温和，"金朵同学，你这么有礼貌地叫我，是有什么事儿？"

我讪笑，尴尬地伸手挠挠脸："老师，咱俩以前吧，可能有什么误会……"

"误会？"李致硕不收拾讲台了，他沾满粉笔灰的手指一下下敲着讲台，"我看不能是误会吧？"

"真的是误会！"我立刻表明立场，"我要是知道您是我的老师，我怎么也不会……"

李致硕手指的动作停下，他慢条斯理地说："你不会怎么样？你知道我是你的老师，我上公开课的时候，你就不会用喇叭在走廊里放凤凰传奇的歌了，是吗？"

"那个……"

"你知道我是你的老师，就不会在我去打饭的时候往我的面条碗里倒冰红茶了，是吗？"李致硕丝毫不给我解释的机会，"你知道我是你的老师，就不会在学校的意见簿上说我性骚扰女同学，是吗？"

呃……他到底都是怎么知道的？！

我的脸红了绿绿了红，李致硕微微扬唇："金朵同学，这个世界上有一种东西，叫摄像头……你知道吗？"

刹那间，我满脑袋布满了"黑线"。

"老师，我错了，真的错了，您再给我一次机会。"不知道我现在断手的样子，能不能让李致硕同情，"老师，我以后一定按时上课，不迟到早退！"

"唉，我每周一的课都是早上第一节，有时候吃不上饭……"

我还算比较机智，瞬间明白过来李致硕的意思："为了老师的身体健康，以后你周一的早饭，我买！"

"T市靠海，空气太潮湿了。我最近总觉得身上不舒服，板书写完了都……"

"我擦……我擦黑板！"避免李致硕误会，我竭尽全力把话说全，"老师的板书，以后我给你擦！"

李致硕还算满意，低头看了眼腕表："中午饭……"

"我去占座！"为了学分，我含着血泪无条件妥协着，"老师您想去吃食堂几楼的？"

李致硕抱起电脑，神情餍足地点点头："今天先不用了，我中午约了人……金朵，这学期的课，我希望都能见到你。如果你无故旷课的话……"

我赶紧摇手："不会的！一定不会的！"

李致硕眼神赞许地看着我："嗯，希望你说到做到。"

直到李致硕走了，我才意识到自己答应了些什么。刘楠探头从外面进来，推了推我："老师怎么说的？"

"扒我层皮，喝我的血，最后把我的骨髓吃干抹净。"我摇头晃脑地往外走，"唉，真是流年不利……哎哟！"

光顾着自怨自艾，我一不留神又撞到经过门口的同学。退后一步，我连忙道歉："对不……蒋小康？"

"金朵？"蒋小康还没说话，他身边的室友王静民却开口了，"哎哟，我还说今天英语课怎么没见到你呢！原来在这儿等着呢？"

蒋小康把书递给王静民，说："你先帮我把书拿回去，我等下直接去篮球馆。"

"行。"王静民问，"那下午篮球赛你需要什么东西，到时候我给你……"

我还在为自己以后暗淡的生活默哀，没心情听他们两个讨论行程安排。可正当我转身跟着刘楠离开时，身后的蒋小康突然拉住我的右手："金朵，你干吗去？"

"金朵爱干吗干吗去，用得着告诉你吗？你哪位啊？"刘楠一

/013

直看不上蒋小康,现在我对蒋小康死心了,刘楠说话更是嘴上不饶人,"您当您的风流倜傥帅学长,我们继续做我们的默默无闻小师妹……中午该吃饭了,劳烦您老松手,我们两个还要去食堂抢饭。"

王静民眼神奇怪地看了看蒋小康,维护般帮着他道:"我说你这同学,怎么说话呢?他们两个人的事儿,用得着你多嘴吗?金朵喜欢蒋小康,你这不是完全让你同学难堪吗?"

"那你告诉我,我这个同学该怎么说话?"刘楠长得白净,一瞪眼睛,鼻子上的雀斑稍显俏皮,"他俩的事儿用不着我多嘴,就用得着你多嘴?"

刘楠一开口说话,语速快得跟钢炮似的:"再说了,女人八卦是正常的,是天性。你一个大老爷们儿在这儿叽叽歪歪的,烦人不烦人哪!"

如果是以前,我肯定不舍得让蒋小康和他的朋友如此下不来台。不说当场跟刘楠翻脸,怎么也会想办法帮着圆场……可现在我真心一点儿感觉都没有。

我心平气和地被蒋小康拉着,问他:"你找我有事儿啊?"

"哦,那个……我没什么事儿。"在三个人六只眼睛的注视下,蒋小康不太自然地收回手,"金朵,你走吧!"

神经。

我懒得理他。

直到出了教学楼,刘楠才大呼一声:"行啊!姐妹儿!你刚才真是够长脸的!"

"啊?"我的思绪还在李致硕身上,并没明白刘楠说的是什么意思,"我刚才怎么就长脸了?"

刘楠哈哈一笑:"要不是有你,我早就想办法教训一下那个蒋小康了。仗着别人喜欢他,一天天人五人六的……如果说你还像往常那样,见到蒋小康就扑过去,我直接跟你绝交。"

原来刘楠是在说蒋小康。

"唉……李致硕该怎么办,这次我一定死在他手里了,没得跑。"

刘楠一副"你纯属活该"的厌弃表情看着我:"我天天跟你念叨,说咱班来了个新辅导员。可你只顾追着蒋小康跑,完全把我的话当放屁。每次我一提到李致硕老师,你立马……"

"你还说我还说我还说我!"我使出琼瑶式的仰头长啸,"谁让你喜欢张根硕的?谁让你每天把张根硕的名字挂在嘴边的?我哪注意那么多?你一提到××硕,我脑袋条件反射地立马联想到张根硕!"

"是啊!"刘楠冷血至极,"所以我说你活该啊!你脑子笨,怪谁。三个字的名字只有一个字是相同的,你居然能联想到一起?"

唉,交友不慎。

"话说……"刘楠好奇地看着我,"李致硕老师脾气挺好的,开学这么长时间,他从来没点过名……你都没上过课,你到底是怎么惹到他的?"

我声泪俱下地将占座位的失误,以及后来几次我"无心"的捣乱行为讲给刘楠听。

虽然我将自己说得极为无辜,可刘楠还是一眼看透了事情的本质:"你还委屈?人家上公开课,你用喇叭在走廊里放歌。人家去吃饭,你偷着往面条里倒冰红茶。你还去意见簿里写他骚扰女学生……金朵,你到底怎么想的?他是老师啊!不管教不教你,他都是老师!你是不是天天出门都不带智商?"

智商……好熟悉的名词啊!

现在智商不智商的并不重要,我强调的重点是:"我能不委屈吗?我饿得前胸贴后背才占了个座,就因为他小心眼换教室……要是没有李致硕捣乱,没准儿我早追上蒋小康了!"

"不管李老师做什么,你追不上蒋小康已经是注定的了。"刘楠的话勉强能当作安慰,"我觉得李老师下手已经够轻的了,他不是给你弥补的机会了吗?你好好表现不就行了?要是我的话,估计我会天天让你刷男厕所,以儆效尤。"

也是,擦黑板买早饭,总比刷男厕所要好。我愁苦地想。

让我和刘楠没想到的是,即便李老师没让我去刷男厕所,还是不着痕迹地做到了"以儆效尤"。

为了保住学分顺利毕业,我勤勤恳恳地在周一早上爬起来去给李致硕买早饭,又任劳任怨地送到辅导员办公室。

李致硕身不染尘地坐在办公桌前,随意仰仰下巴:"放在那儿吧!"

"辅导员都在办公室里吃早饭吗?"我看了看对面桌子上堆得小山一般高的早餐,"呵呵,老师之间还挺和谐友爱的。"

李致硕漫不经心地敲着键盘,说:"不是一起吃早饭……这些早饭,都是学生送来给我的。"

既然你有早饭吃,干吗还要我买啊!我表情扭曲地拧着手里的包子,恨不得把包子变成李致硕的脸。

"学校周一的出勤率不怎么好,我让你买早餐,是担心你迟到。而且早上去食堂买包子,一向是比较锻炼身体的。"李致硕摘掉眼镜,笑得轻巧,"作为你的辅导员和你的老师,金朵同学,难道你没感觉到我的用心良苦吗?"

即便有怨气,我也不敢说什么。

"感觉到了,李老师的用心良苦,真的是太苦了……"

李致硕唇红齿白地笑了:"你理解就行,去教室吧,准备上课了。"

我吊着胳膊,无比悲催地从辅导员办公室出来。刘楠好奇地问:"不就送包子吗?你怎么脸色这么难看?"

"先别跟我说话。"我脑袋一阵阵缺氧,当初追蒋小康的时候好像都没这般怄气过,"你什么也别问,我什么也不说……不然的话,我很难保证自己不会冲动之下对李致硕做出什么来。"

"就你?"刘楠对我的行动力嗤之以鼻。

刘楠对我目前的实力还是极为了解的,哪怕我浑身上下写满了"身残志坚",也掩盖不了我不堪一击的事实。

买早饭,这只是道开胃菜。课堂上擦黑板,才是我一切噩梦的开始。

李致硕的身高一米八八,我的身高一米六五。我们两个的身高,足足相差了二十多厘米……也就是说,每堂课,我要登上椅子才能勉强擦到李致硕踮脚写下的板书。

之前,李致硕讲课全是用PPT,而且思想教育上的东西很少需要做笔记。可自从我接下了擦黑板的工作后,他堂堂课要写满满当当的板书。

于是乎,在视野开阔的阶梯教室里,同学们兴趣盎然地看着我姿势难看地单手攀爬上椅子,接着又姿势难看地挥舞着板擦擦黑板,继而再姿势难看满脸是白灰地从椅子上爬下来。

在我的不懈努力下,学校里的传言终于从"你知道喜欢蒋小康的金朵吗"转化成"你知道李致硕老师课上大屁股的值日生金朵吗"。

每当听到诸如此类的论调,我都会顽强地予以反击:"谁大屁股!你才大屁股!你全家都是大屁股!"

跟八卦派比起来,我的反击轻而易举地被驳回。

"金朵,你不要生气嘛!你跟李致硕老师一起站在讲台上,你的屁股看起来确实很大啊!"

李致硕真的不是用我来刷他颜值的吗?

噩梦,赤裸裸的噩梦。

每堂课前,我都会不死心地问刘楠:"我能不去上'马克思'吗?"

"不能。"刘楠毫不犹豫地回我。

我一把辛酸泪:"你可怜可怜我吧!我要是再去上'马克思',我会抑郁而死的。"

"这样啊……"刘楠想了想,无比同情地说,"你可以不来,但是李老师会让你死得很有节奏。"

"好吧……"我认命。

忽然之间,我无比怀念追求蒋小康的日子。虽然那段时间很辛苦,但现在我过得无比辛酸。李致硕不用让我死得很有节奏了,因为我哭都已经找不到调了。

事实再一次证明,丧心病狂只要掌握好尺度,完全可以叫作干得漂亮。惨无人道这种事儿只要拿捏好分寸,甚至可以称为经典案例……在李致硕折磨了我一个月后,我们班集体的出勤率是全校最高的。

其他老师纷纷效仿李致硕的做法,不过收效甚微。至此,李致硕的手段更是被传得神乎其神,我被抹得遍体生黑。

周末,刘楠陪我去校医院拆石膏,当医生从我的石膏里面抖落出无数的粉笔尘埃时,我的恨意达到了空前绝后的地步。我咬牙切齿地说:"我终于可以双手活动了。"

"你终于不用再撅着屁股挺着胸往椅子上爬了,你那样真是要多难看有多难看,跟大便干燥似的。"

刘楠并没有领会到我话语里的精神内核,我笑得满脸高深莫测。我没有说太多,不过我的思路倍感清晰……有仇不报,非金朵。

可是,要如何报仇才能不继续加深我和李致硕之间不可调和的矛盾呢?

我略感迷茫。

孙子兵法说得好,知己知彼,才能反败为胜。对待李致硕不能像对待蒋小康那般肆无忌惮,只宜智取,不宜强攻。

而在追求蒋小康的过程中,我已经练就了一身侦查与反侦查的本领。所以对待报仇的问题,我称得上是信心满满。

经过了一周的调查取证,我在脑海中对李致硕有了一个相对详尽的认识……我恍惚觉得,我似乎有点儿轻敌。

李致硕二十八,整整比我大了十岁。美国宾夕法尼亚大学心理学高才生,大学毕业后来我校任教。家世未知,父母不详。是否婚配不清楚,取向不了解。哪怕是我偷偷溜进校务处,也没能查找到任何关于李致硕本人的资料。

除了李致硕想让大家了解的事情以外,我并没搜集到关于他的任何消息。从公关资料上解读,我完全理解不了一个宾夕法尼亚大学的心理学高才生为什么来当辅导员教"马哲"。

一个不怎么善良的老师,偏偏还是学心理学的。不仅学心理学的,偏偏还是我的辅导员。不仅是我的辅导员,偏偏我俩还有过节……

是不是我的下场,只剩下被李致硕虐待致死了?

我愁苦地在图书馆里抓着脑袋,指甲挠头皮的声音刺激得人想发疯。一旁的刘楠推推我,小声说:"你干吗呢!吵死个人了。"

"没天理啊简直是没天理。"我胡乱地拿着圆珠笔在纸张上画圈,表情阴郁,"我还就不信了,李致硕真能把自己武装到牙齿?他就能丝毫软肋死穴没有?他又不是总裁!"

刘楠觉得我话说得新鲜:"哟呵,你真跟李老师较上劲了啊?

差不多得了啊你!他是辅导员,你大学的毕业证能否顺利拿到,不他一句话的事儿吗?别跟他硬碰硬了,你碰不过他的。"

"不是我想跟李致硕较劲,是他完全不给我活路。"想到医生看我石膏里的粉笔灰时的怪异眼神,我心中的怒火立马熊熊燃烧,"我要是继续忍他,我就不是金朵,是纸朵!"

刘楠没理我愤怒的小宇宙,再次推推我,更加小声地附在我耳边,说道:"喂,金朵,你看那边那男生,是不是蒋小康?"

"蒋小康?哪儿呢?"

我没控制好音量,说话的声音有些大,周围的人纷纷不满地皱眉白眼警示,刘楠被看得尴尬,面红耳赤地在桌子下面踩了我一脚。我疼得要命,却不能喊出声。捂着受伤的脚踝,我同样憋得面红耳赤。

面红耳赤的人不只是我和刘楠,不远处脸像猴屁股般的蒋小康显然听到了我的"呼唤"。在图书馆众人无声的眼神交流下,蒋小康佯装镇定地走到了我旁边的椅子上坐下。

刘楠用疑惑的眼神询问我,我也用颇为不解的眼神回答她。我扫了一下,终于得出结论……图书馆里人太多,就我旁边的位子是没人坐的。

对蒋小康,我已经过了很傻很天真的坎。无论蒋小康现在的举动看起来多奇怪,我都不会多心去考虑。

而且我天生属于那种完全不会一心二用的人,如果我一边打电话一边写字,我不是把写的字念出来,就是把电话里说的话写上去。

刘楠经常说,我最好结婚后不要有外遇,不然,我就是自取灭亡。用刘楠的话解释现今的情况,想着报复李致硕的时候还惦记蒋小康,那完全是死路一条。

我觉得,刘楠的话简直是真理。

这个世界上看热闹的人多,懂道理的人少。看客多了,是非也就多了。

蒋小康坐在我旁边上自习,我没觉得怎么样,图书馆的其他同学却坐不住了。在我几乎忘了蒋小康的存在时,一旁的刘楠偷偷将她的手机推到了我面前的桌子上。

校内网上硕大的八卦标题写着:惊现!李致硕老师课上的大屁

/019

股值日生在自断手臂之后顺利追下外语系校草蒋小康!

我无语无奈无话可说了,早在之前我已经当着众人的面给过合理的解释了,这帮人到底有没有认真听过我说话?这件事儿我到底还要解释多少遍?

你们一群大嘴巴!我才不是大屁股呢!我不是!

好吧,这里是图书馆,我只能无声地将自己的怨恨咽下。不过看到校内网上的图片直播帖后,我瞬间有种如坐针毡的感觉。往日殷殷期盼的蒋小康,早已经成为一种繁重的负担。

正在我左右为难不知道如何是好时,我裤兜里的手机突然振动。我清下嗓子,煞有介事地将手机掏出来看短信……是李致硕发来的。

当我看到李致硕发的"到我办公室来一下"时,我整个人瞬间心花怒放。之前,我总觉得李致硕是瘟神,不过,现在我觉得他是救星。

"李老师叫我过去。"我用大家都能听清楚的音量,"小声"地对刘楠说,"你帮我把书拿回去吧!"

刘楠的大脑没适应跳跃的事件,她显然有些蒙。我把刘楠的手机递过去,她不明就里地点点头。

我起身离开,蒋小康专注地盯着书。我推椅子的时候不小心撞到他的胳膊,他甚至都没有抬头。

蒋小康假装他没被我撞到,我自然乐意假装自己没撞到他。

离开了八卦事件的漩涡地带,我雀跃的心情立马跌到零点。即便路上有人经过,我还是忍不住号啕地扑在走廊墙上。

去辅导员办公室的步伐,好似上刑。去见李致硕的心情,犹如上坟。

悲惨,无奈。

"李老师?"我中规中矩地敲敲辅导员办公室的门,问,"你找我?"

我每次来,李致硕都是坐在桌前摆弄电脑,这次依旧没有例外。李致硕坐在电脑前挥挥手,示意我先进来坐。我不敢怠慢,迈着小碎步,步速适中地往里挪。

李致硕上身穿着蓝色布面的白条阿迪运动服,下身是一条中长的白色运动裤和运动鞋,发丝凌乱,看样子应该是刚运动完。他一直没跟我说话,时不时地在键盘上敲击几下,偶尔皱眉,偶尔叹气。而我盯着李致硕腿上的毛发,愣愣地出神……要是我用胶带粘在他的小腿上再撕掉,他应该挺疼的吧?

屋里静得要命,所以我想得也入神。李致硕骨感十足的脚踝部位充分激发了我复仇的联想,我坐在一旁的椅子上,暗爽得要命。

"金朵,你笑什么呢?"李致硕圆润的声音突然插进来,"知道我为什么叫你来吗?"

我诚实地摇头:"不知道。"

"我让你周一买早饭,周四抢食堂,平时课上还让你给我擦黑板……你心里挺不高兴的吧?"

那怎么会挺不高兴呢?那是相当不高兴,好吧?

不过,我不能说。我微眯着眼睛,笑得狗腿:"怎么会呢?老师是为了我好,才让我这么做的……"

我话说到一半,李致硕终于抬头了。

昏昏欲睡的午后,办公室里满是叶子绿油油的香气。屋外高大梧桐树的枝叶映照出斑驳的阴影,影子透射进来,将李致硕俊朗的五官突显得极其雅致。我不自觉地伸手挠挠眉头……他是典型的人面兽心。

李致硕往后仰身,椅背靠在书柜上,面无表情地看着我:"继续往下说,还有呢?"

生在我妈家、长在红旗下的我,对于歌功颂德极为拿手。拍李致硕马屁的好机会,我怎么也不会放弃。呃,换种说法,我这算让他掉以轻心,为尽早迈上复仇道路而跨出坚实的一步。

我的吹捧煽情,李致硕完全不受用。直到我词穷,他脸上也没有丝毫表情。他手指灵活地转动圆珠笔,面瘫得好似死人。

虽然我不记得自己做过过火的事儿,可我时时刻刻存了一颗想要"过火"的心。所以,李致硕越是这样,我越是心虚得厉害。我干渴地咽了口口水,小心翼翼地问:"李老师,你找我来到底什么事儿啊?"

李致硕可算有点儿笑模样了,刨掉他含义不明的挖苦成分,他笑得还是挺好看的:"没什么要紧的。"

没什么要紧的，你干吗一副我欠你钱的样子？

我及时收敛起自己的尖锐，继续低眉顺眼地说："那个……李老师，要是没什么事儿的话，我是不是可以……"

"我知道你急着去和男朋友约会。"李致硕若有所思困惑不解地对我招招手，"不过我希望你能给我解释一下这个问题。"

我带着同样若有所思困惑不解的神情走过去："什么问题啊？老师你这么厉害，哪需要我……是吧？"

等走到李致硕的办公桌前看到他电脑屏幕上的画面，我登时吓得手脚冰凉。李致硕电脑屏幕上打开的图片，是截图拼成的。而截图上的内容，全是我在李致硕课上用手机偷菜的记录！

"我可以解释！"我急着说话，舌头打结，"我妈特别喜欢摘菜，所以我的农场都是她在打理……"

"哦？"李致硕依旧不紧不慢地转着圆珠笔。

"真的，我不骗你。"大学不用开家长会，我坚信李致硕不会为了这么点儿小事儿打电话给我妈，"呵呵，你看，我妈真是的，偷菜都偷到班长那里去了……班长家地里的作物熟得也够快啊！"

李致硕点头："嗯，是长得挺好。"

"对了，今天你妈妈有打电话过来。"李致硕笑得随意，"她对学校收费的环节有不清楚的地方，作为你的辅导员，我简单跟她说了一下……你妈妈人很客气，跟我闲聊时还解释，说她不会用电脑，所以并没有看懂学校网站上写的缴费事项。"

既然李致硕会叫我来，那么我就该想到他一定是有十足的把握……我彻底被自己蠢哭："李老师，我错了……求放过。"

李致硕眼底有丝不易察觉的笑意一闪而过，他叹了口气，语重心长地说："'马哲'一学期三十二节课时，你无故旷掉了十八节。也就是说，你的平时成绩，是完全没有的……"

我心里不安的感觉无限放大，李致硕掩饰不住的笑意也跟着放大。他露出一口整齐的白牙，笑着说："老师嘛，都是有教无类的。既然你喜欢摘菜，我看你好像还没什么事儿……一会儿我带你去食堂，你帮着食堂的员工把后山地里的辣椒摘了吧！"

"老师，我能不去吗？"我问得婉转。

李致硕难得做事之前询问我意见："金朵，你期末想挂科吗？"

担心李致硕看不到我的决心，我努力地把头发都晃散了。

"如果你期末不想挂科的话……"李致硕意味深长地瞥了眼外头火辣的日头，"那你就不得不去了。"

感谢李致硕老师成功治好了我平时爱农场偷菜的毛病，因为我的手已经彻底被辣残了。妈妈，有了李致硕老师以后你再也不用担心我的学习了，因为我已经被彻底暴晒傻了。

采摘完辣椒后回到寝室，我猛地灌了一大瓶矿泉水。刘楠惊恐地递过湿巾给我擦汗："金朵？你不是去找李老师了吗？你……他让你搬砖去了啊？"

"辣辣辣！"手未洗干净，辣椒的粉末沾到脸上疼得我龇牙咧嘴，"你别挡住路！我要去洗脸！"

折腾了一通，剩半条命的我无力地瘫在椅子上："一定是我太软弱了，所以李致硕才会追着我欺负……不行！我要报仇！我一定要报仇！"

刘楠同情地叹了口气。

"只要有毅力，相信人定可胜天。"我眼神疯狂地盯着自己慢慢攥起的拳头，说，"我要用一种科学的方法向世人证明，善良学生被残暴教师欺压的日子已经一去不复返了！"

"你可悠着点儿来吧！小心你的右手。"刘楠不忘提醒我，"其实，你不用太耿耿于怀，李老师肯定不单单是针对你。李老师专门治理像你这样顽固不化的学生，你想想咱们专业他都修理多少了？"

李致硕的心理还真是够强大，无论学生怎么在背后咒骂，他都能有条不紊地坚持自己的教学理念。我的疑惑加深："你说李致硕这是为什么啊？难道说学校有规定，整治学生整治得好的老师会加薪？应该不能吧！我看李致硕也不像缺钱的样啊……难道说，他和逃课的学生有仇？"

我神神道道自言自语的工夫，寝室另外两个八婆何佳怡和陈敏慧也回来了。一进门，何佳怡便大嗓门地嚷嚷："金朵！你和蒋小康什么时候请吃饭啊？"

"什么什么时候请吃饭？"我脸上的肌肉抽动了一下，"我和蒋小康?"

陈敏慧嬉笑着坐到我旁边:"哟,姐妹儿,你装得可够像的啊!全校的人都知道了,你还瞒着我俩?"

"就是。"何佳怡围过来,"你这也太不够意思了……你可是咱们寝室现在唯一一个有男朋友的,你别想不请客糊弄过去。"

开始我以为,何佳怡和陈敏慧跟其他人一样受八卦蛊惑了。不过何佳怡接下来的一句话让我倍感震惊:"你就继续装吧!他们有人已经去找蒋小康求证了!"

刘楠来了兴致,追问道:"蒋小康怎么说的?"

何佳怡和陈敏慧默契地场景重现:"他们问蒋小康,蒋小康,你真跟金朵在一起了?金朵挺厉害啊!追了你那么长时间,终于把你拿下了!"

我倍感欣慰,好在他们不再提我大屁股的事儿了。

下面的事儿被何佳怡和陈敏慧添油加醋绘声绘色地描述了一通,什么蒋小康当时脸红啦,什么蒋小康并没有否认啦,什么蒋小康不发一言表示默认啦……好吧,我是一点儿没明白蒋小康是什么意思。

"金朵,你想怎么办啊?"何佳怡挤眉弄眼地看着我,"我看蒋小康是后悔了吧?我听蒋小康他们班同学说,前两天他们班要去海边烧烤,平时烧烤的炭烤炉都是蒋小康找来的,结果这次却不行了。"

"蒋小康说,以前是金朵帮着借的……最后因为弄不来合适的炉子,他们班的烧烤也就没去成。这次事儿之后,蒋小康好像经常会提起你。"

我叹了口气,微微感到心酸。蒋小康提起我?他会怎么提起我?是因为占不到座位提起我?还是因为再没人风雨无阻地给他送早饭提起我?

蒋小康提起我,根本不是因为他喜欢我,只不过是因为没有人会像我这样掏心掏肺地对他了。

而我掏心掏肺一次,也就够了。

"对了,还有件劲爆的事儿。"见气氛稍显压抑,陈敏慧适时地转移了话题,"刚才我和何佳怡回来的时候,你们猜遇到谁了?"

刘楠问:"不会是蒋小康吧?"

"那倒不是,"陈敏慧神秘兮兮地说,"我们刚才回来,碰到李致硕老师了。"

刘楠哈哈大笑:"李老师?李老师来干吗?金朵,你不会又哪里得罪李老师,气得他亲自上门修理你了吧?"

我伤感心酸的情绪荡然无存,条件反射般畏惧地抖了下身子。

陈敏慧挥手示意我别添乱,她继续神秘兮兮地爆料:"肯定不是来修理金朵的,李老师啊,身边跟着一个超级漂亮的大美女!"

{第二章}

宁得罪小人，勿得罪李致硕

李致硕身边会有女人，那简直比我跳楼还惊悚。

我对李致硕之前的事儿不了解，可是她们三个不一样。何佳怡捶胸顿足地感慨道："咱们学校暗恋李致硕老师的女人一水儿一水儿的，他怎么就有主了呢？你不知道，那女的……"

"那女的是典型的弱不禁风胆小怕事儿，基本路边上有人大点儿声笑她都会被吓到。大眼睛水汪汪、怯生生的。个子不高，目测能有一米五九。站在李致硕身边，两人还挺般配的。"

"花美男都是配萌妹子的，高富帅总是会喜欢白富美的。"刘楠不无感慨地摇头，"我等女汉子，还是早点儿洗洗睡吧！"

何佳怡和陈敏慧对刘楠的话深表同意，她们三个像是假期被取消一般，愁苦着脸无限感慨。

我没有感慨，甚至还多出了一种新的希望。火辣辣的手指像燃烧的斗志一般昂扬，我禁不住想，如果那位白富美小姐是李致硕的女朋友，那我是不是可以以此作为切入点打击报复李致硕？

好吧，不管那位白富美小姐是谁，在学校里，我们再没见过她出现在李致硕身边。而机智的我经过不断挠头深思，终于找到报复李致硕的好办法。

为了报上次辣椒的仇，周末回家前我特意去超市搜罗了各种歹毒的辣椒。周天趁我妈和我爸逛街的工夫，我潜心研制出一种辣死人不偿命的特效包子。我只是稍微咬了一口，愣是辣得喝了三包鲜奶。

周一早上，按照往常的时间，我状似正常地去给李致硕送早饭。

李致硕依旧坐在电脑前，对面桌子上依旧堆满了小山似的早餐。我瞥了一眼李致硕桌子上的包子，不断想着如何用我的包子把他的换下。

"不错啊,金朵。"李致硕拿过我的包子,皱眉闻了闻,"什么馅的?"

我还算诚实地答:"辣椒的……大辣椒馅的。"

李致硕点点头。

不会有问题的,肯定不会有问题的。我不断安慰自己,千万不要心虚。在做包子前,我已经去食堂打听好了。除非李致硕在我家的厨房安装了摄像头,不然他肯定不会发现问题的。

我告诉自己该走了,不然很容易被发现端倪。可我盯着李致硕的侧脸看了好一会儿,怎么都没舍得迈开步子。

李致硕穿着一件深蓝底色布满亮粉圆点图案的T恤衫,浅蓝色的牛仔裤。白白嫩嫩的脸,高挺的鼻子……我突然有点儿好奇,何佳怡她们说的那个白富美小姐到底长成什么样子。

"金朵,早餐你已经送来了。"我的表情可能太过于如狼似虎,李致硕轻咳一声提醒,"你不应该去教室了吗?"

"啊,啊,对,我该走了。"我不太自然地扯扯领口,说,"我有密集恐惧症,老师你的衣服看得我挺难受的。"

李致硕的表情纠结,可能他是想回击我点儿什么话,考虑到我是他的学生,又稍显艰难地把话咽下:"行了,你走吧!"

我暗自庆幸,又不断祷告,希望李致硕能吃了我的包子,不然都可惜了那些辣椒。还没等我的告辞说出口,辅导员办公室的门被推开了。

"李老师啊!"秃了顶的校长推门进来,"这么早就开始做学生的工作了?"

"王校长。"李致硕从椅子上站起来,我面前的光全被他挡了去,"哦,是,学生来送点儿东西。"

王校长走到办公桌前看了看李致硕办公桌上的早点,笑道:"我听你们陈主任说你想要……这都是学生给你买的?"

李致硕随手把我送的包子放在办公桌上,倒水给王校长:"呵呵,金朵,你先去教室吧!"

我如释重负地长出口气,礼貌地跟李致硕和王校长告辞。

"金朵?"我从办公室出来,一旁等着我的刘楠伸手在我眼前晃了晃，"你傻想什么呢？"

隐隐地，我产生了一种很不好的感觉："我刚才从辅导员办公室出来的时候，李致硕竟然对我笑了……你能想象吗？"

"不，完全想象不出来。"刘楠满脸花痴地笑，"李老师笑起来很帅吧？你看，你口水都要出来了。"

我没心情跟刘楠开玩笑，我是真的感觉很不好。心烦意乱，眼皮跳个不停。一直走到教室坐下，我都没再开口说话。

到了上课时间，李致硕意外地迟到了。

班里的女生不高兴地催促："班长呢？快去辅导员办公室问问呀！李老师怎么还不来？他要是不来上课，都浪费我早起化的妆了。"

我心里不安的感觉扩大，班长早就已经找李致硕去了……等班长回来，李致硕并没跟他一起。

班长带来一个颇为震惊的消息："不好了啊！李致硕老师给校长下毒了！"

班长推门进屋的时候，我清楚地听到他说的是"李致硕老师给校长下毒了"。可话从阶梯教室前面往后传一遭，一点点地变了样。我亲耳见证了流言走样的全部过程，佩服得五体投地。

"什么？你说李致硕老师给校长吃什么了？"

"啊？李致硕老师竟然想杀校长？"

"李致硕老师差点儿把校长打死了？李致硕老师逃跑了，是吗？"

"班长，李致硕老师跑了，咱们用不用报警啊？"

本来我觉得自己已经够缺根筋的了，这帮人却更甚。不仅想问题不用脑，说话更是张嘴就来，以讹传讹什么都往外说。

我无奈地摇摇头，他们是多不待见李致硕，还是他们有多恨校长啊……

"金朵，班长说的是真是假啊？"刘楠将信将疑，"李老师给校长下毒？不应该啊！"

我也觉得不应该，李致硕那人虽然讨厌吧，但他总不至于……伸手拉住打我身边经过的班长，我问他："你去李致硕办公室了？到底怎么了啊！李致硕真给王校长下毒了？需要证人吗？我刚才看到王校长去辅导员办公室找李致硕谈工作了。"

班长脸上的肌肉抽动，他似乎不太喜欢我落井下石的笑："金朵，我知道你和李致硕老师关系不太好。不过现在是人命关天的事儿，不能随便开玩笑……我刚才可能没说清楚，王校长中毒的事儿跟李致硕老师没关系。王校长是吃了学生给李老师送的包子，才出问题的。"

以我和李致硕的关系，他栽了，我很难不幸灾乐祸。可班长说完话，我脸上得意的笑容彻底僵住。

"你说王校长吃了包子？"我讪笑着问，"王校长吃了……学生送给李致硕老师的包子？"

班长叹息道："唉，是呗！李老师天天收那么多的早点也吃不完，左右办公室的老师去他那儿都能拿一份……我过去的时候120刚到，好多的医生护士在那儿准备给王校长洗胃呢！"

"呵呵，吃个包子能有什么问题？"我渐渐坐不住了，小心地从椅子上站起来问他，"你没问问包子是什么馅的吗？"

我的热心，反倒让班长觉得害怕。班长是南方男生，白白净净瘦瘦小小的。在我"硕大"的阴影压迫下，他不自觉地拉了一旁的男生过来。

觉得人身安全了，班长这才说："我去的时候李老师正帮医生忙乎来着……王校长脸涨红肿大，我估摸着可能是谁在包子里下毒了。不然吃个包子，脸哪能那么红？"

我欲语泪先流却偏又欲哭无泪……王校长，他真的不是被包子辣的吗？

见我不再纠缠着提问题了，班长赶紧撒腿跑了。班里没有老师，同学全交由班长处理。担心给李致硕惹麻烦，班长只好看着大家上自习。

出了事故，大家都忙着看热闹。早起化妆的女生也不抱怨没见到李致硕了，一群人叽叽喳喳吵个不停。在吵闹声中，我失神地将自己冰凉的手贴在刘楠温热的脸蛋上："刘楠，楠姐，楠楠……我摊上事儿了，我摊上大事儿了！"

没等刘楠出言询问，我自己就跟倒豆子似的将复仇未果反害人的事情讲述了一遍。糟乱的环境没能让刘楠很好代入我悲伤的情景之中，我都说完了，她才回过神似的问："啥？你又做啥了？"

"我今天送给李致硕的包子，是我自己做的。"我额头一下下地撞着刘楠的肩膀，语气哀怨至极，"我用了辣椒，好多好多的辣椒。包子的面里，我都放了辣椒籽磨成的粉……王校长一定是吃了我送的包子，才会被辣成那样的。"

刘楠可算听明白我说的话了，照着我的额头狠狠拍了一下："金朵，你这哪是缺心眼啊？你这完全是缺脑袋啊！就算你跟李老师有什么过节，你也犯不着用这么阴损的招啊！"

跟李致硕的招数比起来，我俩半斤八两吧？李致硕用辣椒虐待我，我只不过找机会用辣椒报复回来罢了……谁想到，校长竟然也去李致硕那儿蹭饭吃。

"人命关天你懂不懂？"刘楠果决迅速地收起桌子上的书本，说，"我们去看看，到时候见机行事。你争取早点儿跟学校坦白交代，争取私了……要是让学校报警揪你出来，你等着进局子吧！"

如果李致硕知道被校长误吃的包子是我打算用来对付他的，那我还不如进局子呢……我没出息地坐在椅子上装死："刘楠，要不然一会儿我们再去吧？你让我再……"

"快走！"刘楠气势汹汹地拉我起来，"金朵，你想进局子，我还不想进局子给你送饭呢！少废话，跟我走！"

"你俩干吗去？"班长叫住我和刘楠，"现在上自习呢！不要随便出去走动，别的班还在上课呢！"

"我拉屎。"

刘楠没羞没臊地回完，便拉着我往外面走。

刘楠还没怎么样，班长白净的脸倒是红了一大半。

从教室出来，我忍不住劝她："楠姐，你说话也忒直接了。"

"我说话直接？"刘楠眼神厌弃地看着我，"你是不是忘了你以前什么样了？"

我已经改过自新重新做人，我耍赖着不承认："我以前什么样？你倒是说说？"

"得了，我没工夫跟你在这儿贫。"刘楠把我俩的书放在门口的柜子里寄存,说道,"金朵,你心也是够大的了。这都火烧屁股了,你还有工夫在这儿捂脸呢?"

我不是不知道火烧屁股了,而是我现在真的不敢去李致硕的办公室……我建议着:"刘楠,不然你去吧?我在门口等你?"

"行!"刘楠答得爽快,"那你得送我过去!"

刘楠办事儿,我十分放心。她说让我在办公室门口等她打听情报,我瞬间毫无压力。

好像没我什么事儿似的,我步伐轻巧地迈步往李致硕办公室走。我边走边问她:"我说刘楠,王校长应该没什么事儿吧?要是有事儿的话,我们不早听到广播了?再说,医生护士都及时赶到抢救了……不然我们还是回去吧!别去李致硕那儿了。那么多早餐送包子的,李致硕也不一定猜到我头上。"

对于我的话,刘楠选择充耳不闻。到了辅导员办公室门口,刘楠伸手敲门。我站在一旁跟她比画着,意思是说,我在旁边歇会儿。

"李老师!"刘楠没给我逃避的机会,大着嗓门叫门,"土木系13-2班刘楠和金朵……老师,我们能进去吗?"

出乎意料,李致硕并没有立刻让我们两个进去。隔着门板,他圆润的嗓音发闷:"你们先等一会儿。"

听到李致硕说话,我浑身的汗毛都乍起来了。

我立马撒腿往外跑,而早料到我会逃跑的刘楠先一步揪住我的领子。她学过柔道,我根本逃不掉。万般无奈下,我只好哭求:"楠姐!我断掉的胳膊!疼!你快松开我!"

"金朵,你演技太烂了吧!我根本没碰到你的左胳膊。"刘楠使劲儿掐了下我的腰,说,"你冷静冷静,先看看情况怎样!要真上纲上线地查起来,你肯定跑不了。主动自首和畏罪潜逃,那在法律上是一个意思吗?"

我是学土木的,又不是学法律的。法律上什么意思,我哪能管那么多?

有刘楠架着,我想跑是肯定不可能的了。刘楠比我聪明,出的主意势必是为我好……但我的身体比我的理智要敏感,知道李致硕在办公室里,我身体更进一步地做出了反应。

我扯着胳膊往外跑,刘楠缠着我的袖子往里拉。寂静的走廊上,布料撕裂的声音让人头皮发麻。夏天本来穿得就少,刘楠力气还大……我雪纺上衣的袖子,华丽丽地被刘楠扯了下来。

拉扯间,我身子惯性地往后仰又向前扑。刘楠站立不稳,迎接着迎面扑来的我,两个人齐齐下坠。

没有支撑的我们俩,声音钝重地一起摔在了辅导员办公室的门上。不知道李致硕的门锁是被我俩撞坏了,还是他根本没锁门。总之,我和刘楠是冲进去跌在了他办公室的地面上。

可能因为我的重量大,惯性也就大。和刘楠同步摔倒,我却比她先一步着地。旁边有椅子占地,刘楠只好闭着眼睛咬牙往我身上压。

熟悉的臂骨断裂的颤动出现……我的右臂摔断了。

我仰面朝天,刘楠压在我身上。她脑袋抬不起来,所以并未看见李致硕难看的脸色。虽然我有看见,但我并不能跟刘楠明说。

在刘楠准备起身时,我坚强地伸出还未痊愈的左手扣住她的脑袋。无论刘楠如何扭动,我都没有松开手。

"金朵!你干吗呢!你让我起来!"不了解状况的刘楠不屈地扭动身子想要从我的桎梏中解脱出来,"金朵,你别玩了……你再玩,小心我回去修理你!"

我无奈地咽下眼泪,明智地保持缄默。

此时混乱的状况中,我难得地机灵了一次……我认为,如果刘楠和我一样看到了在办公室里浑身上下只穿一条短裤的李致硕,那她恐怕也是离死不远了。

我不明白李致硕为什么在办公室里只穿着短裤,而李致硕显然也不清楚我们两个是怎么跌进来的。我胳膊上阵阵刺痛,疼得满脑门的冷汗。

刘楠趴在我身上,李致硕站在我对面,我姿势别扭表情狰狞地搂着刘楠的脑袋。刘楠费力地大叫着:"金朵……你再不松手,我可就要被你憋死了。"

李致硕平时感觉挺厉害的,他现在反倒没我聪明了。我稍微松开一点儿缝隙给刘楠呼吸,然后瞪着眼睛示意李致硕赶紧把裤子穿上。

为人师表的李致硕,我从来没见他穿得这么少过。像现在这样,只穿了条四角短裤,这简直是……对我来说像超市开张大酬宾,想看哪里看哪里。

我看得面红耳赤,一部分是兴奋,一部分是害羞,还有一部分,是不易察觉又说不清楚的悸动。

李致硕的身材不错,线条弧度适中,不会太分明,也不会太圆润。李致硕喜欢打网球,所以他胳膊上的肌肉稍显强硬。胸肌不算发达,但是足够紧致。白净的皮肤,细腻的光泽。小腹往下的灰色内裤……我抱着刘楠的手,不自觉收紧了几分。

"金朵!"刘楠露在外面的耳朵都憋红了,她暴怒地叫道,"你立刻松开我!"

被李致硕和刘楠一个冷暴力一个真狂躁夹在中间,我实在吃不消。我忍无可忍地低喝道:"李致硕!你把裤子穿上啊!"

我的话音刚落,屋子里瞬间变得静悄悄的。李致硕不再咬牙切齿地看着我了,刘楠同样一动不动了。空气仿佛凝固住,尴尬了我们仨。

在我明示暗示反复点拨下,李致硕也忍无可忍地直说:"金朵,你他妈的压在我裤子上了。"

听听,你们听听!李致硕他是老师,他居然骂……我压他裤子上了?

我倍感委屈,因为我觉得即便是我压了他的裤子,罪过也并不在我身上。在这个时间段里,他把本应该穿在身上的裤子铺在地上,合适吗?

"刚才王校长洗胃,把我的衣服都吐脏了。"李致硕脸上肌肉扭曲,他努力克制着自己不过来掐死我,"我只有一套运动服,还没等我换上,你就把它牵扯到地上滚脏了……你让我穿裤子?你现在是想让我裸奔回宿舍去取吗?"

李致硕这么一说,我似乎好像确实感觉背部的位置,有不易察觉的黏稠的湿感。

"李老师,你先别激动,我们心平气和地讨论一下这个问题。"我抱着刘楠的脑袋,仰视着他说,"不然的话,我找人……"

"不然什么不然?找人什么找人?"

李致硕火了,他是真的火了,也不管自己穿着短裤会不会走光了,一手一个揪起我和刘楠的衣领将我俩扔到了走廊里。他叉腰站在门口,冷声说:"金朵,你立刻给我走!这学期,你的课是挂定了。"

刘楠脸红得要命,我不抱着她了,她头还是垂得跟个鹌鹑似的。我没有害羞的心思,委屈地跟李致硕理论:"你不是说我按照你的吩咐做,你就不会让我挂科的吗?我每天按时上课,给你买早饭……为了给你擦黑板,我被全校的学生笑!现在就因为你自己脱裤子的时候不锁门给我撞见了,李致硕你……我……那个……"

我激动的情绪不得不停下来,因为我嘹亮的说话声在整个楼里回荡。余音袅袅,最为刺耳的便是"李致硕""办公室"以及"脱裤子"这几个字眼。

上自习的也好,上课的也罢,好多学生老师好奇地探出头来张望。我们三个人被围在中间,场面要多难堪有多难堪。

李致硕英俊瘦削的脸颊颜色变换跟红绿灯似的,最终颜色停在了阴森森的惨白上。既然被看了,李致硕索性大方了,抱着胳膊看着我,语调低缓地说:"金朵,虽然你按照我说的每周给我买早饭给我占食堂座位给我擦黑板……不过你搞错了,这些是为你自己做的,不是为我做的。我,用不着你替我上学。"

"我是答应过你,你做到了,我就让你这学期顺利过关。"李致硕不屑地冷哼,嘴角牵起森寒的弧度,"不过,我作为你的老师和辅导员,也该让你明白明白,人生有时候,就是这么不可思议。"

李致硕说话,从来都是比较耐人寻味含义深远意味深长的。

像是那句"我是老师"。

像是这句"不可思议"。

当我吊着两只胳膊走进教室上"马哲"课的时候,我终于能够明白,人生的不可思议远远要超过你能想象的不可思议。

王校长被下毒一案,闹得是沸沸扬扬。在我顽强不息的后天努力下,大家的视线毫无保留地从"王校长被李致硕老师下毒"转移成"李致硕老师在办公室里调戏大屁股女同学"。

因为这个大屁股女同学算是泛指我和刘楠两个人,所以,焦虑的不仅仅是我自己。

而被学校称为"别人家老师"的李致硕以迅雷不及掩耳之势，以"中国好身材"在T大的校内网蹿红。

李致硕……呃，我想，他应该也是焦虑的吧。

刘楠焦虑，她顶多喊两嗓子就算了。可李致硕焦虑，外人一点儿也看不出来。这段时间李致硕还像往常一样上课下课写板书用PPT，正常得简直让我太诚惶诚恐了。

而最为让我忐忑不安的是，李致硕，终于不再找我麻烦了。

我麻烦大了。

从某些角度看，人都是有轻微斯德哥尔摩综合征的。李致硕悄无声息找我麻烦时，我每天是神清气爽精神百倍，上蹿下跳跟打鸡血一般。现在他不搭理我了，我反倒像刚戒烟瘾的人，萎靡不振哈欠连天。

以我的受伤程度，是完全可以请长假的。不过为了弥补我"失口"犯下的错误，我只能架着两只胳膊来上课。

周一早上，我石膏上挂着早饭来李致硕的办公室。李致硕看了我一眼，继续忙他的。

"呵呵呵，李老师。"我小心地将早饭撂在办公桌上，"今天不是包子，是米饭。"

李致硕嗯了一声，还是没有抬头。

受不了李致硕不咸不淡的态度，我心里倍感忧伤。我满脸悲伤逆流成河四十五度角俯视坐在椅子上的李致硕……他根本没看我。

"李老师，您还没吃早饭吧？"我用石膏手将米饭推上前，"您先吃点儿，然后您再忙。王校长已经不能来学校了，您可别再累倒了……您是我们学校的希望啊！学校同学都还看着您呢！"

李致硕脸上的肌肉不自然地抽搐了下，以至于他姣好的面容都不正常地扭曲了。他窄挺的鼻子扭动了下，很快恢复自然。

"看着我？"李致硕阴得能掐出水来的脸忽然转晴，他笑道，"金朵同学，你也抓紧看吧！我想，你应该看不了我多久了。"

这是啥意思？我心里万马奔腾而过，悲戚地说："李老师，您不会不好意思得……想要辞职吧？"

没等李致硕回答，我真心实意地道歉："上次我是说话没注意场合，给您惹了不少麻烦。可是，您相信我，我真的不是故意的。"

李致硕的手掌翻转，钢笔流畅地在他五个手指间来回滑动。他笑得不阴不阳："金朵，你可能还不了解我。如果你了解我了，就会知道，我根本不是脸皮薄的人。"

呃……好吧，那我不明白了。他既然不会辞职，为啥我以后看不了他多久了？

"王校长不会因为包子的事儿，想私下找您麻烦吧？"我深感我的玩笑开得有点儿过头，"李老师，那您……"

"王校长找麻烦，也不是找我的。包子不是我让他吃的，包子也不是我买、我做的。"

似乎李致硕在说"我做的"三个字时，咬字特别用力。而且，在他说"我做的"三个字时，我是异常心虚。

李致硕手上的笔突然停住，他黑漆漆的眼睛像是坏笑的大公猫："王校长出院后第一件事儿，肯定是找买包子或者做包子的人。"

虽然我身上套着两个笨重的石膏手，我还是抑制不住地抖动了一下。

李致硕从椅子上站起来，高大的阴影笼罩在我头顶挥之不去，他一字一顿地说："金朵你应该知道，咱们学校最多的就是摄像头。走廊里有，教室里有，食堂里也有。"

"只要查一查摄像和食堂刷卡记录……"李致硕走到我旁边，不轻不重地拍了下我的肩膀，"什么人几点买的什么，什么人去没去过食堂，什么人买的辣椒馅包子……全都一清二楚了。"

我心里咯噔一声，瞬间感觉欲哭无泪……我只想着李致硕看不到我家的厨房，却忘了他能看到学校的食堂。

世界上最悲惨的事情莫过于，像我这种智商有硬伤的人还偏要去打击报复优秀人民教师。打击报复不成反倒连累别人不说，更是害了自己。

李致硕的语气，简直可以说得上是苦口婆心语重心长："金朵啊！我实话告诉你，王校长对辣椒过敏。他不知道吃了哪个同学送的辣椒馅包子，整个呼吸道瞬间红肿。要是一般的情况还好，主要王校长吃的包子实在是太辣了……如果那天医生没及时赶来的话，王老师八成就死了。"

我觉得哪里不对，可是又想不出哪里不对。我偏头看了看李致硕的侧脸，失神地问他："那个……王校长打算怎么办？"

"这么恶意的行为，已经不能是过失了吧？"李致硕淡淡地收回手，说，"仇恨老师，蓄意报复，害得校长差点儿一命呜呼……我看，这应该算是刑事案件了吧？别说开除了，判刑都有可能。"

我脑筋转不过弯来，李致硕突然问我："金朵，你知道那个包子是谁送的吗？"

"不知道，完全不知道。"我身子不动，脑袋晃得跟拨浪鼓似的，我反问他，"李老师，你知道是谁送的包子吗？"

"我？"李致硕斜靠在办公桌上，"我不知道是谁……我以为你知道。"

"你为什么以为我知道？难道你知道？"

"我不知道。"

"不知道就不知道吧！"担心自己这张管不住的嘴不小心说出什么来，我赶紧找机会开溜，"李老师，马上要上课了，我先回去了。"

李致硕没再为难我，笑着说："好，回去吧！不过，金朵，如果你知道是谁送的包子，一定要好好劝劝她。这种事情可不能开玩笑，还是尽早去自首的好。"

我的脸"唰"的一下白了。

当我浑浑噩噩地从辅导员办公室出来时，刘楠并没像往常那般在门口等我。我奇怪地顺着走廊找，在楼中央的大厅里才看到和王静民吵架的刘楠。

刘楠情绪激动，蒋小康也在一旁试图拉开王静民，不过收效甚微。王静民猛地甩开蒋小康的手，讽刺道："我说说怎么了？我哪里说得不对了？她和那个金朵一样没脸没皮！我要是李致硕老师，直接把她们从楼上扔下去！"

他们吵闹的声音很大，尤其还是站在中央大厅的位置，回音阵阵，楼梯似乎都跟着嗡嗡作响。撕扯间，蒋小康发现了我，叫道："金朵！你傻了啊？快点儿把刘楠拉走啊！"

蒋小康真抬举我，我现在两只手打着石膏吃饭都要人喂，我拿

/037

我很好，只是忘不掉

啥拉走刘楠？

王静民的言辞是真的激怒了刘楠，不用任何人帮忙，刘楠跳起来就往王静民脸上招呼。劝阻王静民的蒋小康可倒了霉，他挨了刘楠好几下子。从缝隙中看去，蒋小康的左脸都被抓红了。最后还是校警卫出动，刘楠才勉强算被拦住。我们都被拉去了警卫室。

"好好的，打什么架！"校警卫皱眉训斥，"我当了十几年校卫，第一次见你们这样的女孩子。居然跑来和男孩子打架……写检查！四个人全写！都是哪个专业的？我现在去给你们辅导员打电话！"

我颤颤巍巍地插话："警卫同志，我这个……"

"给！你的检查都念出来。"校警卫把录音笔拍在我面前的桌子上，铁面无私地一视同仁，"检查不深刻，全部重写。"

我悲催地报着唇，蒋小康憋不住声地轻笑。

"还好意思笑？"校警卫丢过本子来，"快点儿写！"

刘楠气呼呼地瞪着王静民，王静民满不在乎地回敬她。王静民肤色黝黑，大眼睛溜圆，瞪眼睛的样子，是要多气人有多气人。

蒋小康无可奈何地按下笔，神色淡定地写检讨。

"金朵……"蒋小康在桌子下面伸脚踢踢我，说，"王静民说的话，你别往心里去。他那个人，嘴臭惯了。"

这种事儿吧，我觉得蒋小康不用跟我解释。可他跟我说话了，礼貌上来讲我总该给个反应。不像最初喜欢蒋小康时那般激动，他跟我说话，我只是冷淡地回了个"嗯"。

蒋小康好像没感受到我冷淡的态度，突然问："金朵，你的手怎么样了？胳膊伤成这样，你怎么没在家休息？"

不说还好，一提手的事儿，我连冷淡都懒得给他了。我沉默地坐在办公桌旁，理智地选择对蒋小康的话充耳不闻。

"金朵，我跟你说啊，我们班的英语外教前几天……"

蒋小康并没觉得我是不想搭理他，继续喋喋不休地讲起了自己最近的生活。

以前我对这些如数家珍，但现在我听得兴味索然。自动屏蔽掉刘楠和王静民水火不容的对视，以及蒋小康没完没了的唠叨，我盯着桌子上裂缝的位置愣愣地出神。

/038

不知道过了多久,李致硕极具穿透力的声音在校警卫室响起:"同志您好,我是金朵和刘楠的辅导员,请问,我的学生在这里吗?"

不管我和李致硕怎么闹矛盾,那终究是内部问题。他是我的老师,我是他的学生,我和刘楠被校警卫扣押了,能带我俩走的只有辅导员李致硕。自己孩子自己管,自己爹妈自己疼……虽然我的比喻不太恰当,不过大体,就是这个意思。

李致硕来得似乎挺急,他脸蛋微红,额头上还有细密的汗珠。原本整洁的西裤蒙了层灰尘,让他整个人看起来略微狼狈。

我第一次觉得李致硕是如此亲切,估计刘楠跟我是一样的想法。我们两个什么事情都不做了,一起眼神热切地盯着李致硕。

李致硕显然注意到了我们等待组织批评教育的四个青年,略微皱眉:"怎么……还有英语专业的?"

"土木系的李老师吧?"校警卫看到李致硕的时候微微诧异,"你速度挺快的啊!我刚说几句你就把电话挂了,我还以为你那儿有什么急事儿呢……是这样的,你们班的两个女同学和英语专业的这两个男同学打架。"

李致硕的眉头展开,问道:"打架?"

是啊,不是打架,你还以为是什么?我想。

"是啊!打架。"校警卫没注意到李致硕脸上的表情变化,自顾自地往下说,"你们班的这两个女同学也真是够厉害的啊!和男同学打架……胳膊都伤成这样了,还想着惹是生非呢!"

校警卫的话里满是责备,我更是被责备得无地自容。

"哦,是吗?"李致硕接过校警卫递过来的纸巾擦了擦脸,神态放松地问,"那叫我来,是有什么事儿呢?"

我和刘楠听愣了,校警卫也被李致硕问愣了:"叫你来……当然是把你的学生带回去教育呀!你是她们的辅导员,有必要对她们进行思想教育和行为引导。"

"这个嘛……"李致硕随意地玩弄着手里的纸巾,笑道,"您现在是让她们在干吗?"

校警卫不明所以地答:"写检查啊……"

"那我们班这位写字不方便的女同学呢？"

"哦，我给她录音笔了。"

我突然有一种很不好的感觉。

李致硕笑着说："不用录音笔那么麻烦了。"

"让她对着我做检查就可以了。"

这还不如用录音笔呢！

古人曾说，一日为师，终身为父。这句话用在李致硕身上，完全可以说，一日为辅导员，终身是继父。

李致硕的建议，得到了校警卫的大力支持："李老师的办法好，让这些女孩子长长记性。"

"金朵，过来。"李致硕在临近校警卫室大门的沙发上坐下，和蔼可亲地对我招手，"我们在这儿说。"

于是，在校警卫室接收邮件包裹最为繁忙的时间段里，许多人亲眼目睹了吊着两条胳膊的我对着李致硕做深刻的自我检查和自我批评。

没多久，蒋小康和王静民的美女辅导员董雪也赶到了。

"我的学生在这儿是吗？"董雪很有家长的担当，进到警卫室先是道歉，"不好意思啊！我的学生给您添麻烦了吧？"

美女老师开口道歉，警卫自然不会太为难。毕竟，学生拌嘴打架也不是多严重的事儿。警卫挠挠头，指了指还在埋头写检查的蒋小康和王静民："没事儿，没事儿……你的学生在那儿，你带他们回去吧！"

经过了一番折磨，刘楠的怒气彻底被磨平。她看着可以离开的蒋小康和王静民，眼神无比艳羡。

蒋小康刚走到门口，又突然说："董老师，您能不能帮着跟李老师说说情？我们打架是我们不对……能不能让他别太难为金朵了？"

董老师笑容暧昧地在我和蒋小康之间看了看，走到李致硕旁边，笑着解围："李老师，这两个女学生……"

"金朵是我的学生。"李致硕是对董雪说的，可他的话是说给蒋小康听的，"既然没什么事儿了，董老师你还是带着你的学生回去吧!"

董雪讪笑一声,尴尬地自己圆场:"我就是随便说说……那行了,我先带我的学生回去了。"

蒋小康固执地站在警卫室门口没走,坚持道:"李老师,你这么为难一个女学生,不好吧?"

李致硕低头玩着自己的指甲,一言不发。

"打架是我们的错,老师罚我们写检查做检讨,这都没问题。"蒋小康还是坚持不懈地说道,"不过,你的行为是不是掺杂个人情绪在里面了?李老师。"

蒋小康帮我出头说话,还真是少有。

以前我为了他不说是披荆斩棘,一路奋战什么的也算不少。而多数时候,他对我的事情都是冷眼旁观。看着我被人笑,看着我被人骂,看着我跌倒摔伤为了他把自尊踩在脚下……即便那样的时刻,他也没为我出头说过话。

从来没有。

蒋小康站在警卫室门口,太阳的余晖仿佛在他身上镀了一层浅色的金光。树影晃动,似乎有脉脉的流光在蒋小康白皙的皮肤上流过。跟李致硕比起来,蒋小康要青涩得多,也要稚嫩得多。

恍惚中,我似乎又看到那个为我铺床拿行李的蒋小康。

那个穿着衬衫笑得好看的蒋小康,曾经对我说:"学妹你好,我是英语专业的蒋小康,我负责你的迎新工作。"

如果我说自己现在一点儿也不心动,那肯定是骗人的。毕竟我喜欢蒋小康有一两年了,虽然很多执着的情绪不再有了,可喜欢他的感觉我还一直记得的。

要不是此时人多,我真的想哭一场。

气氛有些僵,蒋小康说完话,大家都小心地注意着李致硕的反应。

董老师比较袒护蒋小康,试着缓解尴尬:"李老师,小康他的意思是……"

"你什么身份?"

李致硕坐在沙发上没有动,连指桑骂槐都省了,直接问蒋小康:"你是以什么身份对我说这种话?你是金朵的男朋友?好像不是吧？"

蒋小康不甘心地想反驳，可他看了看我，终究什么话都没说出来。

李致硕动作缓慢地站起来，双手交叠放在胸前，笑得柔和而又善意："我，是金朵的'马哲'老师，也是她的辅导员……你是大三的学生，哪些属于辅导员的执教范围，你应该清楚吧？"

"别说我让金朵在这儿做检查做检讨了，就算我让她在全校师生面前反省自己的过错，那也是正常的。你们董老师能管教你什么，我便能管教金朵什么……我所做的好像也没什么不合适的吧？"李致硕回头问董雪，"董老师，我有哪里说错吗？"

李致硕语气云淡风轻，用词却咄咄逼人。不只是蒋小康，连董雪都哑口无言。

唉，我只能认命了。李致硕为公也好，为私也罢，我都得受着。

"那个……"我不想没有意义地讨论继续下去，能够快点儿离开才是要紧的，"李老师，我刚才的检讨合格吗？"

在蒋小康看来，在他为我争取合理权益时，我和李致硕说这话，完全是打压我方气势助长敌方的气焰。蒋小康满脸通红，气得跺脚："金朵，我是在帮你呢！你自己能不能有点儿出息？"

"怎么？"李致硕不阴不阳地反问，"跟你一起忤逆老师就算有出息了？你帮她……你这哪里是帮她了？你确定你不是让她越来越难堪？蒋小康同学？"

"反正你不能让金朵继续在这儿做检讨了。"蒋小康完全说不过李致硕。可蒋小康有执着的劲头，他寸步不让地坚持，"金朵她一个女孩子，你现在这样完全是不尊重她！"

李致硕笑呵呵地问："我让她反省自己的过错算不尊重她了？那我想问问，你让她一个女孩子追着你满学校跑，因为你幼稚地跟同学打赌，教唆她从楼上跳下来……你这，算是对她尊重？蒋小康，跟我讲尊重，你会不会更好笑？"

打赌？什么打赌？李致硕的话……是什么意思？

蒋小康和李致硕你一言我一语，唇枪舌剑互不相让。董雪和校警卫在一旁看着，谁也插不上话。窗户边上趴了不少学生，都好奇地往里张望。

张望的学生中包括我们班的班长、学委，蒋小康班的班长、学委……即便大家竭尽全力延长在警卫室停留的时间，他们也还是听了个一知半解。

一想到校内网上没完没了的八卦和非议，我觉得脑袋都要大了。我不明白现在蒋小康和李致硕到底在据理力争些什么，我只知道，等他们两个讨论出结果来，我是一点儿脸面都没有了。

我终于"出息"了一回，忍无可忍地对着他俩大吼一声："闭嘴！你们两个，都给我闭嘴！"

喝水塞牙缝，烧香佛爷都掉腚，说的就是我这种人。

虽然我吼得很有气势，可是完全没掌握好力度。我嘴张得过大，喊完之后一阵"啊啊啊"声……我的下巴，直接被我喊脱臼了。

因为蒋小康的言辞，李致硕的脸色一直很难看。可在我的下巴脱臼之后，李致硕毫无仪态地放声大笑。

李致硕笑得那个开心、那个得意哟。我大张着嘴巴，表情窘迫极了。刘楠着急地跑过来问我："金朵？你还好吧？"

好姐妹是什么？好姐妹就是别人都在关心李老师笑得帅不帅时，她会在意你脱臼疼不疼。我要被刘楠感动哭了，但除了"啊啊"的声音以外，我什么也回答不了她。

"走吧，我带你去医院。"李致硕终于停下不笑了，擦擦眼角笑出的眼泪，竭尽全力保持正经地说，"下巴弄不好，以后会经常脱臼的……我认识一个不错的医生，治疗脱臼特别拿手。"

还想插话进来的蒋小康，及时被董雪拦住："我们先回去吧！李老师会带金朵去医院的……小康、静民，咱们系还有点儿活儿。我自己干不了，麻烦你们两个来帮帮我。"

蒋小康似乎不想走，但是辅导员开口求助，他不去又不太好。临走之前，蒋小康小声对我说："我等下给你打电话。"

想到我脱臼的下巴说话不方便，蒋小康改口说："那我等下给你发短信。"

又看了看我被吊着的两只胳膊，蒋小康无奈地叹了口气："我还是打给刘楠好了。"

听到刘楠的名字，王静民不屑地冷哼一声。刘楠也没傻到当着

/043

校警卫和辅导员的面顶风作案,她恶狠狠地回瞪了王静民一眼,这才作罢。

我不想李致硕跟着我去医院,有他跟在身边,我总有一种被人幸灾乐祸的即视感。但是没有办法,他是我的老师。我是有苦不能说,刘楠是敢怒不敢言。

可怜兮兮的我只能不断安慰自己,有李致硕跟着,学生意外保险可能会好办一点儿。

从校警卫室出来,李致硕去取车。刘楠歉意地对我说:"金朵,今天这事儿都怪我,是我不好,拖你下水了。"

用全身上下唯一还算健全的屁股摇了两下,以此示意她不要往心里去。我也经常拖刘楠下水让她受牵连……姐妹嘛,说这些都是多余的。

没多会儿,一辆卡车形状的车停在了我和刘楠面前。我们两个刚打算给车让路,车里的人却按了按喇叭。随着车窗下降,李致硕笑意盈盈的脸一点点显现:"上车。"

作为一个低调保守的人民教师,李致硕的车也是有够低调的。要不是刘楠告诉我,我真不认识这种蠢笨蠢笨的车。如果不说李致硕开的是路虎,在我的意识里,基本这种车型等同于北京吉普。

而在我看来,北京吉普要上档次多了。

从学校到医院,我们三个人一路无话。只是很偶尔的,李致硕会想起什么一般轻笑两句。我全当他是抽风,明智地选择视而不见。

到了医院,李致硕充分利用了刘楠任劳任怨的愧疚心理,指挥她去排队挂号,他则很是大尾巴狼地坐在我旁边,美其名曰"照看学生"。

医院里人来人往,每个路过的人都要对着我悲惨的造型长吁短叹一番。我觉得,如果没有李致硕的"照看",我可能还不至于到今天这种地步。

"金朵。"李致硕的面瘫已经得到了缓解,最起码,我看出他是在笑了,"你还没笨到无可救药的地步嘛!"

李致硕读懂了我单一"啊啊"声中的疑惑,憋住笑意,说道:"刚接到校警卫电话的时候,我还以为你真笨到跑去自首王校长的事儿了……"

自首……这么说，李致硕知道包子是我送的？

我急着"啊啊"地解释。我真的是害怕了，急着想解释点儿什么。李致硕抬手打断我，好心地安慰着："我是不是没有告诉你？王校长的事儿，警方已经有定论了。"

"啊啊啊！"

我更加着急，无力地想要证明自己的清白。李致硕憨笑憨得脸都红了："王校长这次住院，不是因为辣椒过敏，是学校食堂方面卫生不过关，有人错将化工用料当成面粉……王校长，只是单一的食物中毒。"

这么说，李致硕一直清楚事情的真相是吗？这么说，李致硕是故意看我着急出洋相是吗？

对于我的怒气，李致硕轻描淡写地一笔带过："金朵，你的包子味道还是不错的……刘楠来了，我们去看医生。"

我怒气冲冲的表情当即愣住，呃，李致硕的意思是……他吃了我的超级无敌辣椒包！？

急于想要得到答案的我，不甘心地用石膏手拦住李致硕。没理会刘楠急切的催促，我"啊啊"地问他。

"你想问什么？"李致硕手指灵巧地玩着车钥匙，略微低头，刘海儿上的碎发落在眉间，"你是想问，我吃没吃那个包子？是吗？"

我猛地眨眼。

"呵呵，你送来的包子，我倒是没吃。王校长在我的办公室里洗胃抢救，那一天我都没吃饭。"

我不知道是该庆幸多一些，还是失望多一些……既然李致硕没吃，那他干吗一副对我杀之而后快的表情？

李致硕的语气听不出好坏："忙着抢救王校长的时候，不知道哪个医生把你送的包子塞到我的西装口袋里了。晚上我去我女朋友家，我女朋友准备给我洗西装……她一没留神，她家的狗把包子吃了。

"金朵，你觉得你刚才读检讨的时候丢人吗？"

我再次眨眨眼睛。

李致硕手劲稍大地推开我挡在他面前的石膏手："我女朋友的

/045

泰迪，吃了你的包子后跟犯了狂犬病似的……那一晚上，我追着它满大街地跑，你知道，我有多丢人吗？"

瞬间，我心理平衡了。

我的脑海中浮现出一幅极为喜感的画面，穿着四角裤的李致硕弯着腰满大街追着一条吃了辣椒发狂的泰迪……想笑又笑不出的下巴几乎令我憋出了内伤，我腰腹的位置疼得要命。

刘楠拿着挂好的病号催我："金朵，我看你好像很不舒服……快点儿去看医生吧！"

我是不舒服，但也是笑得不舒服。

在报复李致硕的道路上，我算是小有成就。虽然有些两败俱伤，可我觉得很值了。不管怎么说，我自损了一千，也勉强伤敌一百了。

乐极，终究是要生悲的。我的下巴脱臼之后，我妈毫不留情面地将我带回了家。

"妈！我还要上学呢！"我口齿不清地拒绝，"你不能拖我后腿啊，你这不是耽误我进步吗？"

我妈大手一挥，指挥着我爸搬行李上车："金朵，还用我拖你后腿吗？你的两只手都打上石膏了……你到底是上学还是上战场啊？人民子弟兵也没你伤得这么严重啊！"

人民子弟兵伤得不严重？那是我妈没见到……我好言相商："妈妈，我要是回家的话，你和我爸都上班。没有人照顾我，我多凄惨啊！"

"不凄惨，一点儿都不凄惨。"我妈冷着脸说，"我已经请好假在家照顾你了，你不用担心自己没人陪着。"

"……"我能不担心吗？我妈在家陪着，我不是更凄惨？

事已至此，已经完全没有转圜的余地。我妈兴师动众的姿态，连系主任都惊动了。

系主任是我妈上学时候的追求者，在他眼里，我妈即便是四十多了，那也还是一枝花。我大学入学那会儿，系主任曾经关切地请我们一家吃了顿饭。他拍着胸脯保证，一定会让我有个幸福快乐的大学生活云云……现在我生活不能自理得被我妈接走，系主任十分过意不去。

为了转移矛盾，系主任很不厚道地将李致硕推到了前线。他遗憾地对我妈说："朵朵的辅导员李致硕老师刚来任教，我没有交代清楚，可能中间出了些差错……"

"你是李致硕老师？"我妈明显对李致硕抱有相当大的好感，"我的孩子，我自己清楚。朵朵从小就不是让人省心的姑娘……我还要感谢李致硕老师，要是没有他的教导，朵朵也不能像现在这么愿意学习。"

我欲哭无泪，跟着系主任一起来的李致硕笑得天真无邪。

回家的路上，我妈不高兴地说："金朵，跟你妈回家，你就这么不高兴？"

"怎么会！完全没有的事儿！"我赶紧换了张笑脸，"世上只有妈妈好，金朵的妈妈是个宝。"

"这还差不多……"我妈一边开车，一边嘀嘀咕咕地问，"朵朵啊！你们的李老师，怎么样啊？"

怎么样？什么怎么样？

"我听你们系主任说，你们的辅导员李致硕老师，是王校长的外甥。"不知道我妈的脑袋里到底在想些什么东西，"你有没有什么想法？"

什么想法？什么什么想法？

"你跟你爸一样，榆木脑袋！"我妈拍了下方向盘，气急败坏地说，"我是说你和你们李致硕老师……"

我赶紧表明自己的立场："妈，别看李致硕老师长得好，可我思想上还是很坚定的。我对李老师完全没有任何想法，他只是我的老师。再说，我们李老师他有女朋友的……"

"你胡说八道些什么呢？"我妈倒腾出手来，重重地在我脑袋上拍了一下，"我是想说，你们辅导员这个人好不好说话？你们学校每年有交换生的出国名额，这个名额的审批权在你们王校长手里。你们辅导员是王校长的外甥，那找他……"

"拉倒！快拉倒！"我举不了手，恨不得把脚给举上，"我们李致硕老师是系里出了名的刚正不阿铁面无私，你找他买名额，不是找死吗？"

"是吗？唉，这该怎么办……"

我妈皱眉深思，最后得出一个结论："你这个孩子！你说你好好学习多好？我就不用到处求爷爷告奶奶地帮你想办法找出路！金朵，你能不能努力一下？让你妈争口气？像你当初考上T大似的……"

又来了又来了……

每次一谈到学习的事儿，我妈总是会回想起我人生中最辉煌的那个瞬间——接到录取通知书的那刻。

我的学习，一直比较拿不上台面。从小学到高中，我的学校都是我妈用钱生生堆出来的。哪怕我妈为我上学花的钱连起来能绕我好几圈，我的成绩依旧是要死不活。

烂泥糊不上墙，我妈经常对着我的成绩单愁苦又无奈地感慨。

能考上T大，完全是个意外。不仅我妈没想到，我自己都没想到。接到大学录取通知单的时候，我妈瞬间哭了。

"朵朵，你真是妈妈的好姑娘啊！"当时，我妈激动得说话都语无伦次了，"你偷偷告诉妈妈，你是不是抄你后桌同学的试卷了？"

我妈会有这样的想法，我一点儿也不怪她。毕竟我的实力摆在那儿，而高考坐我后桌的同学是省重点高中前三甲的种子选手……不过，高考的试卷，确实是我超常发挥来的。

有基础，才能叫超常发挥。没有基础，那只能算是撞大运。感谢我还算好用的智商，在临近高考前受到我同班女生的刺激后，我发疯似的狂补了三个月的课。就这三个月的课，帮着我上了T大。

按照我表弟凌辉的话讲，我属于患有重度拖延症的激励型人才。除非在报考交流生前有什么毁灭性打击的事情发生，否则像高考时那么争气的事情再发生，是完全不可能的。

"妈，你真的请假了？"我不想继续纠缠交流生的事儿，"你请那么多天的假，能行吗？"

"没事儿。"我妈拐弯进车库，"正好凌辉要来住几天，所以……"

"凌辉要来？"我悲愤交加，"妈，你学坏了，你为什么不早告诉我？"

"凌辉说先不告诉你呀！"

"你实话告诉我，其实，凌辉是你生的吧？"

我妈笑得嘴都合不拢了："别瞎说。"

说曹操曹操到……凌辉是比曹操来得还快的人，你看，我刚想起他，他就来了。

凌辉是我的表弟，可实际上我们两个没有一点儿血缘关系。我姥姥和凌辉的姥姥，大概是有八拜之交的关系。不是亲人，却胜似亲人。凌辉妈妈和我妈脾气相近，所以我们两家走动比较多。

这简直，是我的噩梦。

我觉得我已经够浑的了，凌辉是比我还浑的那种浑蛋。小时候，他住在我家的时候，我经常被他整得体无完肤遍体鳞伤。

{第三章}
凌辉是个坏透了的少年

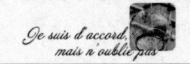

"朵朵姐!"

我刚从车里下来,就见凌辉笑得那叫一春光灿烂,对于我打着石膏的两只手以及脱臼的下巴,他完全没有流露出讽刺挖苦的意思:"你累了吧?快进屋好好休息休息!想吃什么?我给你买。"

即便我只是下巴脱臼,可我很明智地没有开口,沉默地继续装聋作哑。

"朵朵,你怎么这么没礼貌呢?"我不搭理凌辉,我妈都不高兴了,"凌辉跟你说话呢!你倒是答应一声啊!"

凌辉最会在我妈面前扮委屈装可怜:"姨,没事儿的……朵朵姐不是不想理我,她现在是不方便,我懂,我都懂。"

你懂个屁啊!我心里无声地反驳道。

"走吧!"我爸搬出我的行李,说,"咱们进屋说,别在车库里吸尾气了。"

"哎!"凌辉答得痛快,将手搭在我的肩膀上揽着我往屋里去,"朵朵姐,从过完年咱俩就没见了吧?你最近在学校怎么样啊?有没有交男朋友啊?我跟你说……"

凌辉比我小十五天,可是他的身高比我高了一大截。凌辉身长比例好,典型的倒三角,唇红齿白伪正太,天生吃软饭的料。

等进了我的房间,凌辉立马用一种委屈无助的眼神看着我:"朵朵姐,你有没有……"

凌辉私下里还这么客气礼貌地称呼我,多数情况下是为了要钱要鞋要东西。我觉得,凌辉的歪风邪气不能助长。所以没等他说完,我便义正词严地拒绝:"没有钱。"

"不用太多不用太多!"凌辉微眯着眼睛,讨好的笑容挂嘴上,

"只要你手头上……"

"我没有手。"

"朵朵姐，我保证这次真的只是暂用。"凌辉收起笑意，满脸的真诚无邪童叟无欺，"这个月的生活费到账，我肯定立马还你……以咱俩从小光屁股长大的交情，你怎么也……"

我闭上眼睛往床上一躺："你当我死了吧！"

"金朵！"看我软硬不吃油盐不进，凌辉丑恶的嘴脸登时显现。他不管不顾地揪着我受伤的石膏手，悲戚地摇着，"我这次真的是摊上大事儿了！你救救我！你救救我！"

我疼得龇牙咧嘴，被迫无奈地应承："行行行，你要多少？"

"五……"

"五千啊？"我脑袋瞬间涨得无比大，"你干吗要这么多钱啊？五千块钱？这是我半年的生活费啊，大哥！"

凌辉嘿嘿地笑，眯着眼狡诈的样子十分像狐狸："也不是很多，其实我想说的是……我需要五万……"

"你怎么不去抢啊！"

我情绪激动，喊的声音偏高，已经受伤一次的下巴不满地叫嚣着，差点儿再次脱臼。

"凌辉。"我很严肃而又正经地说，"我一点儿开玩笑的意思都没有，我认真地说，你认真地听……我跟你不一样，我不是富二代，我没有那么多钱。别说五万了，五千我也没有。"

凌辉已经不要脸到一种境界了，他恬不知耻地建议："那个什么……我记得你成人礼的时候，我姨夫不是送了你一个钻戒？虽然钻戒不是很大，一万块钱怎么也有了吧？"

"你不是我表弟。"我哀叹一声。

凌辉不明所以："啊？"

"你是我亲爹。"我实事求是。

凌辉一点儿都没听出我是在讽刺他，嘿嘿地笑道："朵朵姐，你别这么说嘛，整得我怪不好意思的……你这么评价我，你让我以后怎么……"

"滚！"

我毫不客气地将凌辉赶了出去。

出乎意料的是，凌辉并没有因为我赶他出门而恼怒。甚至很难得地，吃晚饭时，他竟然主动要求和我坐在一起。

我如临大敌正襟危坐，晚饭期间，连个大气儿都不敢喘，闷头吃饭。

果不其然，不打无准备之仗的凌辉是有备而来。在我妈问他是否交女朋友时，他态度谦虚地说："姨，我还小呢！"

"不小了啊，你和朵朵都该考虑谈恋爱了。"我妈还算比较开明的家长，"我就总说朵朵……"

凌辉自然地接过话来，笑道："我跟我姐不一样啊！我是男孩子，先立业再成家。而我姐就不一样了，她大学毕业准备结婚嫁人就好了嘛！姨，你不用担心，我姐刚才和我说了，她在学校和她的那个学长蒋……"

我心里警铃大作，赶紧找机会将凌辉拉离了餐桌，我妈狐疑地看了看我们两个，没有多说话。

避免凌辉当着我妈的面胡说八道，我只好妥协："祖宗，你到底要那么多钱干吗啊？"

"金朵，这次你一定要帮我，你不帮我的话，估计你要到海里去捞我的尸体了……"凌辉悔恨交加一字一顿地说，"我要钱，杀人……我女朋友怀孕了。"

凌辉这哪是杀人啊，他这完全是杀我啊！

"你到底有没有责任心羞耻心道德感？"我挥舞着石膏手，不断地殴打着凌辉，"你小学思想品德是怎么学的？你是男人！男人！你要负责任的！没有买卖就没有杀害，你懂吗？"

呃，这话用在这里似乎不太合适……

我收回手，尽量端出为人表姐该有的样子："你说说你，你要是缺钱买球鞋养妹子，我也就不说什么了。可你……"

"金朵，这次的事儿真不怪我！"凌辉委屈地揉着自己脑袋上被砸出的大包，叙述口气无比凄惨，"那天其实是这样的……"

按照凌辉的话讲，他真是无辜可怜。凌辉虽然黑心得像只狐狸，可他是冲动的白羊座。大概在两个月前的中旬，是凌辉的生日……

讲到这里,凌辉不忘跟我翻旧账:"金朵,我过生日你就给我来了条短信,居然连礼物都没给我准备……哦,对,肯定是因为你没送我礼物,所以我才会伤心难过出了差错……"

"说重点。"

好吧,重点就是那天晚上冲动的凌辉喝多了酒走错了房认错了媳妇上错了床。一不留神,凌辉把哥们儿的媳妇给那个啥了。

"你别这么嫌弃地看着我。"凌辉习惯性地伸手摸我的脑袋,"第一次,我是喝多了。早上起来,床上是我们俩……清醒之后,我真的没再跟她怎么样过。在学校的时候,我基本都是避开她走的。是她非要说是我的女朋友,每次见面都叫我小老公……"

"她敢叫你就敢答应?"

"应承一声,应该也没什么吧?"凌辉挠挠脸,嘿嘿一笑,"反正大家是同学,她一个女孩子……叫我我不答应,她好像还挺尴尬。"

我讽刺地说道:"你心地可真善良。"

显然,凌辉并没觉得有何不妥。而且他在讲述这件事情的时候,隐隐还带着些许得意的神情。凌辉犹如动物世界里的雄性,征服雌性生物总归要炫耀一番。

幼稚,可笑,无聊至极。

对于哥们儿的媳妇出轨是否属于无意识行为,我们暂且不提;对于人类酒后是否存有能够乱性的体力,我们姑且不论。总之,当务之急是将凌辉女朋友肚子里的孩子拿掉,这个才是重点。

爱情中没有绝对合拍的两个人,只有将错就错的他们俩。三人恋爱,我还是第一次听说。跟他哥们儿的女朋友谈恋爱……凌辉不要脸到这种程度了,他妈知道吗?

"金朵……"凌辉见我走神,不满地摇晃着我的胳膊,"那个女的家就她一个女孩儿,她有七个哥哥。如果她那七个哥哥知道她怀了孩子,估计能把我拆了丢海里去……好金朵,你救救我吧!"

"行了!"我快被凌辉晃散架了,"怀孕了……咋要五万这么多?她怀的是龙驹啊?龙驹也不用这么多啊!"

凌辉垂头丧气,抱怨连连:"遣散费。"

我难免落井下石,幸灾乐祸:"你真贵。"

/053

眼见凌辉再次对着我伸出魔手,我赶紧跳着退后一步。我好言相商:"有话好说,少侠,你切莫动手动脚的。我现在比你好不到哪儿去,虽然我没有一个等着领遣散费的女朋友。"

"金朵,我听说,你在学校挺多姿多彩的嘛!"凌辉见我一直没答应帮忙,唯有使出必杀绝技,"你和你那个师兄蒋小康……"

"凌辉,你逼我,我也没办法啊!我上哪儿筹五万去?这样吧,我友情赞助你……两千?"

凌辉不为所动,闲散地翻看着自己白净的手掌,说:"呵呵,我还听说,你和你们的老师李致硕……"

"五千,我真没有太多了……你总不能让我去卖我爸送我的戒指吧?你还有良心没有?那是我的成人礼礼物……"

凌辉装腔作势地叹了口气:"金朵啊,你是不是学校食堂的辣椒没摘够啊?"

我的个亲妈,他怎么什么都知道?

"我高中同桌在你们学校。"凌辉再次展露出他的满口白牙,"你的事儿,她都告诉我了。"

有什么别有李致硕,遇什么别遇凌辉……至理名言。

既然我躲不过凌辉的讹诈,我还不如想个对自己有利的办法:"凌辉,不然的话……我做你女朋友吧?然后咱俩分手,你就不用给我遣散费了,怎么样?"

"噗!"

我忘了说前因后果,凌辉听了个断章取义,没能控制好情绪,一口口水喷了出来。

"呵呵,你看你高兴得。"我淡定地用脸蹭凌辉的衬衫,淡定地将他的口水都还给他

遣散费开口就要五万,估计强拆都没碰到过这么敢要价的。

什么莫名其妙醒来发现自己走错了房,什么稀里糊涂多了个女朋友。凌辉说的事情,在现实生活中发生的概率比意外怀孕都低……整件事儿说白了,就是有人看上凌辉人傻钱多有便宜占,能咬一口是一口。

我的想法,非常简单。我跟凌辉大概讲了讲,由我,假装凌辉

的女朋友出面去洽谈，再想办法戳穿骗子的假面具。此时此刻，对恶势力低头是完全行不通的。如何从根本上杜绝此类事情再次发生，才是解决问题的重中之重。

凌辉彻底被我侃晕，胡乱地点头称是。

第二天一大早，吃完早饭后，我和凌辉就借着"遛弯"的名义从家里跑了出来。凌辉按照我的吩咐，约了他的女朋友出来聊聊。

凌辉的智商和心力，估计都浪费在跟我斗智斗勇上了，一旦处理稍微难缠的关系，就像难产一般费劲。凌辉站在我的左边，表示很担心："金朵……你说的办法，能行吗？不然的话，干脆给她钱好了。大不了，我回家被我妈揍一顿。"

我笃定地用石膏手拍拍凌辉的肩膀："相信我，妥妥的。"

凌辉对我的话表示极度不信任："就是因为你这样说，我才不放心啊！多数情况下，你越是说得肯定的事儿，越是不靠谱。"

虽然凌辉极力将情况渲染得凶神恶煞，不过我觉得，我的办法那是相当靠谱……哪怕是不靠谱，也一定会是我最省钱的。

凌辉所在的大学，是全国知名的镀金学府。学费住宿费生活费，样样高昂。金灿灿的校章美其名曰"国际关系学院"，可事实上，教出来的却是一帮连人际关系都处理不明白的败家子。

在这群败家子里，凌辉是当之无愧的佼佼者，熊孩子中的航空母舰，败家子中的战斗机。不知道凌辉跟哪个哥哥学的"没钱拜神，有钱败家"理论，因为这句话，凌辉败家败得异常心安理得。

按照凌辉的话说，钱嘛，就是用来挥霍的。花出去的才能叫作财产，不然，只能算是遗产……冤大头成这样，不坑凌辉，都算骗子没有专业精神。

我和凌辉先到了约定地点，市里医院对面的奶茶店。凌辉没心没肺地喝着奶茶，龇牙笑的时候我恨不得动手抽他。

"金朵，你尝尝他家的蛋挞，做得那叫一好吃。我吃了这么多家的蛋挞，这个是唯一一个……你打我干什么？"

"我不打你，你是真记不住我文武双全啊！"我愤慨地用还打着石膏的手臂敲着凌辉的脑袋，"你是来吃蛋挞的吗？你是来吃蛋挞的吗？都火烧屁股了，你还惦记着吃？"

凌辉小心避开我的蹂躏，吊儿郎当地调侃道："不还有你吗？兄弟是手足，青梅是屁股……金朵，你算是我的屁股。火烧我的屁股，不就等于烧你吗？烧在我身，疼在你心。"

我懒得和他胡扯，阴沉着脸没说话。坐在一旁的凌辉想到了什么，突然哈哈大笑："大屁股金朵！哈哈哈！"

"滚！"

我们两个在自我吹捧和彼此厌弃中度过了十分钟左右，凌辉的女朋友宋小玉才姗姗赶来。

"你们早来了啊！"宋小玉已经知道我是凌辉女朋友的事儿，丝毫不觉尴尬，"点吃的了没？"

奶茶店的方形桌子，我和凌辉坐一面，宋小玉自己坐一面。

宋小玉叫来服务员，点完餐食后，笑说："这家店的蛋挞做得特别有名，你们要不要来一份？"

他们国际关系学院出来的一个两个怎么就认吃呢？

"不用了。"我的话凌辉总算听进去了，他笑眯眯地挑明话题，"小玉啊！我们今天来，是想说说……"

"孩子的事儿，是吗？"宋小玉的指甲修剪得很精致，她拧开LV手袋从里面拿出烟来点上，"凌辉，咱俩的事儿说得已经很清楚了。我就要五万块钱，你把钱给我，我把孩子处理掉。"

宋小玉话说得简单，可"处理掉"三个字听得我心惊肉跳。即便手不方便，我还是挣扎着拉着宋小玉的手腕。

在宋小玉满头雾水的表情里，在凌辉莫名其妙的眸色中，我尽量不让自己看起来像是在坏笑："小玉啊！这个孩子，你一定不能处理掉啊……"

"金朵？"

我没理会凌辉无助的呼唤，满脸诚挚地劝道："小玉啊！既然有了孩子，那就生下来吧！凌辉养得起……以凌辉的经济实力，别说养孩子了，连你也养得起……"

"金朵！"凌辉的脸色登时变得煞白，"你胡说八道什么呢！"

"把孩子生下来？"宋小玉同样很犹豫，"我现在年纪还小，我没有想过……"

　　我满不在意地挥挥石膏手:"年纪小算什么啊?名人都说,出名要趁早,生孩子要赶小……再说了,你要是能给凌辉的妈妈生个孙子,凌辉的妈妈是不会亏待你的。"

　　"哪个名人说的啊?"凌辉也不拦着我了,冷笑着问,"金朵,我怎么没听哪个名人这么说过?"

　　"我家门口超市那个名人说的,赵一鸣。"我不理会凌辉的冷嘲热讽,继续动摇着宋小玉的决心,"你想,你现在怀着孩子,只要五万。可你把孩子生下来……每月五万都不是问题啊!运气好一点儿,你嫁入豪门完全指日可待!"

　　宋小玉估计也没啥主意,眼神动摇:"你说的……好像是那么回事儿。"

　　凌辉坐在一旁瞪着我,他那凶狠的眼神恨不得将我生吞活剥了……不是我不想管凌辉,是他自己纯属活该。

　　不负责任在先,坑害无辜在后。我管他死不死呢?他不死,我就要死了。

　　反正凌辉他妈天天闲着也没啥事儿,阔太太抱狗远没有抱孩子接地气儿。凌辉他妈要是知道凌辉这么出息,年纪轻轻就有了儿子,估计乐得嘴都合不上了。孤独的晚年生活有了依靠,是件让人深感欣慰的事儿。

　　瞬间,我觉得自己善良得像个慈善家。

　　宋小玉偷眼看了看凌辉,不自觉地脸红了,精致的指甲来回地刮碰,那是藏也藏不住的小窃喜。

　　这事儿估计有谱,而凌辉脑袋上的头发,似乎更加绿油油了。

　　"那你们先聊着……"我刚打算开溜,却发现自己牛仔裤裤腰的位置被凌辉用手指掐住了,"呵呵,凌辉,你这是……啥意思?"

　　"我啥意思?"凌辉笑得跟抽筋似的,"我没啥意思,我要谢谢你。金朵,谢谢你为我出谋划策想办法啊!真是太辛苦你了。"

　　我不敢邀功,谦虚地说:"哪里哪里,这都是我应该做的。"

　　"刚才的事儿,我不计较了。"凌辉略微弯身,凑到我耳边,小声地说,"如果你不把烂摊子给我解决了,小心我……"

我清晰冷静且理智地劝道:"凌辉,你看,你都是成年人了,怎么做事儿还这么冲动呢?不管怎么说,宋小玉的肚子里是条生命啊!你唆使她去打胎,那不是作孽杀人吗?你叫我做这么缺德的事儿,其实……有话好说!你能别这么幼稚吗?再怎么说,我也是一女的,你总不会真想让我大庭广众之下掉裤子吧?"

"有话好说?"凌辉皮笑肉不笑地威胁,"金朵,我看,我就是对你太客气了!"

凌辉真是好意思,他这还算对我客气?

好吧,"七寸"被掐着,我多少有点儿顾忌。

我嘿嘿讪笑着坐回椅子上,笑着对宋小玉说:"小玉啊!话虽然这么说没错,不过……"

"行,我明白了。"不用我继续游说,宋小玉已然下定了决心,"凌辉,钱你不用给我了。孩子……我生下来。"

凌辉瞪得眼睛都要往外滴血了:"金朵。"

裤腰的位置似乎往下移了移,我赶紧求饶认错:"凌辉,你要原谅我,我真不是故意的……呃,李老师?"

"金朵?"见到我,李致硕也很意外,摸了摸下巴,问,"你好点儿没有?"

李致硕老师真是聪明伶俐,立马看出我和凌辉、宋小玉之间不同寻常的诡异气氛:"你怎么没在家休息?我记得你妈妈说,她要你好好在家静养。"

"你谁啊?"凌辉没礼貌地插话进来,"金朵的老师?"

可不能让凌辉知道对方就是李致硕,如果他知道李致硕出现了,那恐怕会出大乱子。

我无论多用力也摆脱不掉凌辉掐在我裤子上的手,无奈之下只好顺势从椅子上站了起来。我介绍道:"这位是我学校的网球课老师,李老师。这位是我表弟凌辉,这位是他的女朋友宋小玉。"

凌辉满脸阴郁不散的黑气,宋小玉动作不明显地梳整着头发,李致硕不明所以,我万分感谢……感谢李致硕没有当场拆穿我。

"李老师,你好。"凌辉的礼貌教养,总是如此不合时宜。他突兀地和李致硕握手,笑道,"我经常听我朵朵姐说,她的辅导员李致硕老师非常帅。"

　　李致硕似笑非笑地扫了我一眼,凌辉继续往下说:"早知道T大的老师都这么帅,当初我也上T大了。我爸是T大体育场的开发商,我是……"

　　"你是凌辉,你爸爸是凌俊峰。"李致硕的话让我大感意外,"我知道你。"

　　宋小玉只是知道凌辉家有钱,但没想到凌辉家居然这么有钱。T大体育馆的开发商,那不仅需要强大的经济基础,更需要稳健的人脉保证。

　　此时此刻,宋小玉已经完全坐不住了,她幅度很大地挪了挪,身体前倾着想要更靠近凌辉的座位。

　　只要李致硕开口说话,我就会有一种不太好的预感。我当初居然会认为李致硕会帮我掩饰?我简直是,太年轻了。

　　果然,李致硕出口伤我,毫不留情:"你说的李致硕老师,就是我……凌辉,如果你不介意的话,我要把手拿回来了。"

　　不仅我脸红了,凌辉也脸红了。不仅凌辉脸红了……呃,李致硕的手也被凌辉掐红了。

　　恼羞成怒的凌辉,八成是将对我的怨气撒在李致硕身上了。而凌辉的怒气使得李致硕产生了不好的联想,他轻咳一声,对我说:"金朵,方便借一步说话吗?"

　　"好啊!"我兴致不高,甚至有些垂头丧气,"李老师,我们去那边吧!"

　　李致硕大小不济是我的辅导员,凌辉还没有那么不识趣,掐在我裤腰上的手松开了。凌辉笑得落井下石:"金朵,你去吧!我在这里等着你。"

　　"我们出去说吧!"李致硕丢下一句话,先我一步跨出奶茶店。

　　我不敢怠慢,吊着两只手小跑追随。李致硕拎着蛋挞走在前面,我深深被一个问题困扰……这家的蛋挞,有这么好吃吗?

　　"金朵。"李致硕突然停下来,转身问我,"你和那个凌辉,是什么关系?"

　　"他是我的表弟啊!"我回答着李致硕的问题,可眼睛依旧盯

/059

着他手里的蛋挞袋子,"我刚才不是告诉你了吗?"

李致硕将蛋挞袋子举起,我的视线也跟着袋子移到了他的脸上。李致硕轻笑出声,漫不经心地说:"不见得吧?我还是第一次见到,有表弟带着表姐和女朋友出来,却一直搂着表姐坐的。"

"那……"我不明白李致硕到底在暗示什么,"李老师的意思是?"

李致硕又问了个和这个问题毫不相干的问题:"金朵,你实话告诉我。你当初,为什么追蒋小康?"

我为什么追蒋小康……李致硕问我这么隐私的心事,我还挺尴尬的。

鉴于我和李致硕不怎么好的关系,我也不能太直白地回绝他的问题:"我吧,当初入学的时候是蒋小康接待的。"

李致硕看着我的眼神稍显奇怪,我硬着头皮往下说:"就是吧,蒋小康你见过了,他的样子,是吧……然后,就喜欢了呗!"

我话说得简略,过程描述得含混不清,不知道李致硕明不明白,反正我自己是不明白。而且喜欢谁这事儿,我觉得似乎没必要跟辅导员交代得太清楚。

"呵呵,原来是这样。"李致硕忽然轻轻扯了扯唇,"我还以为……"

"你以为什么?"我听得满头雾水莫名其妙,"我喜欢蒋小康,有那么奇怪吗?"

结合李致硕此时此刻的表情以及刚才的话,我后知后觉地惊叹:"李老师,你不会以为我是拿蒋小康当幌子吧?难道说,你以为我喜欢……"凌辉?!

话没有挑明的必要了,李致硕的眼神已经说明了一切。

我喜欢凌辉……

光是想想,我就忍不住一阵阵恶寒:"算了吧!哪怕这个世界上只剩下凌辉一个男人,我也不会喜欢他。我要是喜欢凌辉,那都算我妈生我的时候没给我留情商。"

刚说完,我又猛然想起李致硕同样是个男人。

如果我这么说,会不会让李致硕误以为我嘲讽他不是男人?李致硕能心平气和地跟我说话，我已经谢天谢地了。

为避免我们之间得来不易的平和产生裂痕，我赶紧补充："不不不，李老师，你别误会。我的意思是说，世界上哪怕只剩下你和凌辉两个男人，我也不会选他。"

呃，似乎，这样说还是有歧义……

我立马再次补充："李老师，我的意思是……"

"行了行了！"李致硕抬手打断我的胡言乱语，"你的意思，我完全明白了，没什么事儿最好。"

我才注意到，李致硕穿得相当居家。人字拖大短裤工字背心，简单的打扮却将李致硕的身材勾勒得轮廓分明。

眉是眉，眼是眼，眉宇间是说不出的冷淡。窄挺的鼻子，一如既往地让人生厌……让我生厌。

好吧，除去矮小鼻子的我对鼻梁高挺的人的仇恨外，李致硕五官精致得可以说是无可挑剔。而李致硕精致的五官里，又透着浓浓的阳刚味道。

羡煞旁人啊，真是羡煞旁人。

从李致硕的穿衣打扮看，他应该没有走太远的路过来。我极为友善地问："李老师，你家住这附近吗？呵呵，医院这片儿房价挺高吧？"

我似乎又问错了话，李致硕脸上瞬间蒙上一层黯然。令我更加措手不及的，是李致硕稍显冷硬的话语："我先走了，金朵。"

"哎！李老师！"

没理会我的招呼，李致硕快步离开了奶茶店。我盯着他的背影看了好一会儿，费解地呢喃出声："他是又中什么邪了？跑那么快……是怕我咬他啊？"

虽然我不知道李致硕在想什么，但我心里明白，我再不跑快点儿，几乎处于崩溃边缘的凌辉要咬我了。透过奶茶店的玻璃窗，我能清楚地看到和宋小玉吵得难解难分的凌辉。

凌辉脸红脖子粗地站在桌子前咆哮，时不时地，他还会往窗外瞥一眼看我在不在。宋小玉没有刚来时那么满不在乎了，小声地啜泣着，桌子上用过的卫生纸堆得跟小山似的。

/061

见李致硕走了，凌辉挣扎着要出来抓我。即便宋小玉穿着高跟鞋，可她仍动作矫健地抓住了凌辉。凌辉声嘶力竭面目狰狞地瞪视着我，我丝毫不以为意。

只要凌辉不抓住我，我总有办法逃跑。凌辉被宋小玉拉住，想抓我却心有余而力不足。我十分嚣张得意地对着他扭扭屁股，哈哈大笑："小样儿，想让我当冤大头给你擦屁股……你做梦去吧！"

说完，我费力而又艰难地戴上耳机拨通凌辉妈妈的电话……凌辉妈妈如果知道凌辉的女朋友怀孕了，那凌辉肯定是跑不掉了。

不理会凌辉痛苦的哀号，打完电话之后，我立马开溜。

等我回到家，我妈已经准备好了午饭。我妈打开门看到只有我一个人，稍显失望地说："凌辉呢？你们两个不是一起出去的吗？怎么就你自己回来了？"

越过我妈的肩膀，我看到了桌子上摆好的餐食。凌辉来我家，我妈从来是七碟八碗四菜一汤国宴标准的。我醋味浓重地委屈道："还说凌辉不是你生的？你瞧瞧！你瞧瞧！我在家的时候，常年都是吃剩菜！"

"吃剩菜，我不也把你养大了？"我妈拨拉开我的脑袋，见凌辉真的没跟回来，失望的语气更浓，"唉，这孩子，不回来吃饭怎么不说一声？"

"妈！"

"知道了知道了。"我妈随意地挥挥手，"你和你爸一样，就认吃……别都吃了啊！给凌辉留点儿。"

这家到底还能不能让我待了？

午饭之后，我愤愤不平地拨通了刘楠的电话。

我一把鼻涕一把泪地描述了自己悲惨世界般的生活待遇，刘楠同样愤愤不平地对着我抱怨了她近期惨无人道的悲惨遭遇："金朵，你知道你离开学校之后，我接了蒋小康多少个电话吗？"

我恍惚记起，在我治疗脱臼前，蒋小康好像说过要给我打电话的事儿。

"他跟你说什么了？"

从刘楠夸张主观的个人情绪中，我意外地了解到一个怨妇形象的蒋小康。

"一天三个电话,比学校食堂开饭都准时。"刘楠嚷嚷着抱怨,"他问你现在怎么样了,他说你怎么不接他的电话,他说你什么时候回学校……金朵,你为什么不接他的电话?"

我不接蒋小康的电话?我根本没看到蒋小康给我打电话啊!

刘楠不在乎事情的真相,只是如实对我抱怨以及汇报学校的情况:"金朵,还有件事儿,李致硕老师请病假了,你知道吗?"

李致硕请病假有啥稀奇的?李致硕要是请产假,那才值得惊讶一下好吧?不过……我也意识到哪里不太对:"我今天见过李老师。"

"你今天见过李老师?"

"在市医院对面的奶茶店。"我想了想,说,"李老师去买蛋挞。"

"在市医院对面的奶茶店?李老师去买蛋挞?"

"他还穿着居家服……"

"他还穿着居家服?"

"刘楠!"

刘楠回过神来,啧啧称奇:"我们在寝室已经讨论一天了,李老师那体格、那身材、那精气神,怎么看怎么不像生病的……你说他在医院附近干吗?还买蛋挞……他像会吃蛋挞的人吗?"

我觉得刘楠的话有道理:"不像,真是一点儿都不像。"

就在我们两个百思不得其解时,刘楠脑海中忽然蹦出一个念头:"该不会是李老师的女朋友怀孕了吧?他们两个暂时不能结婚,所以去医院把孩子打掉了?"

"别开玩笑了。"我立马否定她,"李老师不是那种人。"

以往在刘楠她们仨眼中,李致硕就是神子。在我眼中,李致硕是彻头彻尾的邪魔……可因为李致硕今天帮我摆脱了凌辉的纠缠,所以我对李致硕有点儿拿人手软的感觉。

我和刘楠打了一个多小时的电话,怨妇蒋小康被我们一笔带过。大部分时间,我们两个都在讨论李致硕老师是否有外人不知的隐情。

最后,我们两个讨论后一致得出结论,估计李老师有外人不知的隐疾……流言就是这么产生的,毫无理论依据全凭心情而定。

/063

我聊完电话,基本上凌辉也回来了。为了避免正面交火,我立刻掀开被子躺进去装睡。我妈告诉凌辉我睡觉了,凌辉多少还有些顾忌……等我妈出去买菜,凌辉这才往我卧室里冲。

"金朵。"凌辉咬牙切齿地掐着我的肩膀,"你行,你真行!我为什么会相信你能帮我?我真是比你还蠢!"

这样说真不好,反省自己却捎带贬低别人,是极其不……看到凌辉被揍得衣冠不整,我暂时决定先不批评他了。

"宋小玉的事儿你落井下石,我也就不说什么了。"凌辉瞪得眼珠子都红了,"你还打电话给我妈……你火上浇油的行为,简直太令人发指了。"

凌辉如此迫不及待地占领道德制高点,这说明他又准备有大动了。

可在落井下石火上浇油时,我早已经想好后果了。我嘿嘿一笑,满不在乎地说:"你去跟我妈说好了,不就一个蒋小康吗?嘿嘿,凌辉,其实你可以换个角度考虑啊!我这样做,是为了你好。问题嘛,总是要解决的。责任嘛,是不能……你干吗?"

在我扬扬得意地教育凌辉时,他突然翻身一步上了床!

"你干吗你干吗你干吗?"我的手不方便,只能胡乱地蹬着腿,"你要是碰我,我就喊非礼了啊!"

我被凌辉抓个正着,很实在地压在了身下。他冷笑着掰开我的石膏手,一边一只固定在身体两侧。我的石膏上包着纱布,凌辉毫不费力地将我的两只手挂在了床头。

"你别以为我会怕了你!"无论多么费力也踹不到坐在我肚子上的凌辉,我哀怨地说,"就算你拍了我的裸照,我也是不会屈服的!"

"裸照?"凌辉从裤兜里拿出黑粗的记号笔,"你有让我拍裸照的价值吗?"

"你成熟点儿,行吗?"看着凌辉拿笔要往石膏上胡乱画,我极度无语,"大哥,你是十八了,不是八岁!你玩点儿大人玩的,行吗?"

凌辉重重地往笔尖上哈了口气,一本正经地拒绝我的要求:"不行。"

我不知道凌辉这样的举动有何意义，我也不晓得如此脑残的行为有何乐趣。凌辉认真而又专注地在我的石膏手上涂写，我鼓着腮帮子往他的睫毛上吹气。

时间一长，凌辉渐渐失了防备。我找准机会，抬起膝盖狠狠撞上他的屁股。而猝不及防的凌辉，脑袋直接撞在了我的脸上！

我鼻子被撞得发酸，眼泪争抢着往外涌。幸好凌辉及时止住了自己，不然我的整张脸都要被他拍平了。

凌辉俯趴在我身上，呼出的热气吹得我脸上汗毛发痒。我气呼呼地看着他，凌辉却被我逗笑，一个没收住，笑着喷了我满脸的口水。

我试着将脸上的口水反蹭回凌辉身上，凌辉却一直没动。

我擦干净了口水，再次抬了抬膝盖准备撞他的屁股："你是不是该起来了？咱俩这样委实不怎么好看，要是被我妈看见，我就……"

"被我看见，你会怎么样啊？"

我妈的声音骤然响起，压在我身上的凌辉笑得得逞而又狡黠。我无意识地往下接话："我会死路一条。"

"金朵，你还知道啊？"我妈怒发冲冠地奔了过来，一把推开我身上的凌辉，怒喝道，"你们两个在干什么呢？"

我被凌辉固定成了个大字在床上，欲哭无泪地辩解："妈，我俩什么都没干……"

"金朵，你是要气死我吗？"我妈扫了一眼凌辉在我石膏上写的字，斥责道，"还写什么老公老婆……你们两个才多大？

"金朵，你说话！"

我说话，我妈生气。我不说话，我妈更生气。万般无奈下，我只好继续委屈地说："我俩十八……"

"谁问你这个了？"我妈从兜里掏出一张报告单，猛地拍在桌子上，"你看看！你自己做的好事儿！"

我不记得自己还伤了别处，所以对于我妈掏出来的报告单，我是一无所知。而自导自演的凌辉委屈又诚恳地道歉："姨，你要骂骂我吧！是我的错，你别怪我朵朵姐！"

贱贱贱！凌辉简直是太贱了！每次都用这招！每次都是抢占先机装可怜！

"妈！你听我解释，事情不是这样的……"

"姨，我和朵朵姐从小在一起长大。"凌辉说得婉转哀戚，"有感情，也是在所难免的。既然你发现了，我也不想和你隐瞒了。这个其实是我和朵朵姐的……"

"妈！我是你女儿！妈你清醒点儿！你十八年前生的是我！是我！"

凌辉轻而易举地找到了我妈的软肋获取了我妈的信任："姨，你想想，我和朵朵姐从小一起长大……她要是不喜欢我，能让我进她的房间吗？我们是怕你不高兴，所以才没告诉你。"

我倒是不想让你进来，问题是我拦得住吗？

"姨，既然你已经发现了，我也不隐瞒你了。"凌辉咬咬牙，一本正经地说，"大学毕业，我们就结婚。"

我能出嫁，是我妈最喜闻乐见的事儿。可我妈现在做的事儿，完全是在逼着我出家。

"你们哪！"我妈痛苦的表情像是我玷污了她儿子，我生怕她说出我们是亲兄妹的话，"你们两个自己考虑吧！反正事情已经做出来了……我不管你们了！"

我妈挥一挥衣袖，将报告单甩了下来。在那一排排细小的打印铅字中，我无比震惊地看到了什么"金朵"，什么"宫腔"，什么"孕囊"……我要疯掉了："凌辉，你不带这么玩我吧？这个，不是宋小玉的吗？"

"我现在是没有那么多的钱给宋小玉，不过买个假证明的钱，还是有的。"凌辉站在我的床上，嗜嗜怪笑地看着我，"金朵，这么多年，你怎么就学不乖呢？你坑我，你觉得你跑得了？"

我笑得狗腿又讨好："我不跑我不跑，我哪儿都不跑……凌辉，这个玩笑开不得啊！我可还是女生！你开这种玩笑，让我以后怎么找男朋友怎么结婚啊？"

凌辉一点儿都不可怜我，冷笑着说："金朵，你就没想过，你开这种玩笑，我要怎么找女朋友怎么结婚？"

"我去跟你妈解释还不行吗？"我话里带着哭腔，恨不得合掌告饶，"凌辉，你妈信我就如同我妈信你。我去跟你妈解释这是个玩笑……你也和我妈说清楚呗？"

"现在知道自己错了？"凌辉趾高气扬地仰着头。

我态度诚恳地认错："知道，太知道了。我错了，我真是错了。"

凌辉动作缓慢地蹲下身子，笑得坦诚极了："金朵，你现在知道错了，也已经晚了。你妈的脾气，你还不知道吗？"

我就是因为知道，所以才……

"以我对你妈的了解，我现在解释什么，也不会起作用的。"凌辉笑眯眯地伸手摸摸我的脑袋，笑得像个狐狸，"并且，以我对你妈的了解，估计明天，她就会带你去查妇科。"

妇……妇科？！

凌辉一屁股坐在我的肚子上，我差点儿被他压得吐出来。我犹如待宰的羔羊一般，无助地看着凌辉。

而凌辉丝毫不觉得我可怜，趾高气扬地教育我："金朵，时至今日，完全是你咎由自取……"

谁也别拦着我，我一定要弄死凌辉！

毫无意外地，凌辉被他妈带回家管教去了。我们家晚上，也同样召开了隆重的家庭会议。

与会人员包括我、我妈以及做会议记录的我爸。

我妈表情相当凝重："朵朵和凌辉的事儿……"

"妈，我和凌辉真的没有事儿。"我辩解了一晚上，说得已经彻底口干舌燥，"凌辉那小子胡说八道呢！而且，你们觉得，我能看上他？"

我妈动作生猛地重重拍了下报告单："那这个又是怎么回事儿？"

"假的，造谣，诬蔑。妈，报告上说我怀孕五十二天了，完全是放屁！我上周还来'大姨妈'了呢！"

我爸轻咳了一声，示意我说话注意点儿。

"我真的是冤枉的，凌辉跟我闹着玩呢！母亲大人，你要明鉴啊！"

"凌辉会那么没轻没重？"我妈对我的话表示怀疑，"朵朵，改化验单的事儿,也就只有你能干吧?"

我举双石膏手以示清白,没承想反倒将凌辉写的字迹暴露出来。白石黑字地写着,我妈更是坚定不移地选择相信"眼见为实"。

"唉……"我爸怅然地叹了口气。

"真的假不了,假的真不了。"再争论下去毫无意义,我妈最终一锤定音,"明天我带你去医院检查,你和凌辉到底谁在撒谎,一验便知。"

会议结束,我如同被判了死刑一般垂头丧气地被赶回屋里。

晚上我起来上厕所时,无意中听到我妈小声地对我爸说:"其实吧,朵朵要是真跟凌辉在一起,也蛮好的……一直遗憾没和凌辉他们家做亲家……也不知道朵朵他们学校让不让大学生生孩子?可别耽误了朵朵的学业……"

在知道了我可能未婚先孕后,我妈不但没气得捶胸顿足,这种时候了,竟然还在担心我的学业?

"这个吧……"我不知道该说我爸是理智好还是妻奴好,对于我妈的无礼要求,我爸只是毫无建设意义地说,"我看还是休学一段时间,好好在家生孩子养胎……唉,也不知道凌辉他们家是怎么想的?"

我被凌辉害死了,彻底地,害死了。

如果不是行动不便,那我说什么也要撬窗逃跑。我在窗户前对着明月长吁短叹,几乎一晚上没睡。我妈五点多钟起来去早市,差点儿被我的黑眼圈吓到:"朵朵,你起这么早干吗?怎么不多睡一会儿?"

我再次哀叹了一声:"妈,能不带我去医院吗?"

"不能。"

我试着做最后的争取:"妈,你要信我啊……"

"信你,我还不如去信刘备。"

我无奈地蹭了蹭手上的石膏:"好吧!"

"朵朵。"

我妈叫住打算回房的我,无比慈爱地帮我整理着头发。看着我妈的眼神,我以为她要捶胸顿足了……可我妈的劝告让我哭笑不得:"你也是要当妈妈的人了,以后别总胡闹了,成吗?"

"妈,你理智点儿,成吗?"因为我开玩笑开惯了,以至于我妈现在把我说的话都看作是玩笑,这是件令我极其痛心以及无语的事情,"妈,我真的没怀孕,你摸你摸你摸。"

"我知道了。"话虽如此,但我妈完全没往心里去,"你先上床躺会儿,吃完早饭,妈妈带你去医院……"

得,我都白说了。

吃过早饭,我妈带着我去医院。一路上,我都在不甘心地寻找逃跑路线。等到了医院门口,凌辉竟然也在。不仅凌辉在,凌辉的妈妈也在。

所有人中,凌辉他妈算是最冷静的。又或者说,在所有人中,凌辉他妈算是最正常的一个。我妈刚停好车,凌辉他妈立马过来赔礼道歉责备凌辉。说到情动处,她还会动手打凌辉两下。

"姨!"如同革命同志去延安一般激动,我好似见到了组织,"你要信我啊!我和凌辉真的是……"

"朵朵,都是凌辉不好。"我没有手可以握,凌辉他妈只好心疼地捧住我的脸,"你现在怀孕了,他怎么不早点儿告诉我们呢?你看你伤成这样……你来我家住两天,我让我家小阿姨给你做好吃的补补。"

"淑娟,朵朵还是先在我家吧!"我妈很中肯地说,"朵朵行动不方便,她的月子……"

居然都开始聊月子了……我极度崩溃。

"众星捧月的感觉还不错吧?"趁着俩妈讨论的工夫,凌辉偷偷溜到我旁边,"金朵,其实我对你蛮好的。"

"如果你和我绝交的话,那你才真的是对我蛮好的。"我表情夸张地讽刺完凌辉,脸上转瞬换上视死如归的顽强,"凌辉,你撒了这么大个谎,我看你怎么收场。悬崖勒马吧!我肚子里查不出货,挨打的就是你。"

凌辉满不在乎地挠挠下巴,无耻无赖无中生有地说:"打我?为什么打我?我从头到尾,都没说过你怀孕啊!"

"可是你……"

"金朵,你想想,是不是你给我妈打电话,说我女朋友怀孕的?"凌辉咧嘴笑,"又是你妈从你衣服的口袋里找到怀孕报告单的?又是你辩解自己嫁猪嫁狗都不会嫁给我的?"

呃……

凌辉摊摊手,明摆着在装糊涂:"我只是说,你打算大学毕业就结婚……我说过,是要我们两个结婚吗?大人们过分代入,自己臆想,外加上你蠢笨得越描越黑……跟我有什么关系?"

为什么我一句话都反驳不了凌辉?!为什么大人们已经精神亢奋得意识不到凌辉话里的漏洞呢?!

无论有何等事情,倒霉的事儿我总是首当其冲。

验尿结果虽然一切正常,执迷不悟的俩妈却拒绝相信。为了验明正身,躺在妇科检查床上的我委屈不已。当医生宣布我是正儿八经原装货后,我妈和凌辉他妈哑口无言面面相觑。

我百无聊赖地坐在医院的长椅上,顺便感慨一下人生哪爱恨哪……猝不及防地,一个操着外地口音的陌生男子高喊道:"护士护士!不好啦!我隔壁房间的李致硕,他又殴打他女朋友啦!"

{第四章}
二就一个字，一天犯一次

大叔说得有模有样绘声绘色："护士，医生！你们快去看看吧！我刚才给我媳妇儿打粥的时候经过隔壁病房门口，老吓人了！那个叫李致硕的，把他女朋友打得满脸是血！"

护士没怎么样，我先着急了。李致硕……说的是我的辅导员吗？

我顺着大叔手指的方向跑去，等到了病房门口，小心翼翼地扒在玻璃上往里看。走廊的吵闹也掩盖不住病房里的打斗声，各种物品摔碎的声响中夹杂的是李致硕沙哑的嗓音。

"飞晓！"是李致硕。

扒在门缝上的我，唯一能看到的便是李致硕健壮的后背。李致硕的女朋友在他怀里，被他挡了个严严实实。

李致硕胳膊上的血管暴起。而他口口声声叫"飞晓"的那个女人，发出痛苦哀怨的呻吟。

即便看不到，我也能想象出李致硕此刻的凶神恶煞。

李致硕打女朋友，这件事太让我意外了。因为在我的意识里，李致硕还是很绅士的。哪怕他背地里总是做些"辱没斯文"的事儿，可他看起来依旧是绅士得体的……现在他居然会殴打女朋友？简直是颠覆思维。

如此精彩的场面，肯定不能自己独享。所以无论条件多么恶劣，我还是克服困难准备拍摄上传。

手脚不便，这大大降低了我的行动能力。我用嘴叼着手机，姿势艰难地对焦拍摄。为了方便给刘楠她们还原现场场景，我很不道德地开始摄像。

不知道出了什么事情，总之李致硕和他女朋友的情绪都很激动。李致硕穿着居家服，他女朋友穿着大布衫。经过一番撕扯，李致硕的领子彻底松散脱线袒露出皮肤紧致的胸膛。李致硕白皙的肌肤上纵横交错，密集散布着的是血红的指甲痕。

隔着一道门，我仍旧看得触目惊心。虽然我和凌辉也总吵闹拌嘴，但我们从来没动过手。凌辉自诩少爷，骨子里是很不屑对女人用粗……李致硕老师，他难道是疯了吗？

"燕飞晓！"李致硕很大声地吼，我吓得差点儿把手机吐出去。李致硕气急败坏，恼羞成怒地给了女友一个耳光，"我说的你没听见吗？你去死好了！你不死，我今天都瞧不起你！"

我的天……

那个叫燕飞晓的女人摔倒在地，松散的长发胡乱披在身上。李致硕的巴掌很用力，我甚至都能看到燕飞晓嘴角的血渍。燕飞晓没有起来，躺在地上小声地哭着。

李致硕经常整蛊我，但那都是带着恶作剧的玩笑。平日大部分时间里，李致硕的行为都是教训我的调皮捣蛋以及不长记性……但是现在，完全不同。

李致硕叉腰站着，微眯着的眼睛里透出凶光。说是杀气腾腾，也完全不为过。他随意地用拇指擦掉嘴上的血迹，呸地吐在地上。满地的狼藉凌乱中，李致硕的身材更显高大。

而在满地的杂物中，我极其敏锐地辨认出李致硕买的蛋挞袋子。里面的蛋挞不但没有吃，更是很难看地被碾成一堆渣渣。

感觉吧，李致硕能为他女朋友去买蛋挞，那他应该挺爱她的。可现在他又动手打女朋友，我又感觉他很"low"……

联想到刘楠对我说的，李致硕请长期病假……他不会是精神分裂吧？

想不通啊想不通，完全想不通。

下巴伤好没多久，拍摄时间一长手机便有点儿叼不住。我试着让手机掉在手掌里，然后赶紧离开。奈何技术不到家，手机翻滚着掉在了地上。

听到响声，李致硕敏感地回头，我立马压低身子蹲下。不知道他是否看到了我，我吓得大气也不敢喘。

过了差不多一分多钟，病房里的李致硕重重地叹了口气："飞晓，你起来吧！地上凉。"

打都打完了，现在想哄了……我半蹲着腹诽。

燕飞晓的声音很细，似乎说了些什么。我蹲在外面，基本上什么都听不到。

李致硕不再继续动粗，我也没什么好看的了。我弓着腰挪着步，小心仔细地去捡手机。

一边费力地捡着手机，我一边想着该怎么办。实话实说，我心里还是蛮纠结的。李致硕是我的辅导员，我还有两年仰他鼻息的日子……他的行为恶劣如斯，不揭穿他人面兽心的内在品质，我实在是于心难安。

万一被李致硕打的受害者不止这一个呢？万一李致硕哪天错手将女朋友燕飞晓打死了呢？

我捡得很是漫不经心。而李致硕阴沉的脸突然出现在我面前时，我登时有种吓得魂飞魄散的感觉。

"我的妈呀！"我跌坐在地上，抖着唇和他打招呼，"李李……李老师好。"

李致硕眯着眼睛站在我面前，丝毫没有开玩笑的意思。他眉目微垂，了然地扫了一眼我还未关闭的摄像头。

不给我打岔的机会，李致硕直接问道："金朵，你干什么呢？"

李致硕脸上肌肉僵硬，神情冷得都往下掉冰碴。

我辩解道："我没干吗。"

"没干吗是干吗？"李致硕估计是把气都撒我身上了，"你行啊，你能耐了啊！真是给你点儿笑脸你就阳光灿烂啊！给你三分颜色你就开染房啊！现在都偷拍到我这儿来了……是不是我一天不说你，你就感觉跟过年似的？"

在医院的走廊里，李致硕是一点儿脸面都没给我留……我是不应该偷拍，可他打人也不对啊！我想不明白，他怎么还能理直气壮地教训我。

"我是偷拍了！但我并没觉得我偷拍有什么错！"我蛮横地用石膏手往李致硕身上撞，竭尽全力地争取舆论支持，"李致硕，你是老师！你想想你自己做得对吗？打女人……亏你下得了手！像你

/073

这样的人，就应该把你人道毁灭了！"

我的话说完，李致硕沉稳地吸了口气，反问我："金朵，你说我打女人？"

"你还想否认？"我理直气壮地说，"刚才在病房门口，我看得清清楚楚！"

吵闹的过程中，病房门口聚集了好多看热闹的人。李致硕不太自然地扯扯已经坏掉的领子，右手的手掌握紧遂又松开。

对于我的指控，李致硕一句辩解的话都没有说。我生气，他更加生气，将头发挠得乱糟糟的，暴躁得好似只濒临发疯的狮子。

"我从来没有见过，像你一样讨人厌的女孩子。"李致硕挥挥手，冷声说，"金朵，以后，不要让我再见到你。"

说完，李致硕转身回到病房去了。

脸由白变红，又由红变白，我情绪波动得比脸色还要厉害。委屈不甘和没面子的体会融合在一起，我整个人傻愣愣地站在原地不知道该怎么办。

凌辉这时跑来找我，笑嘻嘻地帮我捡起了手机。

不明所以的凌辉照着我额头猛拍了一下，开玩笑地说："金朵？你怎么傻了？难道说你爱上了我，因为没怀上我的孩子而遗憾？喂！我跟你说话呢！"

"我从来没见过……"我咬牙切齿，一字一句地对凌辉说，"像你一样讨人厌的男孩子。"

我被李致硕气得发疯，可偏偏又想不通发疯的情绪打哪儿来又该往哪儿去。凌辉这个时候跑来招惹我，我难免胡乱开炮："凌辉，以后，不要让我再见到你。"

"金朵？"见我怒气冲冲地往外走，凌辉小跑着追上来，"哟，真生气了？"

我没理会凌辉的话，甩开他的手继续往前走。而这一次，凌辉没有再追上来。

很难得地，我妈竟然对误会我表示丝丝歉意。在回家的路上，她一个劲地说："朵朵啊！这次的事情是妈妈不好，妈妈也不是不相信你，主要是你和凌辉从小一起长大，有什么也是人之常情。妈妈觉得啊，你俩……"

"妈。"我的心情糟糕至极，多一句话都不想说，"你让我歇会儿，我真是累了。"

我妈叹了口气："朵朵，晚上吃炖羊肉好不好？"

一般情况下，无论我多不开心，只要我妈给我做顿好吃的，我立马满血复活。我爸曾经很准确地评价："朵朵离家出走，是最好对付的。只要把家里双开门的冰箱打开，把里面的食物拍好照片发给她，她肯定会自己回来……"

而如今，我弱小的心灵像是霜打的茄子。即便我妈做满汉全席，我都很难复原。更何况，我妈根本不会给我做满汉全席。

我兴致缺缺，我妈如临大敌："朵朵，你有什么不开心的，一定要跟妈妈说啊！别什么事儿都闷在心里，再把自己憋坏了。"

回到家里，我和我妈各忙各的。我妈忙着长吁短叹，我忙着自怨自艾。下午刘楠打电话过来，我对着她大吐苦水，详尽地描述完所有后，可怜兮兮地说："楠姐，救我。"

"救不了，管不着……金朵，你是纯属活该。"刘楠言辞犀利地批评我，"八卦聊聊就好了，哪儿还有自己跑去求证的？人家两口子打架，你跑去听墙脚，你觉得合适吗？"

"合适啊，怎么不合适？"我据理力争地为自己辩护，"换成我和我男朋友在病房里打架，即便有人偷听，我也不会像李致硕似的那么小气！"

刘楠嫌弃地戳穿我："是，因为你根本没男朋友。"

"刘楠，你这么聊天没朋友。"

"好了好了。"刘楠没有继续抨击我，劝慰道，"李老师是在气头上，所以说话狠了点儿。你俩平时不也打打闹闹的吗？你别放在心上……金朵，你不要再叹气了！你想想，你是他的学生，他是你的老师，李老师能跟你一般见识吗？"

刘楠不在现场，所以她不知道。我之所以会担心不安，是因为李致硕这次的态度和以往完全不一样。按照李致硕言出必行黑心狭隘的性格，他会原谅我才怪。

"蒋小康没再打电话骚扰你？"越提李致硕脑袋越大，我试图转移注意力和刘楠聊点儿别的，"楠姐碰到什么好事儿了？我怎么觉得你今天这么高兴？"

刘楠的愉悦，我隔着电话都能感觉出来。她嘿嘿地笑，得意地说："哦，也没什么大事儿……就是今天碰到蒋小康的室友王静民，我跟他打了一架。"

"又打？"

准确地说，是又又又又打。刘楠和王静民，那是天生的冤家。只要见到面，他们两个就跟斗鸡似的互掐。吵赢的那方斗志昂扬，吵输的那方垂头丧气。

有些人会遇到，是为了相亲相爱。有些人会遇到，是为了相爱相杀。有些人遇到了也就遇到了，而有些人遇到，一定会想方设法地辨出雌雄分出大小王。

刘楠和王静民，便属于最后一种组合。相忘江湖不适合他俩，老死不相往来才最为恰当。

可是在学校"不相往来"，委实困难。以前我追蒋小康，间接为刘楠和王静民创造了斗嘴的机会。而现在我远离蒋小康不再折腾，刘楠和王静民紧张的关系更为鸡飞狗跳。

我和蒋小康闹得鸡飞狗跳，是因为我喜欢蒋小康。刘楠和王静民闹得鸡飞狗跳，完全是出于业余爱好。刘楠吵赢王静民后，总会在寝室哼唱着说"打一架强身健体，斗一嘴养气益神"。

别说我理解不了刘楠的怪癖，寝室的另外两个姐妹同样理解不了。

刘楠开心着她的开心，不理解我们的不理解。刘楠极其兴奋地对我说："金朵，今天我们去食堂吃饭，正好碰到王静民。你知道吗？王静民在追美术专业的袁媛，我当时啊……"

作为一个有着女神外貌女屌丝气质的重度中二病患者，刘楠很"不小心"将泡面扣在了王静民的头上。

提到自己的"丰功伟绩"，电话那端的刘楠估计已经手舞足蹈了："金朵，你是没看见。袁媛吓跑了，王静民脸黑得……"

"楠姐楠姐！"我终于下定决心打断刘楠的话，"请你坦诚地告诉我，你是不是，喜欢王静民？"

我的话音刚落,刘楠猛喷了一口口水。她咋咋呼呼,难以置信地说:"金朵,我没听错吧?"

"当然没有啊!"我很冷静地帮着刘楠分析,"你看,偶像剧里不都是这么演的?除了亲情之外,男人和女人之间超出正常部分的感情,都会逐渐演化成爱情。你说你有事儿没事儿总喜欢找王静民的麻烦,而王静民又……"

"打住!快打住!"刘楠吼得听筒发震,"金朵,你再说下去,我真要吐了。"

"我说的是实话啊!"

"行,就当你说的是实话好了。"刘楠反问我,"那你和李致硕老师也总喜欢有事儿没事儿在一起掐,你难道也喜欢他?"

想起李致硕,我就觉得心里犯堵得难受:"我俩怎么一样?李致硕是我的老师呀!"

"老师怎么了?"刘楠大大咧咧地否定我的说辞,"老师不也是男人?老师不也要找女朋友谈恋爱娶妻生子做羞羞的事情?"

呃……

好吧,刘楠说得对。我和李致硕不能在一起,确实不是因为这个。

"我不喜欢李致硕,我只当他是老师。"

"这不就得了。"

我不明白刘楠看到了什么共同点,反正她是得出了结论:"你和李致硕老师不可能,我和王静民更不可能。"

"不过话又说回来。"刘楠极为罕见地流露出小女人的一面,"金朵,我最近发现,班长人挺好的。"

我脑子缺根筋,并没有领会到刘楠引申的意思:"是啊,班长人是挺好的。我办缓考的事儿,都是他去帮我找老师盖的章。"

"我不是说这个。"刘楠思春地叹气,"我说,唉……你看班长文质彬彬的吧,可是前两天……"

前两天我从学校回家没多久,送我下楼的刘楠突然来了"大姨妈"。痛经十分严重的她,疼得昏倒在了去教室的路上。幸好班长经过,背着她去了校医室。

班长平时看着文弱好脾气,不过关键时候很是爷们儿,背着刘楠从小路到校医室，又从校医室把她背回寝室，尽心尽力，无怨无悔。

不多言不多事，班长体贴温柔的行为让刘楠倍感窝心。

我后知后觉，懵懵懂懂，大脑空白了几秒，才了悟地"啊"了一声，说："楠姐啊……你不会，喜欢班长了吧？"

刘楠没说话。

"但是我记得上次班级聚餐的时候，班长好像说，他在老家有女朋友吧？"问题似乎有点儿麻烦，"而且楠姐啊，你和班长在一起……"实在是太不般配了。

刘楠含混不清地说："我知道。"

爱上一个不该爱的人痛苦，爱上一个有主的人更加痛苦。一不小心，很容易被扣上"小三"的帽子。以刘楠的脾气班长的性格，估计更会闹得满城风雨。

我想劝劝刘楠，可又不知道该从何说起。刘楠还有课，没有说太多便草草挂了电话。

因为李致硕的话，我心情一直很低落。凌辉来家里几次，我都没怎么搭理他。如果不是要去医院拆石膏，我可能会继续装死宅下去。

去医院的路上，我妈一直在批评教育我。小至日常起居，大到国家大事儿，事无巨细，我妈算是念叨了个遍。我总觉得她是到了更年期，可她自己偏偏不承认。

"朵朵，等手上的石膏拆了，你是不是该好好学习了？下学期开学，你有十一门课程要补考呢！"我妈又一次提到了交流生的事儿，"朵朵啊，你怎么也争取一下出国名额嘛……妈妈办公室的张阿姨，她儿子年底要去美国读书了。还有那个魏阿姨的女儿，明年要去斯坦福大学当教授了嘞！而那个……"

工资稳定家庭和谐的中年妇女，是极易生活空虚的一类人。生活不给她们过多的压力，她们就变着法地给自己找压力。

拆掉石膏后，我蔫蔫地坐在走廊的椅子上等我妈。两只手虽然还绑着厚厚的纱布，但总比戴着双石膏好看多了。

时不时地，我会状似无意地往李致硕女朋友病房所在的医院北楼瞄上几眼……不知道李致硕走没走，难道说那天的事儿真是我误会了吗？

这个问题,我思考了一周的时间。一周过后,我仍旧没有想出答案。

"金朵?"

我疑惑地回头看去,明显打扮过了的蒋小康突然出现在走廊上。

蒋小康穿着平整的米色长裤蓝绿相间的条纹半袖,笑得眉眼弯弯,露出他左脸颊的小酒窝。对我,蒋小康是少有的和善,笑得春光灿烂。

"好巧啊!金朵,你也来医院看病?"

来医院看病的巧遇,应该算不得什么喜事儿吧?

毕竟曾经我是真的很喜欢蒋小康,所以我很难对他冷脸:"哦,我的手好得差不多了,我妈带我来拆石膏。"

话里话外,我已经表明了自己是和妈妈一起来的。也就是说,打过招呼之后蒋小康该离开了……而蒋小康是出乎意料地过分友好,坐在我旁边的空椅子上,关切地询问道:"金朵,你的手还疼吗?医生是怎么说的?伤得这么重,应该需要做复健吧?"

复健不复健的我不清楚,我只知道,蒋小康再不离开,我妈就快取片回来了。

"哦,等下我妈来,我问问她。"

对于我表现出来的冷淡,蒋小康浑然未觉,笑呵呵地和我闲话学校的事儿。我有一句没一句地听着,心里说不上是什么感觉。

蒋小康滔滔不绝,我浮想联翩……现在这样,蒋小康,他是喜欢我吗?

如果说,蒋小康喜欢我……

这样的想法,以前我是想都不敢想的;而这样的想法,现在我是想都懒得想的。

喜欢蒋小康的日子,是段极其快乐的时光。没有压力,没有负担,每天脑子里的事情只有一件,那就是,去见他。

自己漂漂美美的时候,去见他吧!自己狼狈不堪的时候,去见他吧!自己彷徨无助的时候,去见他吧!甚至没有任何理由,也还是去见他吧!

想见他,想看到他。想法单纯得不能再单纯,简单得不能再简单。

/079

蒋小康笑了，我高兴得像过年；蒋小康愁了，我想尽办法帮他解决；蒋小康烦了，我使尽浑身解数逗他开心；蒋小康累了，我不吵不闹站在他身后注视。

迷恋一个人的时候，眼里没了别人，心里没了自己。

我喜欢蒋小康，没皮没脸没羞没臊地喜欢过。无论谁何时问我，我都会坦言以对。我不会找借口说什么我们两个没走到一起是因为性格不适八字不合属相不配……我们两个没在一起，只是因为蒋小康不喜欢我。

他不喜欢我，他不爱我。

而对于蒋小康，我此时此刻的心情只有两个字，爱过。

蒋小康自己在那儿说了好一会儿，我依旧是面无表情。他有点儿尴尬地停住嘴，我们两个稍显沉默地坐在椅子上。他偏头看我，我则对着走廊上的人流发呆。

如果蒋小康现在说他喜欢我，除了心酸苦涩外，我便再没有别的想法了。

在我追求蒋小康的过程中，唯一看好我的便是室友何佳怡。何佳怡的理由简单而又充分——她和她前男友，也是女追男开始的。何佳怡有句话，我一直奉为真理。她说，男人也好女人也罢，无论外表看起来多坚强的人，都是伤不起心的。所以好的爱情，势必要经历层层揣度怀疑和彼此试探。

这个过程，我们把它叫作磨合期。

我和蒋小康之间存不存在磨合期，我不清楚。但我了解的是，对蒋小康，我真的是伤够心了。哪怕蒋小康百倍千倍地对我好，我偶感心酸后，也是唯剩一声叹息。

"金朵，其实……"蒋小康率先打破沉默，欲言又止，"我来医院，是因为……"

"哟，这是谁呀！？"

一个厌恶的女声响起，我不耐烦地回头看去。没等见到人，我先嗅到一阵浓郁的香水气息，好熟悉的味道，可是我想不起来是谁。

"几天没见，又换男人了？"宋小玉走到我和蒋小康面前，动作娴熟地从包里拿出烟点上，"金朵，才几天呀！你就把凌辉甩了？"

"凌辉？"蒋小康皱眉反问，"金朵，凌辉是谁？我怎么没听说过凌辉这个人？是咱们学校的吗？"

宋小玉化着浓厚的妆，这让她看起来风尘气十足。明明跟我一般大的年纪，看起来却比我妈还要老气横秋。

见我没说话，宋小玉做作地继续往下演："金朵，真是抱歉，我是不是说错话了？帅哥，你别往心里去，凌辉和金朵现在没有什么关系了。"

我没有力气，更懒得开口。宋小玉说什么，蒋小康信什么，这些都不在我的考虑范围之内……我又往医院北楼的位置瞄了瞄，不知道李致硕还生我的气不。等我明年缓考时，真心希望他能手下留情给我个不算难看的成绩。

"帅哥，我是国际关系学院的宋小玉，金朵的好朋友……你叫什么名字？你是金朵学校的吗？你和金朵，又是什么关系呀？"

我的沉默让宋小玉变本加厉，她挨着蒋小康坐下，吓得蒋小康不断往我的方向挪动。

我不耐烦地起身欲走。

"金朵，不给我介绍介绍吗？"宋小玉呵呵笑，弹了下烟灰。

"你是金朵的朋友？"蒋小康皱眉看着宋小玉。

宋小玉咧嘴，笑得得意："帅哥，你还不知道吧？呵呵，金朵现在是跟凌辉没什么关系了，不过之前，她可是凌辉的女朋友。就在医院对面的奶茶店，她自己亲口对我说的。而凌辉现在是我的男朋友……"

"狗嘴里吐不出象牙。"我翻了个白眼。

宋小玉听到我自言自语的嘀咕，不甘心地探头过来询问："金朵，你说什么？"

"我？"我笑着摇头，"我说你狗嘴里吐不出象牙。"

"你骂谁呢？"宋小玉不依不饶。

我觉得好笑："难不成你以为我在说自己？"

宋小玉猛地起身："金朵，你骂我是狗？"

"哈哈哈……"我憋住的笑意喷薄而出，"难不成你以为我说你是象？"

对待宋小玉，蒋小康和我站在一条战线上。我滑稽的腔调配上宋小玉气急败坏的表情，逗得蒋小康扑哧笑出声来。

宋小玉属于比较要面子那种人，本来我戏耍她已经够让她难堪的了。蒋小康的笑，登时怒得她满脸通红。

"呵呵，金朵。"宋小玉看我的眼神不善，右手意有所指地放在小腹上，"你可真有趣。"

我还是第一次听人说我有趣……这话不能算是骂人，想必也不能当表扬。

有蒋小康在，宋小玉也就没继续说太难听的话，不过她临走之前的眼神让我印象极为深刻，那是赤裸裸的恶毒恨意。

以我张牙舞爪的性格来说，很难不会招人烦。连我妈，很多时候都烦我烦得抓狂。可招人恨，这还是生平头一遭。如此明显的恨意，实在是让我有些招架不住。宋小玉转身离开的时候，我禁不住打了个哆嗦。

蒋小康推推我的胳膊，问道："这人谁啊？真是你朋友？"

"怎么可能！"我为自己据理力争，"我怎么可能会有这么讨厌的朋友？"

估计蒋小康是想到了经常和王静民吵架的刘楠，所以很明智地保留了意见。蒋小康没接着我的话往下说，小心翼翼地问："她说那个凌辉……是谁啊？真是你以前的男朋友？"

宋小玉的话，很容易使蒋小康产生误解。我想了想，觉得很有必要给自己解释一下："蒋小康，你别误会……我以前追你的时候没男朋友，也没脚踏两只船。所以说，你没有'被小三'。"

我的解释并没让蒋小康轻松多少，他眉头微蹙，似乎有点儿不高兴。

我低头看眼手表，我妈差不多快出来了。

"你来医院也是有事儿吧？你去忙吧，我该回去了。"

"金朵，其实我……"

"朵朵！"我妈挥舞着报告单在医生办公室门口叫我，"回家啦！"

蒋小康"其实"后面的话第二次被打断，到底其实什么，我始终没有听到。见我妈叫我过去,蒋小康长长地舒了口气:"再见,金朵。"

"哦,再见。"

我没继续逗留,小跑着向我妈奔去。我妈看到了我刚才在和蒋小康说话,等我一过来她就急着问:"朵朵,那个男孩子是谁啊?你同学吗?长得还不错哎,有对象没有呢?"

"有了有了。"我不想提起蒋小康,胡诌着骗我妈,"他不仅有对象,孩子都快生了……妈,你是个已婚女同志,这么盯着一个已婚男同志看,也太不好了!"

我妈信了我的话,颇为气愤:"现在的男孩子真是的,都结婚了,还这么……朵朵你以后离他远点儿,一点儿都不洁身自好。"

虽然我不知道我妈怎么看出蒋小康不洁身自好的,但她很慎重地告诉我:"朵朵,你是个女孩子。像这种已婚的男人,你一定要小心,离他们远点儿,知道吗?"

"知道,太知道了。"我猛地点头,"妈,走吧!快点儿回家!"

回到家,让我更为头疼的一幕出现了。凌辉带着行李,再一次来了我家。

"姨,我爸妈去玻利维亚了。"凌辉说得凄风楚雨,显得自己特别可怜,"我自己在家害怕,还没有人给我做吃的……我能在你家待几天吗?"

"不能!"我先我妈一步,斩钉截铁地拒绝凌辉过分的要求,"你家光川菜厨子就两个,你怎么好意思说你在家没饭吃?再说了,我们家庙小,供不起你这尊大佛。"

凌辉不听我的,态度谦和地询问我妈:"姨,我就住两天。等我妈回来,我就走。"

"这个……"因为上周的事儿,我妈知道我和凌辉闹得很不愉快,"凌辉啊,我马上也要上班去了。就朵朵自己在家,你看她也不能照顾你……那什么,你总在我家待着也不是个事儿啊!你不上学了?"

凌辉胜在长了一张讨喜的脸,他委屈的表情让我妈简直是无力招架。国家倡导多年男女平等的概念,在我家彻底被推翻。我妈自言自语地说了一通，最后终于被自己说服了："行吧，那你在我家住几天。正好我不在家，你能帮我照顾照顾朵朵。"

手上的石膏拆掉后，我已经能够生活自理了。洗衣做饭不可以，基本的换衣服吃饭完全不用人帮忙……可我妈这么说了，我又不好太激烈地反驳她。更何况不看僧面看佛面，凌辉他妈对我也是极好的。我赶凌辉走，也实在不太给凌辉他妈面子了。

我没跟凌辉提白天遇到宋小玉的事儿，事实上，我在家很少和凌辉说话。凌辉跟我抢电视，我直接让给他。凌辉故意买了我不爱吃的饭菜，我也闷声吃饭不说话。凌辉看动漫放很大声吵我休息，我干脆戴上耳机……吵闹了三天后，我还没烦，凌辉反而烦了。

第四天的时候，我爸妈早上刚离开家，凌辉就迫不及待地在洗漱间拦住了我。我不解地看着他，他同样不解地看着我。

没等我开口，凌辉先问："金朵，你还生我气呢？我知道，上次的事儿是我闹得有点儿过分。我是从小跟你没轻没重开玩笑闹习惯了，所以那什么，我吧就没注意到……你别生气了，行吗？你跟我说说话，你天天冷暴力对待我，真是太折磨人了。"

冷暴力……凌辉太信任我了，如此低智商高情商的行为，我怎么可能会做？

我最近不想说话，倒不是我还为上周的事儿生气，最主要的原因，就是被李致硕骂完之后我元气大伤，实在提不起劲头和谁吵闹。

更为准确地说，是我真的开始考虑，之前的自己是不是确实挺让人厌恶的？

我是这么想的，但凌辉不知道我是这么想的，絮絮叨叨像个老太婆："金朵，咱俩算是扯平了啊！我让你丢脸了，可你也让我挨打了啊！宋小玉的事儿被我妈知道了，她狠狠地揍了我一顿……你看看，我腰间盘的位置现在还青着呢！"

我赶紧阻拦住凌辉企图解开腰带展示腰间盘的动作，不耐烦地说："我没那么多闲工夫生你的气，有那时间，我还不如自己好好休息休息。"

凌辉不信我说的，死乞白赖的样子让我颇为无语。

如果没有一定的交情基础，是不会有人跟你开这么过分的玩笑的。虽然凌辉经常整我，但是他在外面碰到好吃的好玩的都会想着我……说到这儿，我禁不住想起来，十三岁的时候凌辉他们全家去香港迪士尼，他连哭带闹最后带我一起去了。

以我和凌辉多年的交情，凌辉的恶作剧并没让我太放心上。可是凌辉如此认真地检讨自己的错误，机会简直是太难得。他说我冷暴力，那我就冷暴力吧！将冷暴力进行到底，没准儿会换来凌辉洗心革面重新做人。

凌辉见我一直不说话，放低姿态继续讨好："金朵，你别生气了！我带你去吃好吃的，怎么样？你想吃什么吃什么，我绝对不再闹你了。"

拿乔要注意尺度，如果影响到我和凌辉的关系，那就太得不偿失了……我跟个老佛爷似的，仪态端庄地点点头："带我去吃涮锅子，我就原谅你。"

凌辉的脸苦了三分，惆怅地点点头。我虽然依旧面无表情，心里却已经暗爽到爆。

对于凌辉来说，涮锅子完全等同于砒霜泻药。凌辉极其不喜欢羊肉的膻腥味儿，我吃过涮羊肉后他基本上三天不会跟我说话……现在要凌辉带我去吃涮羊肉，简直比杀了他还要命。

我故意难为凌辉，专挑涮锅子店里人多的位置坐。全程下来，凌辉都黑着脸捂着嘴。我递羊肉过去，他恐慌得差点儿摔倒。

"你就傻吧！羊肉，是这个世界上最好吃的东西。"我毫无仪态地吧唧着嘴，"凌辉，你白得像小白脸一样……来来来，吃点儿羊肉。你看草原上的汉子，他们羊肉吃多了多威武雄壮。"

凌辉脸上蒙着毛巾，粗声粗气闷声说："金朵，为了不影响你的用食心情，我觉得我还是出去待会儿比较好……说正经的，再待下去，我真的要吐了。"

我憋着笑意，努力地板脸："凌辉，你不是跟我道歉来的吗？你就这么点儿诚意啊！"

"我是来道歉的。"凌辉愁苦地看着满盘子鲜羊肉，"金朵，你想惩罚我的话，用点儿别的招数行吗？用吃的来恶心我……你犯得着吗？"

犯得着，怎么犯不着啊……要是有尾巴，我恨不得摇起来了。我扬扬得意地夹了块羊肉递给凌辉："你把这个吃了吧！你吃了它，我原谅你。"

凌辉盯着我筷子尖上的肥腻羊肉看了好一会儿，吞咽口口水，哑声说："金朵，其实我吃素的。"

我把筷子又往凌辉面前递了递，凌辉忐忑不安地在椅子上晃荡。最后，他抱着烈士断腕的心情，闭着眼睛将整块羊肉吞了下去。

看着凌辉被肉块憋红的脸，我哈哈大笑。

凌辉哭笑不得，我吃得畅快淋漓。

听到我畅快淋漓地打了个饱嗝，凌辉这才相信我已经原谅了他。结过账之后，凌辉敢怒不敢言地看我："还有什么想吃的没有？"

我龇牙笑："我想吃烤羊肉串，可以吗？"

"金朵，你说什么？"凌辉装傻地对我招招手，"来，你过来，我保证不打死你。"

我和凌辉嘻嘻哈哈地开着玩笑，气氛很快又恢复如初。

"前几天我去医院拆石膏的时候碰到宋小玉了，就是你那个女朋友。"我连讽刺带挖苦地说完，问他，"宋小玉怀孕的事儿，你解决了？"

凌辉满不在乎地摸了摸下巴，嬉皮笑脸地说："宋小玉的事儿我妈知道了，还用我出面解决吗？"

"好吧，那你妈是咋解决的？"

凌辉他妈不是一般人，情商高得能甩出我妈好几条街。加上凌辉他爸特殊的身份，凌辉他妈更是练就了一身铜筋铁骨和人斗智斗勇的好技能。宋小玉那点儿小心思，放在凌辉他妈面前瞬间被秒成渣。

"我妈就是给宋小玉打了通电话。"凌辉他妈做事儿干净利索，"我妈告诉宋小玉，孩子可以生，要是我的，我们家就养着。"

"那要不是你们家的呢？"

凌辉笑得发痞："不是我的，那算她讹诈呗！我家有整个律师团队，打官司还怕输吗？"

我还记得宋小玉摸肚子的动作："宋小玉去医院，是去干吗？凌辉啊，要是你的你尽快认了吧！我跟你说，你……你打我干什么？"

"金朵,你傻啊!"凌辉不满地皱眉,"我都跟你说了,我过生日那天喝多了……我喝断片成那样,怎么还可能跟宋小玉有什么?"

"既然喝断片了,你怎么知道孩子不是你的?"

"我都喝断片了,孩子怎么可能是我的?"

我和凌辉毫无逻辑幼稚地互损,酒足饭饱后两个人动作缓慢地往外走。从大堂去停车场,在酒店里要穿过一排排的包厢。偶尔有经过的服务员险些被我撞到,凌辉会很不给脸地笑话几声。到了最后,凌辉不忘嘱咐我:"以后你离宋小玉远点儿,碰到也要绕着她走,她不是什么好人。"

"回家吗?"凌辉低头看眼腕表,"这么早回去怪无聊的,金朵,不然咱俩去看电影吧?最近新上映那个叫啥来着……"

"你先别说话!"我用手捂住凌辉的嘴,皱眉,"我好像……听到我辅导员的说话声了?"

"呸呸呸!"凌辉扭头避开我的手,嫌弃地看着我,"金朵,你一定是羊肉吃太多了,现在我觉得,你的每个毛孔里都散发着羊肉的膻味儿。"

我没理会凌辉的话,如同魔障了一般顺着声音寻去。在最拐角的包厢门口,我无比清晰地听到了李致硕在说话。

"飞晓,你把嘴张开!"这家火锅店很有情趣,门都是用厚密的珠帘充当。不用走得很近,我便能听到李致硕的喊叫声以及辨识不出的摔打声,"燕飞晓!你不准吃!听到没有?我不让你吃!"

凌辉跟在我旁边,兴趣盎然地推推我小声道:"上次在奶茶店帮你逃跑的辅导员?"

"啊?"我茫然地回头,"他是我的辅导员……可是他并没有帮着我逃跑啊。"

凌辉对我的说辞嗤之以鼻:"你还想蒙我呢?上次在奶茶店,要不是他把你带走,你觉得你有机会给我妈打电话告我的状吗?"

呃,凌辉这么说,似乎是有点儿道理。

"你想知道他和女朋友在里面聊什么吗?"凌辉贱兮兮地说道,"我带你去个地方,怎么样?"

凌辉不由分说地拉着我的手跑开，此时此刻，我再次体会到没有石膏的好处。七弯八拐，凌辉带着我进了火锅店的监控室。在我还没回过神来时，凌辉敲敲保安的桌子："给我调3366包厢的监控。"

"你……"我颇为惊讶，"这家火锅店居然有监控？我怎么从来都不知道？"

小保安一边调视频一边笑嘻嘻地说："我们老板的女朋友喜欢吃火锅，而他女朋友每次吃火锅的时候……"

"闭嘴！"凌辉呵斥着打断小保安的话，"你找你的，哪儿那么多的话？"

我奇怪："凌辉，你不是不喜欢吃火锅吗？怎么对他家店这么熟悉？我经常来他家吃饭，都不知道店里有监控。"

"你笨呗！"凌辉不以为意地挠挠下巴，"外面墙上有指示图，你没看见吗？"

"指示图？哪有指示……"

凌辉不能拉我的手，只好揽着我的肩将我拽回来："不用找了，找了你也看不懂。"

好吧，我看图的理解能力确实很差劲……不过我依然觉得很奇怪："但是客人能私自调饭店的监控录像吗？我记得上次看《法制进行时》的时候，那个主持人说……"

"说什么说，记得什么记得！"凌辉习惯性地摸了摸我的脑袋，"这家店的老板是我的朋友，你现在算是走后门来的。闭上嘴巴，好好看着得了。"

保安室的监控录像，可比我手机拍摄的画面稳定多了。唯一的缺点就是镜头角度太单一狭窄，有时候人会跑到画面外去。

如果不掺杂私人感情在里面，李致硕的穿衣风格我还是非常喜欢的。比如现在他腿上那条泼墨甩漆的牛仔裤，简直堪称经典。脚上那双米色漆皮雕花布洛克鞋，更加是经典中的经典。浅蓝色的三叶草修身衬衣……若不是衬衣上泼了火锅的汤汁，那这一身用去走秀都绰绰有余。

从包厢里的场景看，不仅李致硕身上泼了汤汁，包厢的墙上地上也全遭了殃。红油火锅的辣汤洒在壁纸上，隔着屏幕我都能闻到热乎乎的香味儿。

李致硕还是跟他女朋友在一起，他们两个，也还是在打架。

这次没有李致硕挡着，我很清晰地看到了他女朋友燕飞晓的长相。几乎在看清的同时，我所有的幻想都被打破了。

燕飞晓瘦，是很瘦。即便经过视频摄像头的扭曲膨胀处理，我还是能看出她很瘦。和李致硕站在一起，燕飞晓完全可以说是不修边幅。

白色的棉布花裙，一双简洁的系带凉鞋。黑发披肩，瘦得几乎没有厚度。从侧面看去，她的脑袋奇大无比，活像一根豆芽菜。高鼻梁，薄唇，脸颊尖尖，眼睛圆圆的，神态稍显骇人。

"这是女友啊，还是女鬼啊？"凌辉忍受不了地打了个哆嗦，"金朵，你们辅导员看着不错啊！怎么就这种审美？"

我没回答凌辉的话，礼貌地问小保安："声音能帮我调大点儿吗？"

小保安摇头，示意我说设备有限。还是凌辉聪明伶俐，从口袋里拿出耳机插上，我们一人一个耳机听了起来……凌辉的脑袋里总是有各种各样奇怪的想法，来解决各种各样奇怪的问题。我觉得，凌辉很有当机器猫的潜质。

耳机里面的杂音很大，哗哗的电流声冲击着，李致硕低沉的话语，有一句没一句地传来。

"燕飞晓……你够了没有？你还想要我怎么……我不知道你说什么，我也不认识你说的那个女人……T大……那只是个学生，普通学生……"

"你能听明白吗？"凌辉问我。

我摇头："这赶上完形填空了，没个场景没个选项，我怎么知道他们两个在说啥？"

凌辉点头表示同意。

戴回耳机，我和凌辉继续认真地听。这一次，燕飞晓终于开口了，声音柔柔弱弱，软软糯糯。

燕飞晓的话还是没头没脑，我和凌辉听得满头雾水："你别以为我不知道……你不要折磨我了……放我走吧,我真是……不想忍受你了……"

正当我和凌辉讨论猜测着李致硕到底有何让他女朋友歇斯底里忍受不了的怪癖时,很玄幻地,耳机里传来了我的名字。

设备突然十分给力,李致硕字正腔圆的话完整得连标点符号都没少:"我再解释一次,我和金朵,什么关系都没有。她是我的学生,我是她的老师。我们两个,清清白白得很。燕飞晓,所有的事情,都是你自己幻想出来的。"

凌辉呆滞地摘掉耳机,我张大嘴巴盯着屏幕上李致硕的背影……整个世界似乎都安静了。

剩下的话我们不需要再戴耳机听了,因为李致硕和燕飞晓也不说话了。

燕飞晓委屈地小声哭着,不断地用袖子擦着眼睛。开始,李致硕还能站在一旁静静地看着,可燕飞晓哭不到一分钟,李致硕冷硬的表情便开始松动。

李致硕拉着燕飞晓到他的怀里,他身上泼洒上的红油蹭了燕飞晓满身。李致硕应该是附在燕飞晓耳边说了些什么,他的声音太小,我们听不到。可从神态来看,李致硕的话语应该很温柔。

没用李致硕说太多,燕飞晓便破涕为笑:"我……真是够傻的。"

打架结束,剩下的便是一些后续的事情。服务员被叫进包厢收拾卫生,大堂副经理跑来商讨赔偿事宜……燕飞晓一言不发地坐在旁边等着李致硕,乖巧可爱不似最初那般疯狂。

已经没有八卦看了,可我还是不想走。小保安被经理叫走,监控室里只有我和凌辉两个人。沉默了几分钟,凌辉突然道:"你们辅导员和女朋友打架了……"

"我知道。"

"从视频里看,他们两个打架……是因为你吧?"

"我知道。"

"金朵……"

"我知道。"

凌辉不耐烦地叫我:"金朵,你到底知不知道我在问什么?"

我恍恍惚惚地回神:"啊?你想问什么?"

凌辉长出一口气,不再说话了。

我依旧盯着屏幕里的李致硕,很多事情都让我想不明白。在学校里一本正经的李致硕,在奶茶店里担心我的李致硕,在医院里动手打女友的李致硕,以及现在在包厢里和女朋友闹得鸡飞狗跳的李致硕……到底哪个才是真的他?

恐怕,这是很深奥的哲学问题。

好奇害死了猫。

好奇,也同样害死了无辜的金朵。

正当我盯着屏幕肆无忌惮地窥视李致硕时,他却如同后脑勺儿长眼睛似的猛然转头。

我做贼心虚,吓得差点儿从椅子上摔下来。李致硕一动不动地叉腰站着,目不斜视地在屏幕里瞪视着我。

"李致硕……"我拍拍身边的凌辉,不安地问,"他是不是发现什么了?"

"不可能。"凌辉这点儿自信还是有的,"这里的摄像头非常非常隐蔽,包厢你还不知道吗?棚顶上都是吊灯,摄像头就藏在……他干吗呢?"

凌辉的话还没说完,包厢里的李致硕便有了动作。无论大堂副经理怎么阻拦,李致硕都执意搬椅子站上去,从容不迫地将摄像头扯出,画面一晃,屏幕里瞬间一片漆黑。

我呢喃着对凌辉说:"完了,李致硕发现摄像头了。"

"我知道。"

"李致硕的样子,似乎很生气。"

"我知道。"

"凌辉,我们是不是该……"

凌辉回头看我:"我们是不是该什么?"

"跑啊!"

凌辉不了解李致硕,但是我很了解。以李致硕的脾气性格,他不查出视频后面的"黑手"是不会善罢甘休的……而李致硕要是在监控室里发现我,会发生什么,我简直是不敢想象。

我很好，只是忘不掉

几乎是下意识地，我拉起凌辉的手就往外跑。

凌辉没有说什么，安静地被我拉着跑。果然不出我所料，我们没跑多远，便看到了黑着脸走来的李致硕。

李致硕的脸色很难看，因为我又出现在不该出现的地方了。

我的脸色很难看，因为我清楚自己这次又闯祸了。

而凌辉的脸色也同样很难看，因为李致硕身上的羊肉汤料味儿实在是太熏人了。

"金朵。"

李致硕这招呼打得，怎么听怎么觉得咬牙切齿。我心里发虚身子发抖，只能唯唯诺诺地应道："李老师好。"

我唯唯诺诺的样子不仅没换来李致硕的好感，反而让凌辉反感。凌辉对着我弯驼的后背重重拍打了一下，皱眉说："你把腰挺起来好好说话……你欠他钱啊？"

钱我倒是不欠李致硕的，不过……

听了凌辉的话，李致硕阴阳怪气地讽刺道："像金朵这种人，怎么会有人敢借钱给她？"

"金朵，我以前没发现，你的生活习惯，跟好惹是生非的家庭妇女完全没有差别。"李致硕话语刻薄字字犀利，"偷窥、偷拍……你还想偷什么？"

我的脸"唰"的一下变得通红，李致硕的言语让我无地自容。

"虽然你是金朵的老师，不过我告诉你。"凌辉站在李致硕对面，全然一副他很不好惹的模样，"话你可别说得太过分。"

李致硕将视线平移到凌辉身上，冷笑着说："我话说得过分？到底是我话说得过分，还是你们事儿做得过分？饭店安装监控录像，却没有明显标示，在未经允许的情况下偷录客人的隐私……凌辉大少爷，我是可以告你的。"

大堂副经理赶紧赔笑："李老师高抬贵手……有不足的地方，我们一定尽快改正。"

"改正？"李致硕继续阴阳怪气皮笑肉不笑，"你们的行为不是不足，是故意装傻充愣的蓄意侵权！"

凌辉痞里痞气地看着李致硕，满不在乎地说："我是侵权了，又怎么样？我就看你们两口子打架了，又怎么样？你告我啊！我怕你吗？大不了，我赔你钱！精神损失还是医疗补偿？要多少，我给你就是了！"

大堂副经理不断地给凌辉使眼色比手势，可这些提醒凌辉全都视而不见。凌辉冲动的毛病犯了，脾气倔得像头牛。别说是不认识的大堂副经理了，就算凌辉他妈来了，估计也管不住他。

"赔钱？"李致硕像是听了一个天大的笑话，"凌辉大少爷，有些东西，不是钱能解决的……你知道吗？"

说完，李致硕转身离开了。

"喊！"凌辉一抬手，嬉笑着说，"我还以为多厉害呢……还没开始吵架就走了，真是不过瘾。"

"哎呀，我的小祖宗啊！"大堂副经理擦了擦脑袋上冒出的汗珠，如临大敌表情十分夸张，"你知道他是谁吗？"

李致硕是谁，似乎从我认识他那天开始，我就一直听到诸如此类的问题。

土木班的辅导员，王校长的外甥，高贵冷艳男教师……而大堂经理口中的"是谁"，显然不是指上面三个称呼中的任意一个。

"他是谁？不就是金朵的辅导员吗？"凌辉再次满不在乎地挥挥手，"他爱谁谁！大不了，我找我爸……"

大堂副经理应该对凌辉家很了解，急着打断凌辉的话，说："李老师他爸爸是个大企业家，整个对外玻国的港口码头业务都被他家垄断啦！"

凌辉的眼睛立马瞪大，难以置信地反问："李致硕他爸……是李……"

我不知道他们两个一唱一和地在说谁，不过从他们话里话外传递的信息看，玩笑似乎有点儿闹大了。

凌辉家的生意摊子铺得很大，各行各业，多少都有插足。而其中最为挣钱的，要数往玻国出口茶叶。这也是凌辉爸妈最近出国的原因。

玻国这个国家比较奇怪，那里的人特别喜欢吃油腻腻的牛羊肉。凌辉讨厌羊肉味儿，也是因为小时候被玻国的羊肉伤害了……吃多

/093

了牛羊肉,自然需要喝茶水解腻。凌辉家的茶叶出口玻国,经常是供不应求。海运过去,茶叶的价格经常抬得比金子还贵。

港口码头业务有多重要,凌辉他爸跟我们提到过。因为凌辉家的生意主要是出口海外各国,所以他们家和港口码头接触得比较多。可以毫不夸张地说,李致硕他爸垄断的港口码头在凌辉家的生意中是决定生死的部分。

得罪了李致硕,李致硕要是让他爸难为凌辉他爸……海运成本过高,不能卸货出卖,那一船船的茶叶只能报废。再把茶叶运回来,肯定是不值得的。除了将茶叶丢进海里,再没别的办法。

没了茶叶,凌辉家便没了生意。凌辉家没了生意,那么不久就会破产。如果凌辉家破产了,那么一切的一切都是因我而起。

我越想越害怕,越害怕越难过。愧疚委屈的心情不断上涌,我"哇"的一声哭了出来。

"我都没哭,你哭什么啊?"凌辉笨手笨脚地用衬衣角给我擦脸,"不怕不怕啊!有什么大不了的?有问题就解决嘛!既然是做生意,怎么也要讲理啊!我家做的是正经生意……金朵,我发现了,你就是在我面前有能耐啊!怎么每次一见你们辅导员,你都变得这么尿?"

我不是尿,我是真尿。欺软怕硬,说的就是我。以前觉得李致硕只是个没根基的小辅导员,我才会想方设法地打击报复。可现在……李致硕不但掌握着我的成绩单,李致硕他爸手里更是掌握着凌辉家的交易单。

如果真因为玩笑害得凌辉家丢了生意,我怎么过意得去?

回去的路上,凌辉一直心事重重,我一直闷闷不乐。说李致硕会善罢甘休,打死我都不信。而以李致硕的能耐和小心眼,他势必会联合他爸压榨得凌辉家连渣渣都不剩。

幻想出凌辉晚年凄惨要饭的场景,我心里的愧疚感再次加深。为了弥补自己的过失错误,晚上吃饭的时候我很难得地把餐桌中间的座位让给了他。

我妈下班回来还奇怪地问:"这俩孩子是怎么了?平时吵吵闹闹的,今天安静下来我还真不太习惯……"

唉……我只剩一声长叹。

吃过饭洗过澡，我偷偷地跑到凌辉房间去看。我到的时候凌辉正在打电话，见我进来，他漫不经心地挥挥手，示意我先在椅子上坐一会儿。

一般这个时间，凌辉都是在跟他妈通话。不知道他们两个在说什么，凌辉的脸色十分凝重。我紧张地将耳朵凑过去，凌辉动作利落立马将我推开。

我坚持不懈地凑过去，凌辉继续不厌其烦地推开我。最后，忍受不住的凌辉结束了电话："妈，你好好劝劝我爸，有什么事儿，咱们明天再说……呵呵，是，金朵来了，我和她说说话。"

"怎么了？发生什么事儿了？"凌辉刚挂上电话，我就急着问他，"不会是李致硕找他爸难为你家了吧？你妈打电话说了什么？你为什么要她劝劝你爸？"

凌辉揉了揉我脑袋上半干的头发："我爸你还不知道吗？跟我似的，属狗脾气的。没我妈劝着，他经常会办错事儿。"

"到底是怎么了？"

"哎，你别动别动！"凌辉眯着眼睛看我，"金朵！快点儿！我眼睛里进睫毛了！你来给我吹吹。"

"啊？"询问的事情暂缓，我仔细而又认真地端详着凌辉的脸，"哪只眼睛啊？"

凌辉对我的认真并不满意，在我的额头上重重拍了一下："你这哪是给我吹眼睛啊？你看你的表情，哭丧的样子像是跟遗体告别似的。"

我能看出来，凌辉是不想让我过多知道他家生意的事儿。他不想说，我也不再多问。又玩笑了几句，我老实地回房睡觉。

直觉告诉我，玻国那边的茶叶生意一定是出了问题。

即便凌辉不告诉我，我还是想办法问出了答案。第二天，早饭前我在厨房里偷偷问我妈，我妈一字不漏地把事情讲给我听了。

"你姨夫和姨姨要愁死了，昨天你姨姨打电话给我的时候一直在哭。"我妈边择菜叶子边叹气，"生意的事儿我也不懂，我只能劝她放宽心呗！幸好凌辉在咱家，你姨姨少操了不少的心。凌辉还挺懂事儿，最近蛮乖的。"

/095

我帮着我妈掰菜花,问:"生意的事儿……姨说没说生意上的什么事儿?"

"我没太听明白,好像是玻国参赞那里出了问题吧!"我妈愁苦地挠挠脸,"玻国那么多等着要茶叶的厂商,参赞就是不许茶叶停港卸货。唉,真是作孽,那么多的茶叶……金朵!你不要择了!我的菜花都被你揉成粒儿了!"

凌辉喜欢睡懒觉,一般不到中午是不会起来的。而我想要问他家生意的事儿,他更是假装昏睡不起不省人事。我不断尝试着叫他起床,却不断地失败。最后没有办法,我只好放弃。

和李致硕的误会一环扣一环,好像永远看不到尽头。我心急如焚,坐立难安。总有一种吃饺子不蘸醋,吃进去委屈吐出来矫情的感觉。

凌辉既然想回避,我索性也不跟他沟通了。揣好手机钱包,我坐车往学校去。

上学的时候,我绞尽脑汁地逃课。现在可以名正言顺不上课了吧,我又觉得浑身不自在。逃课的优越感荡然无存,剩下的只有深深的惆怅。

"楠姐,你就不想我吗?"见到刘楠后,我拉着她的胳膊摇,"我好想你好想你好想你的嘞!人家想你想得茶不思饭不想,连石膏都拆掉了。"

刘楠沉着以对惜字如金:"说人话。"

"那个啥,我好像似乎仿佛……又闯祸了。"

刘楠一副早知如此的表情,仰仰下巴,问:"说吧,你又惹什么事儿了?"

如此这般,这般如此。

我话说得完全真实,毫无添油加醋,刘楠听得眉头紧皱。等我讲完之后,刘楠气得说话都不利索了:"我给你滚出去!"

好半天后,刘楠才反应过来:"金朵,你给我滚出去!"

经过我的好言哄劝,刘楠最后言简意赅地送了我两个字:犯贱。

"哎哟,楠姐,别这么暴力嘛!"我揪扯地玩着手腕上的纱布条,神情之间无比哀伤,"我也知道我这次的错误是严重了些……我来找你,也是希望你能帮我想想办法啊!"

"想不出来，没办法。"刘楠彻底为我判了死刑，"金朵，我现在给你的建议就是，你开门出去往外跑，能跑多远跑多远。找个没人的深山野林躲一躲，等到李致硕老师死了，你再出来……不过以你的智商，我很担心你活不过李致硕老师。"

我跌坐在椅子上："楠姐，我这次是不是没救了？"

"不，也不是。"刘楠坦白而又直接地说，"你也不是完全没办法，金朵，你还是可以去死的啊！"

刘楠的话，让我有一种置之死地而后生的感觉。

"楠姐，你是怎么了？"说了半天，我这才注意到刘楠的不对劲，"我的天，你怎么穿裙子……这裙子，是陈敏慧的吧？她不在寝室，你又偷穿她的干净衣服啦？"

刘楠颇为"妩媚"地瞪了我一眼，拍着我的手，说："就陈敏慧能穿裙子呀？这裙子，是我自己买的。"

"你会买裙子？"

我再次注意到："楠姐，你的眼睛怎么……你又和王静民打架了？他也真是的，虽然你们两个关系不好，他也不能打你的脸啊！你过来我看看，你的眼睛怎么肿得这么厉害？"

"别动手动脚的。"刘楠女汉子的神情毕现，她拍开我的手，凶神恶煞得活像个母夜叉，"我这是眼影眼影！不是眼睛肿了！"

好吧，在我看来，刘楠画的眼影跟眼睛肿了完全没区别。

"你是有什么事儿吗？怎么穿得这么隆重？"刘楠一个抠脚女汉子，会悉心打扮自己，简直是世间少有，"你有同学要结婚了？不对啊，上次你同学结婚的时候，你也没穿得……"

"行了，别猜了。"更为惊悚的一幕出现了，刘楠从包里掏出镜子照了照，动作优雅地整理了下头发，"等下班务会议，班长通知各个班干参加……我大小是个生活委员，太不修边幅了，也说不过去。"

"楠姐。"我掐着她的肩膀，一本正经地问她，"你对班长……不会是认真的吧？"

"嘿，你说什么呢！"刘楠避开我的视线，闪躲地推开我的手，"作为一个班委，怎么也要注重下仪容仪表呀！我是同学选举出来的，

/097

去参加会议就是代表同学。不仅有义务传达基层同学的意见和心声,我更应该……"

"你就装吧!"我还没傻到这种地步,"你这哪是当自己是生活委员啊,你这完全是把自己当成奥巴马了!还注重仪容仪表……"

刘楠在我的额头上拍了一下,脸色稍微羞赧:"就你什么都知道。"

我没有半点儿开玩笑的意思,很认真地对刘楠说:"楠姐,你千万不要越陷越深了。班长和他女朋友,那是从高中开始就在一起。要是你把班长追下来,不说别的,唾沫星子都能把你淹死。"

"唉……"刘楠手里的挎包怅然地垂下,眼神黯然无光,"为什么女人要这么痛苦?"

"女人一直都是比较痛苦的啊!"我想起了追蒋小康的日子,眼神变得跟刘楠一样黯然无光,"不仅女人要为难女人,男人也要为难女人……这事儿你可千万悠着来,整好了你是嫂子,整不好你可就成婊子了。"

刘楠再次叹气,点头对我的话表示认同:"我心里有数。"

"我心里有数",是一句极其没有意义的话。大部分情况下,这句话等同于醉酒的人说醉话。说的人不往心里去,听的人也不会当真。

刘楠虽然这么说,可屁用不顶。临开会之前,她不但坚持穿裙子去,更是戴了顶不伦不类的小礼帽。

女神和女神经病之间,往往隔着一段真爱的距离。平时我觉得刘楠不笑不说话的冷艳姿态很女神,但迷恋班长的她,行为举止完全等同于女神经病。

来学校一趟,我没得到安慰不说,反而给自己心里添了堵。对刘楠的担心和对凌辉家的担忧,压得我几乎喘不上气。

做人嘛,开心最重要。在哪里跌倒,就应该在哪里躺下……而从寝室去公交车站的路上,恰巧碰到李致硕的我切身贯彻落实了这句话。

为了避免和李致硕正面相迎,我很明智地蹲下假装系鞋带。

{第五章} 我不抬头看啊，因为我有病

每次上朋友圈，我都会感觉到生命的不可预见性。因为你永远想象不出，下一秒钟，你的哪个朋友就干起了代购。

而每次看到李致硕，我的这种不可预见性的感觉更是不断加强……李致硕，他怎么又帅了。

简简单单的亚麻长袖衬衣，简简单单的麻布浅蓝色裤子，简简单单的方扁头春夏懒人鞋。这衣服，这身段，这气场，这"feel"。

这衣服我爸穿身上，那绝对是中年遛狗大叔准备在胡同口找人下象棋。可穿在李致硕身上，去巴黎时装周都不输阵。

我弯腰系鞋带感慨着，他为什么来当男教师啊，为什么不去当男模特啊？

学校的林荫小道上，我和李致硕的相遇是不可逆转的。即便我假装弯腰系鞋带，低矮的草丛也遮挡不住我的身子。我假装得太刻意，刻意得我自己都有点儿面红耳赤。

对于上两次的事情，我真的很想跟李致硕解释清楚。但是我太了解我自己，一个说不好，弄巧成拙是一定的。再说，李致硕那天对他女朋友说的话又很……总之，我这个时候去找李致硕，实在是不合适。

李致硕和他女朋友说的话，太过于暧昧不明。他们打架的时候特意点名提到我，估计是有什么我不知道的事情发生了。

我甚至在想，李致硕是不是对我精神出轨，然后被他女朋友抓现形了？

不是我多想，是现实太无奈。作为男女朋友的李致硕和燕飞晓因为我一个女学生打架打得人仰马翻，很难让我不自作多情。所以到底要不要和李致硕说话呢？我为难得头都大了。

正当我胡思乱想不断折磨自己把鞋带解了系系了解的时候，李致硕面无表情地和我擦肩而过。

"哎！李老师！"我脑子估计又抽了，下意识地跳起来叫他，"我那个……"

李致硕停下回头："有事儿？"

凌辉说我对他冷暴力，那他是不了解什么叫真正的冷暴力。冷暴力……怎么也要李致硕这样子的吧？

我不知道该怎么缓解此刻的尴尬，只能没话找话地说："那个啥，我想问问，我办缓考的事情……"

"班长都给你办好了。"李致硕正常得太不正常，"下学期教务处会给你发缓考的条，你跟着补考的同学一起考试就好了。"

李致硕还算给我面子，没有忽略我的话掉头走掉，我已经谢天谢地了。公事公办地说完，李致硕转身继续往前走。

我怅然若失地盯着他的背影，唏嘘不已……而没等李致硕走太远，我也并没有唏嘘太长时间，宋小玉讨厌的声音又一次出现："金朵，好久不见。"

"你也太阴魂不散了。"我真心实意地说，"你男朋友是凌辉又不是我，你总来找我干吗啊？"

宋小玉叼着烟，她身后站着两个牛高马大的大汉。我内心不好的感觉扩大，几乎是下意识地喊道："李老师！你等我一下！我跟你一起走！"

"金朵？你干吗去？"宋小玉先一步揽住我的肩膀，笑呵呵地对回头的李致硕挥挥手，"老师，没事儿，金朵跟你开玩笑呢！"

宋小玉把烟头丢在地上用脚踩灭，脸上挂着些许坏笑。

李致硕眼神深邃地回头张望，眸子里藏着些许狐疑。

"呵呵，李老师，我还有点儿事儿要问问你……缓考的事儿。"我奋力想要冲着李致硕奔去，却总是被宋小玉带来的人拉回来。我声音里带着哭腔，"李老师，你带我走吧！"

以我和李致硕的关系，这话我说得实在是没底气……事实证明，李致硕一点儿没辜负我的期望，他咧嘴笑道："这位同学，我记得你。上次在奶茶店，你和金朵坐一起吧？国际关系学院的？"

宋小玉不着痕迹地加大在我肩膀上的力度，恭维着说："老师的记忆力真好……是我，我是金朵的朋友，国际关系学院的宋小玉。"

"朋友来找你，你就去玩玩吧！"李致硕完全是幸灾乐祸落井下石，"没什么事儿我先走了，学校还有点儿别的事情要处理。"

李致硕走了，他竟然真就这么走了！临走之前还笑着嘱咐我："金朵，你的手刚好没多久，玩的时候可千万注意分寸。这要是再断哪儿，估计也不容易恢复了吧？"

像是怕我讹上他似的，李致硕用极快的速度离开了。我又不是摔倒了等他扶，他至于跑这么快吗？至于吗？至于吗？

李致硕一走，宋小玉立马原形毕露，从包里拿出一根烟点上："走吧，金朵，找个地方，我们两个聊聊。"

"聊吧！"我指指绿化带的椅子说，"坐这儿好了，还有椅子还凉快……你们渴不？我们学校食堂卖汽水儿，我买给你们喝？"

宋小玉不理会我的胡扯，她身后的两个大汉一左一右架着我往外走。我奋力地蹬着腿，胡乱地喊叫："松开我！你们带我去哪儿？你们敢惹我，你们不想活了？救……"

"闭嘴吧！"宋小玉把她满是烟味儿的手绢塞进我的嘴里，"我带你去哪儿？呵呵，我带你去喝汽水儿！"

我真想告诉宋小玉，我不要喝她的汽水儿……可是我的嘴被塞得太严实了，我实在是说不出话来。

两个大男人抓我跟抓小鸡崽似的。我的负隅顽抗全部化为零，跟毛毛雨似的不见了。

被塞进路边的车里时，我心里不断地咒骂着李致硕。能有多难听就骂多难听，能有多恶毒就骂多恶毒。我越骂越生气，骂到最后，我自己都忍不住哭了。

宋小玉带来的大汉十分八婆，关车门的工夫笑着叫道："小玉小玉！你看这女的！被吓哭了！"

吓个屁！我一边哭一边恶狠狠地想，我这叫情感宣泄，你个没文化的。

如果没说错的话，我算是被人劫持了。我被两个大汉夹在后排座位中间，完全不敢乱动。宋小玉在前面开车，她比画着示意大汉

/101

把我嘴里的东西拿掉："金朵，你放心，我不会怎么样你……我是为了找凌辉，你告诉我他在哪儿就行了。"

找凌辉，你倒是早说啊！整成这样，也太坑爹了吧？

我毫不犹豫地将凌辉出卖："我觉得吧，你要是找凌辉，我们两个可以合作啊！你想怎么找他？他不接你的电话？还是回避不见你？我跟你说，凌辉现在住我家，我可以把我家的钥匙给你。只要你不打坏我家的东西，我绝对……"

"滚蛋吧！"宋小玉拍着我的额头将我打回座位上，脸上写满了"年轻气盛"四个字，不屑一顾地说，"凭什么每次都是我找凌辉？这次，我要他亲自来找我。"

唉，女人哪……

宋小玉估计还在为凌辉的事儿怄气，凌辉躲着不见她，她这才把脑筋动到了我的身上。虽然李致硕不想管我的事儿，但怎么说他也目睹了我被劫持的过程。我要是有个三长两短，宋小玉也跑不了。

确定宋小玉不会伤害我，我多少也就放心了。路上，我没心没肺地和宋小玉的朋友闲聊，试图挽回尴尬的局面免得自己吃苦头。

"大哥，你是哪个学校的？你认识凌辉吗？"

"你们国际关系学院的伙食是不是特别好？我听凌辉说，你们食堂的红烧排骨做得可好吃了。"

"唉，你们真不想喝汽水儿啊？这车好像有点儿热，宋小玉，空调能打开一会儿吗？"

宋小玉对我的唠叨忍无可忍，等红灯的工夫她狠狠地拍了下方向盘："金朵，你再多嘴，我就把你丢后备厢里去。"

"还是不要了，我不说话不就得了吗？后备厢里有轮胎，估计会很脏。要是我在里面，可能还……"

"金朵！"

好了，宋小玉的手绢又塞回我的嘴里，我彻底闭嘴了。

汽车开过大街穿过小巷，最后在一家破旧的KTV停下。宋小玉停好车，那两个大汉架着我从车上下来。我企图找机会呼救，可是周围连个鬼影都没有。

"除非凌辉来，不然你别想着有人能带你走了。"宋小玉带着指点江山的气势指了指,"这片房子等着拆迁,居民都已经搬空了。"

害怕我再啰唆,宋小玉很理性地没有拿掉我嘴里的手绢。她走在前面,我跟在后面。我脑子飞快地转动以及分析……希望凌辉不会太忘恩负义,不然的话,我在这里被弃尸了恐怕都没人知道。

"把她带进去吧!"宋小玉用钥匙打开了一间包厢门,"我也该给凌辉打电话了。"

包厢里面满满都是潮旧的气味儿,我被熏得头昏脑涨。反抗和顺从……好像都是一样,死路一条。

再一次,我怨恨起见死不救的李致硕。

"李致硕,你怎么不去死啊!"包厢门一锁上,我扯掉嘴里塞的手绢愤恼地对着壁纸大骂。

十分意外地,包厢窗户外面传来李致硕的话:"我死了,谁来救你啊!"

"我的妈呀!"我一天之内受到太多的惊吓,恐慌得不知所措,"你谁啊?你哪位啊?"

李致硕不理会我的问题,用肩膀扛着包厢生锈的老旧窗户,对我招手:"金朵,你过来,我拉你上来!"

"李老师……呜呜……"我被李致硕感动了,"我以前总气你,你现在竟然来救我……呜呜,我以后再也不气你了。"

李致硕被我逗笑了,微垂手:"金朵啊,你是不是真不知道什么时候该做什么事儿?你先上来,然后你再哭,行吗?"

"行。"

我答得痛快,李致硕笑得淋漓。随着李致硕一笑,我们两个之前矛盾的坚冰瞬间崩塌了。

就说嘛,人生啊,哪有什么大不了的?

我的斯德哥尔摩综合征再次爆发,其实仔细想想,李致硕老师除了让我买早饭擦黑板摘辣椒念检讨丢脸脱臼手骨折之外,他还是蛮不错的。

乐极生悲,古人诚不欺我。正当我满怀希望脚踩沙发冲着招手的李致硕迈去时,鞋底的狗尿苔却打滑,害得我整个人向后摔倒。

李致硕手疾眼快地过来拉我,我不怎么灵巧地反将他拽了下来……在不算高的距离里,我们两个好似庞然大物般坠倒在地。

老旧的楼房似乎颤了颤,地面发出极为无力的呻吟。

"好险。"我庆幸地举起自己没有再次遭殃的双手,笑说,"真是老天保佑。"

"是吗?"躺在我身下满身青绿的李致硕咬牙切齿地说,"金朵,你真的确定是老天保佑吗?"

我立马换上一副虔诚的表情:"不,不是,要感谢李老师从不为己专门为人的精神!世上只有辅导员好,有李老师的孩子……"

"得了,别贫了!"李致硕脸色不怎么好看地推我,"你压到我的手了,你让我起来。"

在摔下来的时候,李致硕很巧妙地颠倒了一下顺序,他先摔一步垫在我底下……要不是因为这样,可能也不会发出如此大的动静。

听到动静的宋小玉过来查看,呵呵笑道:"老师,这是干吗?你们T大的笨蛋,买一送一?"

"你可能对T大有什么误会。"李致硕稍显狼狈地为自己辩解,"T大是有学生笨蛋,但跟教职人员无关。"

门外又有一个大汉出现,他推开宋小玉,说:"小玉,这个男人是谁?"

"大哥,他是金朵的辅导员。"宋小玉撒着娇,"大哥,凌辉还是不接我的电话,怎么办?"

"这小子是不是活腻了?居然连我宋春雷的妹妹都敢欺负!"宋春雷身上杀气腾腾,透过脏污的包厢玻璃我都能看到他的左青龙右白虎,"你用这娘们儿的电话,再给他打一遍!"

说完,宋春雷迈过来问我:"你的电话呢?"

"我的电话……"我这才意识到,"好像是,忘带了。"

李致硕一声轻笑。

"有什么好笑的?"五大三粗的宋春雷威慑般对着李致硕比画着自己健壮发达的肌肉,"你在笑我?"

李致硕满是脏污的脸上,一对黑眸熠熠生辉:"这位先生,我一点儿都没有笑话你的意思。作为一个老师,我在很认真地反省自己的工作……相信我,我几乎每天都在想,我是怎么教出金朵这么笨的学生来的。"

宋春雷才不信李致硕的话,不过他也没过多难为我俩,带着宋小玉出了包厢,不仅门被锁上了,李致硕掉进来的窗户也用铁棍插上了。

"为什么会这样!"我拉着包厢的把手,仰天大喊,"放我出去!我要回家找我妈!"

李致硕落落大方地在脏污的沙发上坐下,冷淡地说:"金朵,我要是你的话,我就省省力气。"

"省力气?"小恩是惠,大恩成仇。因为李致硕没能救我出去,我心里再次生出埋怨来,"李老师,你在学校里应该就发现他们有问题了吧?为什么那时候你不救我?"

李致硕将长腿搭在面前的茶几上:"这帮人明显是来找你寻仇的……金朵,我在学校里是能带你离开,可你想没想过,我带你离开之后,你要怎么办?"

呃……他带我离开之后,我回家呗?

"你以为,我带你离开之后,你就能当什么事儿都没发生然后回家?"

是啊,不然呢?

李致硕眉宇间笑意渐浓,他循循善诱地问:"金朵,说你笨,真是一点儿没冤枉你。如果说刚才我带着你走了,你回家的路上被他们劫走了,你要怎么办?"

是啊,我要怎么办?

"到时候,不仅没有人知道你被拐去哪里了……"李致硕的假设让我害怕,"你更是要自己被关在这里,你想想,你惨不惨?"

我懵懂地点头:"惨,简直是太惨了。"

李致硕继续循循善诱:"你再想想,万一我不来,这帮人没有了顾虑,动手打你……金朵,你说我好不好?"

我了然地点头:"好,李老师简直是太好了。"

"不过,李老师。"我态度谦和,不耻下问,"既然你是来救我的……刚才你为什么不反抗宋春雷呢?他看着是很健壮,可你比他高那么多……李老师,你别误会,我没有别的意思。我会问这个问题，完全是因为我们现在的处境。"

我越说越激动，最后几个字尾音都挑高了。

"别理我。"挨着李致硕在沙发上坐下，我不知道自己能做点儿什么，"我情绪有点儿不好。"

李致硕理解地说："是啊，我要是像你似的蠢成这样，我恐怕情绪也会不好。"

我："……"

"其实没有你的话，我反抗起来还是很有胜算的。"李致硕举起自己耷拉的手臂，"算是报应吧，以前总笑话你……刚才被你压脱臼了。"

呃……脱臼了？！

我摸了摸李致硕胳膊的关节："好像真的脱臼了……怎么会这样？你看起来挺结实的呀！"

"我是挺结实的。"李致硕叹气，"但是也架不住你胖啊！"

"……"

好吧，看在李致硕赶来救我的分上，我原谅他的口误。

"你别动，我给你看看。"我真心实意地说，"我现在已经是久病成医了，治疗脱臼，我特别拿手……李老师，你相信我，我肯定能把你脱臼的位置治好。"

李致硕礼貌而又客气地拒绝："金朵，谢谢你……我后半生还需要我这只胳膊吃饭穿衣背女朋友，如果不麻烦的话，请你松开我。"

不用我帮忙就直说嘛，干吗这么讽刺我。

"李老师，上两次的事儿……"我挠挠脸，讪笑着说，"上两次的事儿，我真不是故意的。你也知道我这个人，总是喜欢做些莫名其妙的事儿……我跟你道歉，你别往心里去哈。"

李致硕缓缓地回头看了我一眼，话说得宠辱不惊："没关系，我差不多已经习惯你的莫名其妙了。"

我却在心里想着，李致硕冒着"生命危险"来救我……他不会是，喜欢我吧？

"那个，李老师。"我轻咳一声，拉拉衬衫领子，"我可能平时是乐意跟你开玩笑……"

李致硕茫然不解地看着我。

面对李致硕这张帅脸,心猿意马是正常,意乱情迷是大忌。我不断告诉自己,金朵啊金朵,你可不能被迷惑了。

我咬咬牙,几乎一鼓作气地说:"李老师,我不能喜欢你……虽然我现在不喜欢蒋小康了吧,但是我也不能喜欢你……我不是说你不帅不好……我也觉得你挺好的,但是你有女朋友啦!你不能喜欢我,我也不能喜欢你。"

李致硕更加困惑,挠挠脸,问我:"金朵,你刚才是不是把脑子摔傻了?你胡说八道什么呢?"

"呵呵,没什么没什么。"我摆摆手,胆怯地说,"我什么都没说。"

我不说了,可李致硕也想明白了,哈哈大笑:"金朵,你是觉得,我喜欢你?"

干吗笑成这样?我皱眉不满。

李致硕没承认也没否认,话说得不咸不淡:"金朵,你平时,照镜子吗?"

作为老师,李致硕无疑是谦虚谦逊的。作为李致硕,他却是极度自恋傲慢的……李致硕的态度伤到了我,我故意在他脱臼的胳膊上重重捶了一下:"我告诉你,我不止平时照镜子!我天天都照镜子!"

"哈哈……"李致硕没喊疼不说,更是笑得话都说不出来了。

我忽然觉得,要是我自己被关在这儿,其实也挺好的。

"你别说我自作多情啊!"我为自己辩解,"上次,就是在火锅店的时候,是你自己跟你女朋友提到我的!你笑我……那你倒是说说,你们两个吵架为什么会提到我?"

我的话音刚落,李致硕脸上瞬间蒙上一层抑郁,笑容隐去。

呃……我又说错话了吗?

因为我这个人说话总是没深没浅,所以我十分害怕别人跟我聊天时突然沉默。我想不明白自己哪里说错了话,一般不熟的人又不会告诉我我哪里说错了。我经常是思来想去,愁得自己头都大了,也没想出个所以然来。

李致硕摸了摸蹭脏的衬衫,沉声说:"我女朋友……有很严重的精神类疾病。金朵，以后麻烦你不要太过于刺激她。"

那句"你女朋友是精神病啊"被我生生咽下，我仔细想了想，似乎李致硕的话很值得深究。

"李老师，你女朋友是要和你一起搬到学校的员工宿舍住吗？不然我咋能刺激到她？"

虽然我的问题太过于隐私，可我实在是太好奇了……李致硕很善良地满足了我的好奇心，给出了一个我完全意想不到的答案："我女朋友，是你们土木班的辅导员。"

"啥？"

"是的，她才是你们正儿八经的辅导员。"李致硕轻笑一声，"我只是来客串一下。"

既然李致硕主动说了，那么我是可以问的吧？可以问的吧？

李致硕微微耸肩："想知道什么你问吧！"

好吧，我端正身体，一本正经地问道："李老师，你刚才不是说你女朋友……"

李致硕叹气。

我衡量一下轻重，继续没轻没重地说："她如果有精神类的问题，能来学校当老师吗？"

"其实，她已经好得差不多了。我来当辅导员，就是打算先为她处理一下学生关系。像你们这样的刺儿头学生，她肯定吃不消。"李致硕皱紧的眉头就没松开过，"只不过最近她又受到了些刺激，所以……"

受了刺激？和我有关系吗？

李致硕的表情在很直白地告诉我，这事儿跟我是有关系的。

我还算挺机灵的："因为辣椒包子的事儿？"

李致硕叹了口气，颇为沉重地点了点头。

"因为你上次的辣椒包子，飞晓家的狗吃完之后彻底发了狂。"李致硕苦笑，"可能是被狗吓到了吧？自从那次，她总是疑神疑鬼的。"

李致硕的女朋友有中度抑郁症轻度狂躁症，在伤害别人和折磨自己之间反复折腾。怕燕飞晓多想，李致硕没有说明那个有问题的辣椒包是我送的。燕飞晓疑心重，威逼利诱软磨硬泡从李致硕那儿问到了我的名字。

本来一个包子，李致硕并没放在心上。但是燕飞晓就不同了，以为李致硕在学校里跟我有什么暧昧不清的事儿，她的抑郁症和狂躁症双双加重。

为了更好地照顾燕飞晓，李致硕这才请了病假到医院陪护。然后，便有了我后面碰到的两次大规模的打斗事件。

我总是听人把抑郁挂嘴边，现在算见识到真的了。燕飞晓和李致硕打架的场景历历在目，不难想李致硕吃了多少苦……我突然有点儿可怜自家辅导员了："李老师，那你女朋友的家人呢？你需要上班需要工作，你总不能一辈子当二十四小时陪护啊！"

李致硕表情阴郁，再一次不说话了。

好吧，我是打听得太多太细节了。李致硕和他女朋友，那是周瑜打黄盖一个愿打一个愿挨。其他的事儿我不清楚，可能还有什么隐情也说不定呢？

李致硕讲完这些，他在我眼前的形象瞬间无比光辉。现在像李致硕这样能打能骂能满血又高又帅又有钱的男子，真的是太少了……燕飞晓上辈子一定是拯救了伽马星系，所以老天才会让她这辈子病痛和美男双收。

羡慕的情绪外泄到行为上，以至于我看李致硕的表情太过于露骨火热。李致硕不着痕迹地离我远了些，赶紧解释："金朵，我是很爱我女朋友的。所以你不用担心……呃，我会对你什么什么。"

"不担心不担心。"不离不弃的真爱，这才算是真爱嘛！我无比虔诚地拉住李致硕的手，说，"李老师，等你结婚的时候，你一定要告诉我。你对女朋友这么好，真是世间少有了。你们两个千万不要分手，不然的话，我是不相信真爱了。"

李致硕面无表情地抽回手，嫌弃地把手掌的狗尿苔蹭到我脏污的衬衫上："等我们出去再说吧！"

说起燕飞晓的时候，李致硕多少还能有点儿笑模样。现在一提别的事儿，他又是一张面瘫脸。

经过李致硕一提醒，我这才把注意力转移回目前的处境上。我欲哭无泪地说："凌辉那小子，是肯定不会来救我的……李老师，我真对不住你。"

"你对不住我也不是一次两次了。"李致硕试着活动活动胳膊,却收效甚微,"金朵,你别号了!吵得我脑袋疼!"

我撇着嘴,委屈地看着李致硕:"好嘛好嘛,那你说,现在该怎么办?"

"等着吧!"李致硕似乎非常安心,"那个叫宋小玉的不是打电话了吗?凌辉那小子只要接了电话,就肯定会来的。"

我对凌辉都没有信心,也不知道李致硕是哪儿来的自信。看在他比我聪明的分上,我老实地又回到沙发上坐好。

"李老师,你来之前,难道就没想着报警什么的吗?"我奇怪地看着他,"以你阴狠耍滑的性格……不,我是说,以你果敢睿智的行事作风,你怎么也得找人交代一下通个风报个信什么的啊?"

李致硕没有理会我一不小心说出来的真心话,随意而又淡然地答道:"刚才出门急,所以忘了带手机。我急着开车跟过来,路上也没碰到什么人能通风报信。"

"哈哈哈……"刚才是谁因为我忘带手机笑话我来着?

李致硕笑话我,那是天经地义。我笑话李致硕,势必要遭天打雷劈。学生笑老师,不是自己找死吗?

本来我还没思考到如此深奥的问题,可在老旧的楼房突然发生剧烈震颤时,我才开始哀怨地想,这是准备劈我了吗?

现在收回对李致硕的嘲笑,还来得及吗?

我们被关的KTV,属于等待拆迁的老旧危房。在我们一群人上蹿下跳的不懈努力下,危房终于忍受不了地摇晃着倒了。

"这什么质量啊!"我急得在包厢里暴走,"就只是跺一跺跑一跑,它怎么能倒呢?"

李致硕比我要镇定一些,单手拉我到他身边站定:"你是学土木的,它为什么会倒你还问我?这房子有些年头了,地基都被挖了一半……宋小玉和你是有多大的仇?把咱俩关在这儿,不是等着咱俩被活埋吗?"

虽然我是学土木的,但我的成绩一直不咋的。我想告诉李致硕,我跟宋小玉其实没太大的仇,她主要的矛盾是跟凌辉……可房子摇晃得实在是太厉害，我一张嘴说话差点儿咬到舌头。

"金朵，你老实点儿。"李致硕有只胳膊脱臼了，姿势别扭地将我护在怀里，"你跟我去那边的柜子！"

我不敢怠慢，抓着李致硕的胳膊跟他往柜子的方向跑。门外宋春雷的声音响起，他叫道："老二！快点儿，来把这个门打开！"

"大哥！还是算了吧！再不出去，我们也出不去了！"老二的声音听上去很慌张。

"可是……"

宋春雷的犹豫被宋小玉打断，她尖锐的嗓音传来，估计此时此刻她已经是恨意满满："凌辉一直没接我的电话，我管她的死活呢！大哥，我们走吧！他们两个死在这儿，反正也没人知道是我们做的！"

又是一阵吵闹，他们一家子人丢下我和李致硕跑了。

宋小玉他们走了没多久，房子便发生了大范围的坍塌。幸好老天眷顾，我和李致硕站的位置有柜子撑挡了一下。在墙砖面前，玻璃跟饼干片似的碎开。要不是李致硕拉了我一把，估计我的脑袋早被削掉了。

"呸呸呸……"地方狭窄，我只能半蹲在李致硕的怀里，微眯着眼睛。我的睫毛上全是厚厚的粉尘灰。

对于李致硕的出手相救，我是发自真心地感恩戴德："谢谢你啊，李老师，我没想到，你还能救我……你别多想！我没别的意思！我是说，你平时……你也知道你自己平时看起来是什么样子。"

李致硕擦掉自己嘴上的白灰，沉着冷静地说："是的，我自己平时看起来是什么样子，我完全清楚。"

门窗被封墙又坏成这样，我和李致硕肯定是跑不出去了。除了等待救援，我们完全没有别的办法。

我席地而坐，再次对李致硕的救命之恩表示感谢。最初，李致硕还能沉着以对，渐渐地他被我表扬得有点儿不耐烦："差不多可以了，我是你的导员，应该做的。虽然下学期我就不教你了……当天和尚撞天钟！"

在李致硕的比喻中，我不知道他算和尚，还是我算钟……好吧，现在想这些，似乎有点儿没谱。

"金朵,你倒是让我刮目相看。"李致硕的话里带着不易察觉的嘲讽,"刚才宋小玉他们走的时候,我还在想,你会不会求饶叫救命。"

我微微讶异:"难道你希望我求饶叫救命?"

"我?"李致硕沾满白灰的脸上挂着桀骜表情,"当然不会,你要是叫救命,我会觉得很丢脸。"

李致硕真是跟我一样又臭又硬,不识时务。我呵呵笑:"我小时候总跟别家的男孩子打架,打不过了我就哭着回家……你知道我妈每次看我哭,都怎么说吗?"

"和男孩子打架?还真像你会做出来的事儿。"李致硕转了一下眼珠,说,"你是女孩子,你妈怎么也要批评你吧?你性格跟我大姐差不多,不过我大姐打架从来没输过。"

"你大姐也跟男孩子打架吗?"我一本正经地学着我妈妈,"我妈会说,金朵,你是我的女儿,既然要和别人打架,那你就不能输。要是你输了,回家还有脸哭啊……我输了连我妈都不会告诉,我怎么会跟宋小玉他们认输?"

李致硕被我逗笑,反问:"你不会跟别人认输?但是你好像跟我求饶过吧?怎么说的来着?求放过?"

我嘿嘿地挠着脸,无所谓地说:"你?你怎么能一样呢?一日为师,终身为父……要是在古代,我都应该叫你爹。"

"算了算了,当我没说!"李致硕颇为头疼地摆摆手,"有你这样的女儿,我可有操不完的心。"

我好笑:"说得好像你真是我爹似的……都什么时代了,李老师怎么还拿这教条主义说事儿?我就客气一下,你看你还当真了……要是当真的话,我上学不用干别的了,光顾着认爹了。"

李致硕:"……"

开始的时候,我和李致硕还不太恐慌,嘻嘻哈哈地说着话,也不觉得时间太难熬。但随着时间一点一滴地过去,不安的焦虑渐渐显现出来。李致硕口干舌燥,我肚子饿得咕噜咕噜乱叫。

为了节省体力,我们两个都明智地闭上嘴。

等李致硕腕表上的数字显示天已经黑了时,我彻底慌了神,急躁得想要站起身,但没想到后面的衣服被钢条刮住整个衣服都被扯开了。

虽然夹缝中没有灯光,李致硕看不到我的窘态,但后背凉飕飕的风,还是让我红了脸。我跟鸵鸟似的一个屁都不敢放,假装什么事儿都没发生。

李致硕十分艰难地将自己已经脏成黑色的麻布上衣脱给我:"你穿着吧!"

"不用了。"我竟然也会不好意思了,"谢谢李老师,我没事儿。"

黑灯瞎火的,李致硕尽量避免触碰到我:"嗯,你没事儿,你帮我拿着,我热了。"

李致硕的借口真心瞎,不过他都脱下来了,我也不再谦让了,接过李致硕的衣服,小心地披在自己身上。

我们两个所在的位置偏僻,周围几百米连个耗子都没有。等到有人发现房屋坍塌,时间已经是凌晨了。

救援人刚掀起石板,我就听到燕飞晓的声音:"李致硕?你在里面吗?"

我和李致硕相互搀扶着从洞里钻出来,不明所以的救援人员笑着说:"你们两个也真是胆大啊!这附近的楼连爆破都不用,过两天用铲车一推就能拆利索了……约会去哪里不好,非来危楼干吗?"

李致硕没理会救援人员的调笑,光着膀子过去找女朋友:"飞晓?你自己来的吗?我不是让我姐陪着你?她没跟你一起吗?"

燕飞晓眼神不善地看看李致硕,又看看我身上李致硕的麻布衣服,也没关心李致硕脱白的肩膀,冷哼着说:"李致硕,我终于明白了……什么担心我没人照顾,什么特意叫你姐姐过来陪护,全都是骗人的!"

"飞晓,我们先上车。"李致硕可能不想当着这么多人的面跟燕飞晓争执,伸手去揽燕飞晓的肩膀,"有什么事儿,我们上车说。"

月光下,燕飞晓的白色连衣裙泛着寒森森的光。在李致硕拉她走之前,她眼神极其恶毒地瞪了我一眼。

还没等我消化燕飞晓的眼神,我妈焦急的声音从不远处传来:"朵朵啊!我的朵朵!你在哪儿呢?"

"金朵!"是凌辉的声音,"你回头,我们在这儿呢!"

/113

"哪儿呢？"到处都是破楼瓦块，我根本辨识不清方向，"妈，我在……"

"啪！"

我的话还没说完，从李致硕怀里冲出来的燕飞晓大力地给了我一个耳光。她这一下子太突然，不仅是我，连一旁的救援人员都吓呆了。

燕飞晓力气大，我整个左脸都麻酥酥地疼。我挨打倒没怎么样，瘦弱的燕飞晓反倒被自己弹开了。

燕飞晓打得不过瘾，抬手又要打。

"你干吗呢！"凌辉动作矫健地跨过石块，速度极快地跑到我面前抓住燕飞晓瘦弱的手腕，"有话说话，你打金朵干什么！"

李致硕眉头紧皱，语气不善地呵斥凌辉："你给我松手！"

"松手？凭什么啊！"凌辉眼睛瞪得溜圆，口气同样没好到哪儿去，"你是金朵的老师，你女朋友打了金朵，你是不是该给个公道话？"

李致硕没吭声，强势地将燕飞晓护在怀里："飞晓打了金朵，我跟金朵道歉。"

"嚄，李老师，你的道歉真值钱。"凌辉讽刺道，"你的道歉这么好用，国家得节省多少警力资源啊？"

李致硕和凌辉火药味儿极浓的对话，燕飞晓好像一点儿都没听进去。她不断挣扎着想要从李致硕怀里出来，不甘心地挥舞着她瘦弱的胳膊想来揍我。凌辉见燕飞晓一点儿歉意都没有，挽着袖子开骂："李致硕，别说你爸是大老板，就算你爸是总统，我也要揍你！"

凌辉跳起来想要去揍李致硕，幸好我爸及时赶到将凌辉拦下。我妈姿势艰难地从土块上走过来，气息不稳地喊："凌辉！你别打架！有什么事儿好好说！"

"怎么了？怎么还喊打喊杀的？"我妈应该看到了刚才发生的事情，揣着明白装糊涂故意问，"李老师，这是……发生什么事儿了？"

李致硕一只胳膊脱臼了，一个人完全制不住燕飞晓。燕飞晓在他怀里挣扎，头发蓬乱得厉害。她生气的时候眼球外凸，看起来眼大而又疯狂："你女儿勾引我男朋友！你看看他们两个身上穿的衣服来的地方……做过什么还用明说吗？"

我妈处变不惊地在我和李致硕之间看了一圈，然后不咸不淡地说："做过什么？我怎么看不出来他们两个做了什么？凌辉，李老师的女朋友坚持称朵朵和李老师有什么，你信吗？"

凌辉不屑地冷哼，不信的态度显而易见。

姜还是老的辣，我妈接着说："你的男朋友，你要自己看好。自己看不好，你怪我家朵朵干什么？我家朵朵可是个好姑娘，跟自己老师能有什么事儿，她不是那样的姑娘。"

燕飞晓说不过我妈，被气得不行。我妈偏头问我："朵朵，你自己说，你跟李老师有什么吗？"

"没有。"我揉着挨打的脸，诚实地答，"什么都没有，我对灯发誓。"

"我家朵朵说了，什么事儿都没有。"我妈眯着眼睛，她是真的生气了，"李老师，既然什么事儿都没有，你女朋友打我女儿的事儿该怎么说？我们刚才这么多人，可全看见了。我家朵朵清清白白一个女孩子，让你们说成这样，像话吗？"

"阿姨，你说吧，你想让我怎么做？"李致硕很有气概地全部承担下来，"赔偿道歉，你想要什么，我都……"

"哟，李老师这话说得。"我妈拿腔拿调地打断李致硕的话，"耳光不是你打的，人不是你骂的，我能要你的赔偿和道歉吗？古人说欠债还钱杀人偿命，谁做的事儿，不都得自己担着吗？"

李致硕轻微地叹了口气，此时他颇为为难。如果不给出一个合理的解释，我妈是不会善罢甘休的。而要是让燕飞晓道歉，那是不可能的，况且李致硕也不舍得。

如果事情继续闹大，燕飞晓这个样子去警察局，肯定会被警察带去检查精神状况……燕飞晓精神有问题的事儿被查出来，别说她当不了辅导员，差不多得直接被送精神病院。

李致硕抬头看我，眉宇间满是无助和无奈。

燕飞晓精神有问题，她就算打了我，我也不会放在心上……现在不是我不想帮李致硕，主要是我上前给他求情，我妈肯定会骂我胳膊肘往外拐帮着外人不帮她。到时候不仅问题解决不了，说不定会闹得更难看。

/115

我抓耳挠腮,急得跟什么似的。我拉着凌辉到一旁,想让他出面劝劝我妈……可没走多远,我却意外地看到了个人。

"他怎么会在这儿啊?"我皱眉问凌辉。

凌辉的眼神一直没从李致硕和燕飞晓身上移开,他不耐烦地说:"谁啊?谁在这儿啊?"

"蒋小康啊!"

"谁?"凌辉的注意力还在李致硕他们身上,完全没有在意我说了什么,"哦,你说蒋小康啊?"

"是啊!"我奇怪,"他怎么会和你们一起来?"

凌辉回过神来,摸摸脸,说:"我起床之后见你没在家又没带手机,就跑到你学校找你……"

"然后呢?"

"然后你那个室友,说你早就走了。"凌辉羞涩一笑,"我以为你去找你相好的了……金朵,你还挺有出息,蒋小康说他有一阵子没见到你了。你行啊,也不枉费我辛辛苦苦把蒋小康的电话从你的手机里拉黑……"

这个问题太复杂,我暂时没空和凌辉计较。我拍拍凌辉的胳膊,说:"蒋小康的事儿你别管,我妈正在气头上,你帮我劝劝她。"

"金朵,你被打傻了吧?"凌辉瞪着眼睛,不可思议地看着我,"金朵,你们老师的女朋友刚才是给了你一个耳光!是耳光!这你都能忍?你都能说算了?不行,没商量。别说你妈忍不了,我也忍不了。"

"少爷,您可高抬贵手,少给我添乱。"我了解实情,再说李致硕又救过我。我不帮李致硕解围,那实在是太不厚道,"凌辉,你帮我一次,算是我欠你一个人情。"

凌辉等的就是我这句话,瞬间露出一口白灿灿的牙,说:"行,那你告诉我,是谁带你来这儿的?"

我一愣:"你还没接到宋小玉的电话啊?"

凌辉了然:"啊,原来是宋小玉。"

事情闹得这么大,估计也藏不住。我催促他:"现在你都知道了,那你快点儿过去劝劝我妈!"

"我干吗要去?"凌辉典型的翻脸不认账,"是我自己猜出来的,又不是你告诉我的。"

"你……"

吵吵闹闹的过程中,我妈和李致硕的关系已经闹得非常僵。如果没有一件事儿立即转移我妈的注意力,恐怕今天说什么也不会善终。正当我急得焦头烂额抓耳挠腮时,在一旁一直听我和凌辉说话的蒋小康开口了。

蒋小康上前一步:"金朵,不然让我劝劝你妈妈吧?"

"你劝?"凌辉大为不满,"你什么身份啊!这是你该说话的地方吗?"

"蒋小康,你甭搭理他,他脑子有病。"我对凌辉是满肚子的怨气,有人出面帮助,我正求之不得,"你想怎么跟我妈说?"

蒋小康笑着没说话,走到我妈旁边,一抬手一投足间青春洋溢,殊不知这种青春洋溢对我妈这种中年妇女极具杀伤力。

"阿姨。"蒋小康露出最标致的笑容,"今天也晚了,有什么事儿,我们明天再说吧!您看,还有这么多人在这儿,解决问题也不合适。"

我妈眯起的眼睛渐渐松开,她说:"你是金朵结婚的那个男同学,我记得你。"

"呵呵,那是金朵跟您开玩笑呢!"蒋小康云淡风轻地解释,"过来的时候比较匆忙,我也没来得及介绍我自己。我是金朵的师兄,叫蒋小康。"

从我妈的笑容我就能知道,她已彻底被蒋小康收买了。

为了给蒋小康留下一个慈母的好印象,我妈及时收敛了自己的怒气:"我吧,也不是那种不通情达理的人。主要是今天的事情,太……"

一干人等在深夜的热风中听我妈唠叨了好久,我妈这才慈悲得跟老佛爷似的"让步":"行了,走吧!都散了吧!"

我妈拉着蒋小康的手,笑得那叫一个和蔼,几乎把蒋小康的祖宗十八代都问了一遍,方肯罢休。我觉得无地自容,拉都拉不住她。最后还是我爸看不下去,稍微劝了一句。

"你看看你们俩!"我妈没好气地回头一瞪,"我就问问,怕什么?"

我怕,我是真怕。我好不容易跟蒋小康断得差不多了,再让我妈胡搅蛮缠一顿弄得死灰复燃了，那简直太麻烦。

从刚才开始一直装死的凌辉终于有了反应，笑意盈盈地过去拉我妈和我上车。唯剩我爸和蒋小康，各自在风中凌乱。

回到家里洗漱好，我立马跑到我爸妈的房间承认错误。

我的反省检讨刚一出口，我妈就抬手打断："朵朵，今天的事儿妈妈不怪你，咱们住的房子都有塌的呢！那房子拆了一半放在那儿，风一吹都晃悠……你能平安，妈妈很开心了。"

听我妈这么一说，我瞬间转换成委屈模式："就是。"

"凌辉跟我说了，今天的事儿，都是他那个什么女朋友做的。妈妈知道，这次错不在你。"

"就是。"我更加委屈。

我妈叹了口气："凌辉的女朋友还算有点儿良心，匿名给我发了条短信……不然的话，我和你爸还在大街上傻找你呢！"

我耍赖地躺到我妈和我爸中间，说："妈妈，李老师女朋友的事儿，你别太生气了……要没有李老师救我，我刚才差点儿没命了。"

我妈的精明毕现，她点着我的脑袋："你傻不傻，傻不傻，傻不傻！怎么这么不会利用机会呢？你们李老师现在因为他女朋友的事儿对你心存愧疚，到时候你们学校交流生的事儿……"

我彻底无语。

大人的世界，我永远不懂。正如蒋小康的心思，我永远猜不透。在我死里逃生的第二天早上，我跟做梦似的看到了坐在家里沙发上的蒋小康。

我揉揉眼睛，呆呆地问："你怎么来了？"

"你看你这孩子。"我妈拍了我一下，"你怎么穿着睡衣就出来了？快进去换！"

我换好衣服，出来之后还是刚才的问题："蒋小康，你怎么来了？"

"哦，我来看看你。"蒋小康指指茶几上的一大盆果篮，说，"你的电话打不通，社团过几天有出游活动，我来问问你，看你想不想参加。"

我这才隐约记得，凌辉昨天提到过，他把我手机里蒋小康的电话拉黑了……不过社团出游，好像听起来还不错。

李致硕的女朋友有抑郁症，带着她出来和大家玩玩，不知道她能恢复得快些不？

蒋小康参加的社团，基本上我都参加了。不过蒋小康烦我烦得要命，见我总跟着，他也就都退了。仅存的社团，是一个公益性质的，属于携老扶幼同好会之类的。

我们携老扶幼社的社员有，蒋小康、我、刘楠、王静民。

原社长是蒋小康和王静民的室友，他俩是为了给室友个面子，不得不参加。我是奔着蒋小康去的，而刘楠算是被我坑的。

现在原社长走了，蒋小康算是社团的主要领导人。有什么事儿，我还需要请示他："社团活动，能带其他人去吗？"

"可以。"蒋小康脸上的笑意收敛了些，他问，"这次社团活动不去养老院，是去乡下帮助留守老人整理海苔房子，是我一个远房舅舅那儿。你要带朋友一起去？男的女的？"

我还没说话，刚起来的凌辉大大咧咧地从屋里出来："你们这是要去哪儿？金朵，你别带我。给人免费当苦力修房子，我才不会干呢！"

"我也没说带你。"我瞪了凌辉一眼，转头对蒋小康说，"一个男的一个女的……我还不知道他俩去不去，到时候我问问。"

蒋小康继续问："一对男女朋友吗？"

"嗯啊！"

"行。"蒋小康笑了，"大概一周后去，你朋友要是去的话，你最好提前通知我，我好让我家亲戚安排床位。"

差不多到时间上课了，蒋小康这才起身告辞。我妈围着围裙从厨房冲了出来，笑得如同春天一般温暖："同学，走了啊？留下来吃饭吧？我菜都准备好了。"

凌辉推着蒋小康的肩膀帮着送客："姨，不用了，他还有事儿，要回去上课呢！"

"是吗？"我妈的脸上写满了失望，"同学，那你有时间来玩啊！到时候，阿姨给你做好吃的。"

蒋小康笑着应允，我满脸的无奈。

"还瞅呢！"蒋小康走了之后，凌辉轻轻睨着我，"金朵，你有出息没有？你忘了自己的手是咋断的了？"

我妈耳听八方，敏感地接话："金朵的手咋断的？凌辉，你跟我说说。"

在我和我妈眼神的双重压力下，凌辉只好笑着打哈哈："没……没啥。姨，我这不是跟朵朵姐开玩笑吗！"

不管怎么说，我妈是惦记上蒋小康了。她"求婿若渴"的眼神，看得我都害怕。所以，在中午吃饭后接到李致硕的电话，我几乎是逃也一般跑出了家。

"你跟着我来干什么啊？"从家到外面，我怎么也甩不开凌辉，"这个时候你不都在睡觉吗？"

凌辉揪着我的衣服下摆不放，不忘讽刺嘲笑我两句："金朵，现在宋小玉他们还没被警察抓到，你就敢自己往外面跑？你是心有多大！"

宋小玉的主要目标是凌辉，所以我并不觉得这事儿跟我有啥关系。再说了，怕蝲蝲蛄叫还能不种庄稼了？警察一辈子不抓住宋小玉，我还一辈子不出门了？

甩不开，只能让他跟着。多杯奶茶钱而已，李致硕也没那么小气。

我说凌辉跟着我来了，李致硕并未表示异议。到了奶茶店，李致硕和燕飞晓已经等着了。见到燕飞晓，凌辉瞬间如临大敌似的。我在下面狠狠掐了一下铆着劲准备打架的凌辉，示意他千万要淡定。

"金朵，你好。"燕飞晓今天看起来要正常多了，虽然依旧瘦弱，不过她怯生生的大眼睛实在是讨人怜爱，"是我让李致硕叫你来的……昨天的事儿，我真是对不起。"

"呵呵，你们两口子的道歉咋那么值钱呢？"我无论怎么掐，凌辉都不为所动，"我扇你男朋友一耳光，然后再跟你道歉，可以吗？昨天装疯卖傻打人，今天就开始装小白兔……金朵你总掐我干什么？你让我把话说完！"

我太了解凌辉了，他下面肯定要说很多没礼貌的话。为了不刺激燕飞晓，我赶紧拿起桌子上的蛋挞塞他嘴里，忙着解释："老师，师母,你们别理我表弟,他脑子有病,出门忘吃药了。"

"金朵!你才有病呢!"凌辉吐掉嘴里的蛋挞,坚持不懈地把话说完,"我看你师母跟你一样有病!纯正的精神分裂!"

我不是被凌辉的话惊呆了,是彻底被他的话吓坏了。我一动不敢动,小心翼翼地观察着燕飞晓的表情。

燕飞晓笑容淡淡,没有说什么,李致硕倒急了,猛地从椅子上站起来,桌子上的奶茶都被撞得来回晃:"凌辉,你把嘴巴给我放干净点儿!"

"怎么?敢做还不敢让人说啊?"凌辉犯了浑,任谁也拉不住,"李老师,你难道就没觉得自己女朋友精神分裂啊?是我瞎说吗?你看她昨天耍泼的样子,跟疯子有什么区别?"

"凌辉!"我急得叫住他,"你能不能少说两句!"

"不能!"凌辉叫得脸红脖子粗,"除非李老师让我打回来,不然……"

吵得最为激烈的时候,燕飞晓镇定微小的声音插进来:"虽然不是精神分裂……可我确实是精神有问题。"

"哈哈,你觉得我会信?"凌辉对燕飞晓的说辞嗤之以鼻,"还你有精神问题……我看你跟金朵一样,你俩都应该被带到精神病院去!我认识精神科医生,用不用介绍给……"

李致硕终于忍无可忍,一拳挥过来,照着凌辉的下巴给了他一下子。

下午的奶茶店人不是很多,几个小妹斜靠在吧台上昏昏欲睡。本来我们这桌吵吵嚷嚷的已经够让人闹心的了,现在李致硕一动手,奶茶店犹如平静的油面滴进水,瞬间炸开了锅。

"你想打架是吧?"凌辉不服气地动手扯着李致硕的领子,"来,你出来,咱俩出去打!"

李致硕脱臼的胳膊捆着纱布,燕飞晓吓得哭着抱着李致硕的腰。李致硕一左一右被他们两个拉扯着,完全动弹不得。

我真是受不了凌辉了,他开玩笑也得有个分寸。我骂又骂不动他,打又打不过他,只好拿起桌子上的奶茶泼了过去。

不知道凌辉是被我泼过去的奶茶烫到了还是被浇清醒了,他平

/121

静地伸手擦掉脸上的奶茶残渍,不可思议地指着鼻子问我:"金朵,你用奶茶泼我?"

"你有完没完?"我放下奶茶杯,完全是好意,"这回清醒点儿没有?"

凌辉不理会我的话,继续抖着唇委屈地问我:"金朵,我是为你好……你居然当着这么多人的面用奶茶泼我?"

"给你,拿纸擦擦。"我并没觉得自己做错了事,"别跟个小孩子似的,你能不能成熟点儿?"

凌辉显然跟我在意的不是一件事儿,他接过我递过去的纸巾,使劲儿摔在地上,接着又不解恨地把纸巾踩了个稀巴烂:"我不成熟?我不成熟又是为了谁?金朵,你哪怕稍微长点儿心,你就知道我为什么这么做!"

我安抚地拍拍凌辉的脑袋:"乖啦乖啦!我知道,你是为我好哈!不生气不生气!"

以前这招百试不爽,可是现在,屁用不顶。凌辉不领情地推开我的手,在一众人等的注视下大踏步地走出了奶茶店。

"你表弟走了。"李致硕提醒着我,"他太年轻气盛了……金朵,你不追去看看?"

燕飞晓被吓得小脸煞白,却仍小声地对我道歉:"金朵,真是对不起啊!昨天的事儿……总之,不好意思。"

"没事儿,他就这样。"从透明玻璃里一直看着凌辉打到车,我这才收回视线,"不管他,他就这狗脾气……我们换张桌子,继续聊我们的。"

少了凌辉,气氛明显愉悦多了。燕飞晓的病情不稳定,时而清醒时而迷糊。清醒的时候,她基本上跟正常人一样,说话聊天,一点儿看不出来有病。偶尔服务员收拾盘子发出巨大的碰撞声,她会像受惊似的赶紧往李致硕怀里躲。

多数情况下,李致硕会在她想躲前先一步将她揽在怀里。他会一边拍着燕飞晓的背,一边软语安慰。燕飞晓后背的脊柱上棱角清晰可见,她瘦得,实在是太让人心疼了。

"我和李致硕,是高中同学。"燕飞晓抿了口奶茶,说,"后来他去美国上大学,我留在国内读书……大二的时候我发生了一次意外,精神受了刺激,所以情绪一直不太稳定……"

如果我们学校那些暗恋李致硕的女生见了李致硕照顾女朋友的这一幕……估计,她们会哭吧!

别说暗恋李致硕的人了,连我见了都有点儿想掉眼泪。什么是真爱?这才是真爱嘛!

那些成天在朋友圈人人网秀恩爱晒幸福的,跟李致硕和燕飞晓一比较简直是弱爆了。天天喊的口号是情比金坚爱比海浓的,还没有什么大风大浪呢!逛个超市见个美女就能偶遇邂逅劈腿出轨了,哪能指望生病的时候对方不离不弃呵护备至?

过往的真爱最终都会变成耳光,早晚不是打在自己的脸上,就是打在别人的脸上。

有人闷声发大财,李致硕是关门疼女友。就这么一份精神,我觉得值得四方学习八方点赞。

再次为凌辉熊孩子的行为道歉后,我提出了自己的建议:"李老师,我们社团有一个活动,我觉得还挺适合你带着女朋友去的。"

我将蒋小康组织的活动简单说了一下,又婉转地提出了自己的意见:"目标群体都是一些老年人,所以活动肯定不存在危险性。离大海近,既修养身心又陶冶情操……不但能直抒胸臆,更可以跟同学们亲情互动啊!"

李致硕稍显犹豫,显然并不想带燕飞晓参加。

燕飞晓的兴致很高,她轻轻拉了拉李致硕的手说:"今天陈主任不还找你谈过这个事儿吗?学生社团活动要在外住宿,还是有老师跟着的好……李致硕,去吧!我好想去。"

"真想去?"李致硕和燕飞晓深情对视了一分钟,才回头问我,"蒋小康,他靠谱吗?"

"蒋小康还算靠谱,以我对他的了解……"

说到蒋小康,估计没人能比我还了解了。即便我不喜欢他了,依旧能把他吹得天上有地上无……李致硕被我夸张的表情逗笑,挥挥手示意我停下:"行了,我跟你们去。等我回去跟陈主任说一声,你们这次的海岛行,我跟着一起。"

/123

我很好，只是忘不掉

"但是！"我的欢呼雀跃还没出口，李致硕便郑重地说，"金朵，你一定给我老实点儿听话点儿，不然，小心我收拾你。"

我才没有李致硕想的那么小心眼呢！我是为了感谢他救了我，是真心实意地想帮他……

我和李致硕，算是彻底化干戈为玉帛共同奋进握手言和了。

既然是朋友了，那么好多事儿我也方便开口询问了。凌辉家茶叶的事儿，就是首个需要询问的问题。当着燕飞晓的面，李致硕无比坦诚："我爸爸工作上的事儿，我从来不参与。"

一句话，李致硕简单扼要地表明了自己的立场——凌辉家生意的事儿，和他无关。

无关不行啊，我再接再厉地问："那个什么，李老师，你能不能问问您父亲？凌辉家的这些茶叶，数量比较多……能不能想点儿办法，通融一下？要是这么多的茶叶丢在海里，怪可惜的。"

"这个……"李致硕稍显为难，"这个我真不好插话，毕竟是我爸爸自己的工作。我爸爸要是天天打电话告诉我怎么教学生，我也挺为难的不是？"

呃，似乎好像，是这么回事儿。

李致硕说话保有余地："行了，金朵你说的这个事儿我记住了。晚上我打个电话问问，看看到底是哪个环节出了问题。要是能争取的话，我尽量争取一下。"

我从来没有哪个瞬间，觉得李致硕如此和蔼可亲。我脑袋都要点断了，一直目送李致硕和燕飞晓离开。

回到家里，我大着嗓门叫："凌辉！我跟你说，你家茶叶的事儿我问过李老师了。李老师真是好人哪！他说这事儿跟他没关系，所以……凌辉？"

"你一进屋就鬼吼鬼叫什么？"我妈的清梦被我扰了，她揉着眼睛打着哈欠从屋里出来，"凌辉走了。"

"走了？"我想不明白，"他早就回来了……难道他没回家？"

我妈坐在沙发上愣神，显然还没有完全清醒："回来了，但是又走了。他爸妈来电话，说让他跟着到玻国去。"

我遗憾地坐在我妈旁边："本来我们社团活动我还想拉着他去

干活呢！他居然会去玻国？他不是最讨厌羊肉的膻味儿吗？"

我妈摇头："谁知道呢，他晚上六点的飞机，也不知道这孩子咋这么急。"

没了凌辉，我家是少有的清净。晚上洗过澡，我清清静静地打电话给刘楠。说是有外出活动，刘楠也很兴奋："行啊，正好我没事儿，出去散散心也好……都谁去啊？"

"蒋小康……"

"不去。"

我战战兢兢地往下说："王静民……"

"金朵，你这是要我挂电话吗？"刘楠的话说得毫不做作。

"好啦，要是只有他俩，我也不会去啊！"我继续开出条件诱惑刘楠，"这次带队的老师是李致硕，他还带着女朋友一起……"

"我去！"果然哪，我还是极为了解刘楠的。刘楠说，"就为了见识见识李致硕的女朋友，我也一定要去。有王静民……我大不了拿他当屁，视而不见好了。"我又跟刘楠说了李致硕女朋友的情况。

不仅刘楠想见识见识李致硕的女朋友，我们专业大部分的人都想见见。在"李致硕老师和其女朋友即将带着知识青年上山下乡"的口号中，我们携老扶幼社以前无古人的速度膨胀起来。

作为现任社长的蒋小康受宠若惊，打了无数个电话询问社团里资深元老的我："金朵，你说这事儿，该怎么办？"

我很明智地提出建议："会员采取积分制，参加社团一天算一分。他们还不够一百分，暂时不可参加社团活动。"

蒋小康夸赞了我的机智，我沾沾自喜扬扬得意。

曾经有位老先生说过，有人的地方就会有江湖。曾经有位伟大的母亲也对我说过，有人的地方就一定会有后门这种东西……何佳怡和陈敏慧极其自然地走了我和刘楠的后门，两人毫不客气地挤了进来。

挤进来不说，还美其名曰"家属"。

在热火朝天地准备了一周后，我们的海岛之旅正式在鸡飞狗跳中进行。

为什么说鸡飞狗跳呢？

/125

你听我慢慢说来。

去海岛的大巴车，是我负责定的。当然，定的车是我妈单位的。人情买卖，就是比较难做。司机师傅的老婆刚生完孩子，家里忙得焦头烂额，开车也频频出错。等到把我们的人数接齐，已经中午十二点了。

何佳怡晕车晕得厉害，车走走停停，慢得要命。一会儿王静民渴了，一会儿陈敏慧饿了，一会儿刘楠觉得空调发闷，一会儿燕飞晓精神不好。

蒋小康是一个头两个大，苦笑着问我："金朵，这次的活动是不是又要失败了？"

我们两个现在是阶级兄弟，自然有浓厚的阶级友谊。我语重心长地拍拍蒋小康的肩膀说："不要灰心，不要丧气，万里长征，我们才走出第一步……你看看你看看，刘楠都和王静民在一辆车上坐超过两个小时没吵过嘴了，我们还有啥坎过不去？"

不知道是我拍的力道大，还是蒋小康仍旧对我心存嫌弃。他脸色不太自然地瞄了眼我的手，我只好讪讪地收了回来："不好意思，我注意影响。和社长大人拍拍打打，确实比较难看。"

剩下的路，大家都已经被折腾得没有力气了。该晕车的晕车，该昏睡的昏睡。车在高速上颠簸，我脑袋跟皮球似的咚咚往车窗上撞。

我被撞得头昏脑涨不辨南北之时，隔着过道的蒋小康突然说："其实，你和我打闹，我心里很高兴。"

"啥？"

我没控制好力度，声音喊得有点儿大。车上昏睡的人被我惊醒，我赶紧举手示意："抱歉抱歉。"

惊醒之后，大家睡意全无。一直到了目的地，我都饱受着谴责的目光。

到了目的地，司机师傅刚开车离开，一路上沉默无言的李致硕就丢给我一个最为棘手的难题："金朵……飞晓的药，我忘记带了。"

我只想说……司机师傅，你别走！拉我回去！

{第六章}

说多了全是眼泪，说少了自己受罪

燕飞晓的药，是抑制病情的。吃了药的燕飞晓很正常，可没了药的燕飞晓若是发起病来就像个魔似的。

蒋小康不知道实情，看燕飞晓路上总是躲在李致硕怀里，所以他以为："师母是生病了吗？要是发烧感冒的话，村里有医生……不过村里人睡得早，这个时间，应该不能看诊了。早上早点儿起来，差不多可以去找大夫。一会儿我去我舅舅家问问，他家里可能会有普通的药品。"

"没事儿。"李致硕不断搓着燕飞晓的胳膊，说，"我打电话让我姐姐把药送来。"

何佳怡和陈敏慧忙着小声地窃窃私语，两人极大地满足了自己窥私的心理。而刘楠明白事情的严重性，附在我耳边问我："金朵，怎么办？李老师的女朋友要是在这儿发病了，李老师制伏不了不说……就王静民那个大嘴巴，不得全校人都知道了？"

这正是我担心的，如果学校里的其他人知道燕飞晓的病，以后她还怎么来T大任教？

我凑到李致硕旁边，小声问他："我出门的时候给你打过电话的呀！燕飞晓的药，我还特意嘱咐过你。李老师，你还当着我的面检查过行李。你好好翻翻，我记得你把药放在背包的侧面了，你还说方便拿……要不你把包给我，我给你检查一下。"

李致硕避开身，及时制止了我翻找他行李的举动。他看了看燕飞晓，欲言又止地说："我可能是忘了带，不然就是路上掉了……没关系，我大姐天亮就能赶过来。金朵，先去住宿的地方吧！飞晓也饿了。"

直到李致硕带着燕飞晓往前走了好远，我还没有回过神来。何佳怡和陈敏慧那两个八婆赶紧跑过来问我:"金朵金朵!你发什么呆?你是不是看到什么了?李老师刚才走的时候脸都红了……"

我直接无视了她们俩,拉着刘楠就往前走。

不明所以的王静民问一旁的蒋小康:"她们几个干什么呢?"

"不知道。"蒋小康追上我,"金朵,我带你们去住宿的地方。"

我神情恍惚地随着队伍往前走,脑袋里一直在思考着一个极其复杂的哲学问题。刘楠问我想什么呢,我随口答:"哦,也没什么,就是从哪儿来到哪儿去、为什么的问题。"

刘楠批评道:"好好说话,说人话。"

"我不是故意把话说一半,是真的没想明白。"我了看旁边,慎重地跟刘楠咬耳朵,"李老师明明带药了,早上上车前,我还看着他检查过……可是刚到站,他包里的药竟然没了。"

刘楠觉得事情很蹊跷:"燕飞晓有病的事儿,就你我李老师燕飞晓四个知道……药怎么会没呢?"

"刘楠。"我表情凝重,"你不会是睡觉说梦话的时候说出什么了吧?"

刘楠照着我的额头拍了一下:"金朵,你别胡闹,正经一点儿。"

我不是不正经,是想不通。好好的药放在背包里,怎么就能没了呢?李致硕和燕飞晓轮流看包,我们其他人就没靠前过……药是蒸发了,还是变成蝴蝶飞走了?

想不通啊想不通。

我们到的时间实在是太晚了,农家准备的饭菜凉得像瓦块,只能我们自己热。蒋小康他们几个负责准备床铺,热饭的工作只好由我和李致硕完成。

从下车开始,李致硕一直心事重重的。我知道他心情不好,所以只好自己研究着热饭。不会使用原始的炉子生火,我擦着火柴去点煤气罐。

闷闷不乐的李致硕被我吓出了一身的冷汗,一把抓住我的手,厉声问道:"金朵!你干吗呢?"

火柴上的火苗被李致硕吹得忽闪忽闪,我莫名其妙地回答他:"我……我在点火啊。"

"点火？"李致硕关掉煤气罐的阀门，猛地将火柴上摇曳的火苗吹掉，"你放了一屋子的煤气，然后去点火？"

我的实战经验，都是来自生活。在对待瓦斯罐的问题上，我觉得我还是比李致硕有发言权的："以前我们家换瓦斯罐的时候，我爸也是这样检查的……李老师，你应该没用过瓦斯罐吧？要先用火柴在附近试试，看漏不漏气。"

李致硕扶额叹气无语凝噎，用一种无药可救颇为惆怅的眼神看我："金朵，我完全没有冒犯的意思……但是你爸爸难道就没想过，用火柴去试验，瓦斯罐漏气爆炸的话，你们不也活不了吗？"

为什么如此浅显的道理，我在遇到李致硕以后才想明白呢？

"你让开！"李致硕将衬衫的袖子挽上，动作随意地扯松领口，"我来吧！"

"李老师你会做饭啊？"我站在一旁，傻呆呆地看着他，"嘿，我还真没想到。"

男人们总是毫无意义地争执一个问题，到底是打篮球帅还是踢足球帅……从李致硕掌勺的动作中，我可以得出一个结论，只要长得帅，挥勺子都是帅。

李致硕面无表情地指挥我端菜拿调料，他做起家务来像模像样。等到一桌子菜都热好，李致硕这才放下袖子讽刺道："我在美国上大学的时候，都是自己做饭。哪像国内的大学生，脏衣服都一周拿回家一洗。"

拿人手短吃人嘴软，吃了李致硕的饭，我自然要夸他一夸。人长得帅，热的菜也好吃。一听是李致硕热的，何佳怡和陈敏慧争抢着把菜吃了个精光。

吃饱喝足，准备睡觉。

我洗漱完正准备躺下，一条陌生的短信发到了我的手机上：

"金朵，你到院子里来一下。"

署名人，是燕飞晓。

我心怀疑惑，又将信将疑。燕飞晓找我……难道说她没药吃犯病想起找我麻烦了？

说实话，我并不想去。不是为别的，主要我太害怕燕飞晓犯病。

她犯起病来一般人都挡不住,别说打我了,杀我都没得说。

我打算叫上刘楠一起,可话还没说出口,燕飞晓的短信再次传来:"金朵,你自己来,不要带上你那个朋友。"

燕飞晓是精神不清楚,又不是脑筋不灵光。我和刘楠关系好,她心里明镜似的。

而燕飞晓都明说了,我自然不好再叫上刘楠。我开灯下地穿鞋,被吵醒的刘楠嘀嘀咕咕叫我。我安抚地拍了拍她,说:"睡吧,我去趟厕所。"

海边和市里不一样,昼夜温差大,即便是酷暑夏季,夜里出去也要穿着长袖。我胡乱地套上外套,哆哆嗦嗦地走到院子里。燕飞晓还是穿着白色的长裙披散着头发,大半夜的活像女鬼。

跟燕飞晓说话,那必须要饱含热情精神饱满,我洋溢着笑脸跟她打招呼:"师母好!您找我,是有什么事儿吗?您看您太客气了,有什么事儿您让李老师吩咐,我一定……"

"嘘……"燕飞晓精神很正常,但她的表情很慌张。她捂住我的嘴,大眼睛水汪汪的,"金朵,你小声点儿,这件事儿不能让李致硕知道,也不能让别人知道。"

"行,我不说。"我如同和特务接头,小心翼翼地问,"那你告诉我,是出了什么事儿?"

燕飞晓回头左右看了看,神神秘秘地把衣兜拉开给我看。我狐疑地探头看了一眼,控制不住地叫道:"这不是你的……"

"是的,是我的药。"燕飞晓再次捂住我的嘴,"我来找你,就是为了这事儿……李致硕给我准备的药,我不想吃了。"

"不想吃?"我脑海中联想到一幅幅不好的画面,"李老师给你的药,不会是有什么问题吧?难道说,他想害你?"

燕飞晓赶紧解释,拼命地摇头:"不、不是。李致硕,他对我一直很好……可是,我不想让他继续对我好了,他应该有,自己的生活。"

呃,这是演的哪一出?是白素贞被压雷峰塔,还是孔雀东南飞几里一徘徊?

"你这样不行。"我很严肃地劝着她,"你生病了,就要吃药啊!

你把药藏起来，李老师得多着急？我一个外人，每天看着李老师为你做的这些，都觉得特别感动，你怎么能……"

燕飞晓很固执，苦笑着说："李致硕一直想把我拉回正常的生活上来。但是我心里清楚，我受的打击太大，心理上是很难复原了……要不是担心李致硕难过，我早就不想活了。"

我内心无比煎熬以及挣扎，燕飞晓现在的反应是不是抑郁症复发了？如果不叫李致硕来，到时候燕飞晓有个三长两短……

"金朵，我知道你是个好姑娘，李致硕和我都挺喜欢你的。"燕飞晓冰凉的手指攥着我的，苦苦地哀求，"你当帮帮我，也帮帮李致硕……我们两个再这么下去，早晚有一天会折磨彼此致死的。"

病在燕飞晓身，疼在李致硕心。说李致硕为了燕飞晓殉情，估计我都会信……但是现在把他俩生死的决定权交在我手里，会不会太草率太欠考虑了？

再说，这么大的事，我也不能轻易下决定。

"师母。"我不断地退后，企图松开燕飞晓的手，"有什么事儿，你和李老师好好说说。人生嘛，哪有什么过不去的沟沟壑壑？我觉得你们两个还是欠交流，趁着这次的机会……"

燕飞晓的手无力地垂下，月光中，她的小脸惨白得瘆人。她的眼神，哀伤得我都想哭。我又不知道该如何劝说，只能无奈地妥协："好嘛好嘛，你让我帮忙……那你能不能跟我说说理由？事先说好了，伤害人的事儿，我可不做。"

"伤害人？你怎么会伤害人呢？"燕飞晓动作迟缓地回头看我，一眨眼，眼泪就掉下来了，"我的病，是心病。心里打了死结，这辈子都治不好了……等我在同学面前病发，李致硕就不能让我去当辅导员。金朵，算我求求你，你帮我和李致硕都解脱吧！让我安心地去精神病院，让李致硕安心地娶妻生子。"

"你走了，李老师怎么会安心？"我试图安慰燕飞晓，"我能感觉出来，李老师他很爱你。平时他对什么事儿都无所谓，但是看你的时候，他总是在笑，一点儿脾气都没有。"

听完我的话，燕飞晓不断地摇头："不，你说错了。李致硕不是对我没脾气，他是不能对我发脾气。他现在照顾我陪伴我，也不

/131

全是因为爱。"

"师母,你别这么说。我相信李老师,他……"

"我当年的那场意外,就是因为李致硕。"燕飞晓眼神冰冷得有点儿不近人情,"他不是不爱我,可他心里更多的,是愧疚,是自责,是赎罪。"

我惊讶得下巴大张,好半天都没有回复到原位。要不是用手合上,我还以为自己下巴又脱臼了。

当年的那场意外是什么,我是万万不能问燕飞晓的。一不小心触到她的发疯点,我简直是太罪过了。燕飞晓见我沉默不语,直接将药塞到了我的手里:"金朵,我疯了太多年,一直待在家里没什么朋友。除了你,我不知道可以信任谁……趁着我现在还清醒,你一定要答应我这个请求。"

"我……"

"金朵,我求求你。"

"这个……"

"你帮帮李致硕吧!你总不希望你们老师,一辈子被我这个疯子拖累吧?"

左右为难之下,我只好勉强答应:"好吧……我试试。"

我刚把燕飞晓的药接过来藏好,洗完澡没看见燕飞晓的李致硕也找来了:"飞晓?你在哪儿呢?"

"李致硕!"燕飞晓笑得无比灿烂,对门口站着的李致硕挥手,"我在这儿呢!"

我站在院子里,静静地看着燕飞晓走向李致硕。月光下,他们两个身上像是镀了层银色的光辉。李致硕刚洗完澡,他耳朵后面还有没擦干净的泡沫。应该出来得挺急,脑袋上还在往下滴着水。

李致硕快步迎了上来,用自己手里的外套将燕飞晓裹住,奇怪地问:"你不洗澡,大晚上跑出来干什么?"

"呵呵,我找金朵聊聊天。"燕飞晓的笑容让我觉得无比心酸,"李致硕,明天我们要做什么?"

李致硕比较多疑,打量的眼神还在我和燕飞晓之间来回游移:"哦,明天要帮助老人补房顶……海边日照比较强,你在屋子里待着就行。我给我大姐打过电话了,她明天一大早就能给你送药过来,你不用担心。"

"是吗?"燕飞晓不发病的时候是真温柔,她伸手撩开帘子说,"你就喜欢大惊小怪,我最近已经可以不用吃药了。再说,你大姐不是……"

跟我打过招呼,又随着门关上,李致硕和燕飞晓的话也彻底听不到了。

"喂!"

王静民突然在我耳边喊了一声,我吓得激灵:"我的天!你有病吧?大晚上的,你一惊一乍干吗?"

"你刚才和李老师的女朋友,在说什么?"王静民本来就黑,站在夜里让我有一种说不出的恐慌。他问的话,更加让我不安,"我刚才听你们两个在说什么药……李老师的药是不是你偷拿的?"

我裤兜里的药瞬间变得有点儿烫,我慌里慌张地掩饰:"你胡说八道什么呢?李老师的药,我偷拿干吗?"

"可是你跟李老师明明就……"

大家都记着我和李致硕兵戎相见的日子,没人知道那些峥嵘岁月稠的时光……我懒得搭理王静民,丢下一句"神经",转身回屋了。

躺在农家的大土炕上,我一点儿睡意都没有。月凉如水洒了满室,我拿出燕飞晓的药反复地看。偶尔一旁的室友发出类似清醒的梦呓,我赶紧跟做贼一样将药收好。等到她们翻身继续睡去,我再偷偷地拿出药来看。

如此反复,整整折腾了一夜。

第二天早上,我顶着大大的黑眼圈从屋里出来吃早饭。

蒋小康关切地凑过来问:"金朵,是不是没休息好?我怎么看你气色这么差?"

"气色差?"王静民一边往嘴里塞馒头,一边说,"我看,她是做贼心虚吧?"

"做贼心虚?"刘楠轻描淡写顺其自然地接话,"我看,是有些人爱嚼舌根吧?"

王静民回头看刘楠,他肤色本来就黑,所以也看不出来他的脸色如何:"八婆,你说谁呢?"

刘楠优雅地揪着馒头塞嘴里:"谁大早上不嚼馒头嚼舌头,我就说谁呗!"

"你……"

"我?"

"哼!"

"哈哈……"

我对他俩的幼稚行为不予置评。

李致硕和燕飞晓一直沉默着不说话,李致硕的黑眼圈也很重,估计他是担心燕飞晓,一夜都没睡。而燕飞晓的兴致也不高,她只是喝了口粥,剩下的什么都没吃。李致硕为她摆放好的餐食,她连看都没看,只是恹恹地摇着头说自己不饿。

吃过早饭之后,我们几个开始准备给老乡家里干农活。

其间何佳怡和陈敏慧小声地拉着我和刘楠,问了一个让人血脉偾张的问题:燕飞晓如此没精神,是不是因为昨天晚上被李致硕老师吃干抹净了?

"少八卦了!"蒋小康一直在往我们这儿看,我担心他听到,赶紧推开她们仨,"抓紧时间干活!老乡早饭准备了八大样,你们好意思吃白食吗?"

观看李致硕老师照顾女朋友的乐趣,渐渐被粗重农活的苦闷取代。她们三个背着海苔,哀怨连天,齐齐说是被我骗了。

蒋小康和王静民这个时候比较爷们儿,粗活重活都抢着干。一上午的时间,蒋小康从玉面书生,活活被晒成了包大人。而本就黝黑的王静民,黑得已经发光了。

李致硕时不时地上前搭两把手……倒不是李致硕偷懒不想干活,主要是燕飞晓的情绪太不稳定。李致硕的大姐没赶到,没吃药的燕飞晓一会儿哭一会儿笑。

不知道是不是燕飞晓事先设计好了,直到中午,李致硕的大姐都没有赶到。

中午吃饭的时候,蒋小康白嫩嫩的脸上都晒过敏了。陈敏慧和何佳怡小声地问我:"金朵,看着心疼不?"

本来吧,我对蒋小康那点儿心思已经死得差不多了。但是经过这几天的折腾,以及李致硕和燕飞晓在视觉上给我的感官刺激冲击。我那颗渴望恋爱的心,再次蠢蠢欲动起来。

金朵,出息出息!我不断地提醒自己,想想你断掉的手,想想你脱臼的下巴!想想……

"金朵,你的水能给我喝一口吗?"蒋小康问完话没等我同意,直接就把我手里剩了半瓶的水拧开喝了。

瓶口的位置有我的唾液黏蛋白黏多糖淀粉酶血型物质……这些,都和蒋小康的唾液混合在一起了。

蒋小康喝了我的水,我俩这……算间接接吻不?

我稍显迷茫。

中午太阳大,我脸被晒的那面火热,阴影部分的那面冰凉。蒋小康喝水,总共用了十五秒钟不到。就在这十五秒钟里,在火热和冰凉之间,我倍感煎熬。

蒋小康喝完水,对着我露出一口白牙。我脑袋瞬间跟一团糨糊似的……我是不是该说点儿啥?

作为一个机智的女子,我决定,还是什么都不说了。

我真是定力好,不仅什么都没说,更是理性地将蒋小康还回来的瓶子当着他的面丢掉了。蒋小康面色尴尬地讪笑两声,借口王静民找他,转身跑进屋去了。

"金朵,你会不会有点儿不近人情了?"刘楠的态度让我大感意外,她竟然少有地帮着蒋小康说话,"我现在觉得吧,蒋小康其实也挺好的。"

我伸手去摸刘楠的脑袋:"你晒傻了吧?以前你怎么说的你忘了?你说只要我和蒋小康在一起,你就和我绝交。我是为了和你坚贞的友谊,所以才忍痛忘了蒋小康……怎么出来一趟,你就被蒋小康收买了?"

刘楠拍开我的手,毫不留情地戳穿我:"还坚贞的友谊,金朵,你都用什么破词儿?当初我说要和你绝交,也没见你不搭理蒋小康啊……你别闹,我说的是正经的。就你和李老师失踪的那天吧,蒋小康……"

/135

我很好，只是忘不掉

按照刘楠的话说，我失踪的那天可急坏了蒋小康。

"你的那个什么表弟冲到学校来，说你去找蒋小康了。我被他缠得没办法，只好带着他去。"刘楠的脸也有点儿晒伤，她龇牙咧嘴地揉揉脸，继续说道，"说实话，你要是没出息地去找蒋小康，我也能理解，毕竟你曾经那么喜欢他……"

提起我曾经喜欢蒋小康的事儿，我就觉得尴尬："行了，赶紧说重点。"

"重点就是啊！"刘楠笑得暧昧，"我觉得，蒋小康是真的喜欢你了……听说你不见了，他着急得哟！他在前面跑，我和你表弟在后面追。我穿着裙子跑起来不方便，他俩还玩命地跑。找了一下午，别说吃饭了，我们连口水都没喝过。要不是喜欢你的人，谁能做出这事儿来？"

要不是喜欢你的人……蒋小康真的，真的喜欢我？

"我以前生气，是因为蒋小康不拿你的喜欢当回事儿。"刘楠拍拍我的肩膀，语重心长的口气很像我妈，"要是你还喜欢蒋小康，折腾折腾他，出出气，也就得了。这年头，找一个你喜欢也喜欢你的，实在是忒不容易！"

吃过午饭，我们几个人彻底累瘫。虽然蒋小康和王静民抢着登高上房，但是他们两个对农活也不熟悉。一个个公子的身子少爷的脾气，要不是有女生在，恐怕他们也不会如此积极。

王静民瘫在农家院子的躺椅里，一动不动地哼哼："蒋小康，我是被你坑苦了……你是打算名利和爱情双丰收，就拿兄弟我当苦力用。黑，真黑，你的心比我的脸还黑。"

一句调侃，逗得院子里的人哈哈大笑。很难得地，王静民的话戳中了刘楠的笑点，她也跟着笑了。

"女金刚。"王静民叫刘楠，"我是没力气和你吵嘴了，你要是想笑，就笑吧！"

刘楠高傲地仰仰脖子："你想让我笑你？我还不稀罕呢！"

这对儿活宝……大家又是一顿哄笑。

我们越是闹得其乐融融，越显得李致硕和燕飞晓安静。燕飞晓坐在小马扎上，呆愣愣地看着地面出神。李致硕一手攥着手机一手拿着水瓶，神情紧张地蹲在地上陪着燕飞晓。

见李致硕的唇咬得死紧，恐怕燕飞晓的情绪不乐观。

趁着大家没注意，我小心翼翼地往屋子里走。燕飞晓的药，就在我的行李包里。现在去拿，应该还来得及……可我还没摸到门把手，燕飞晓便柔柔弱弱地在身后叫我："金朵，你过来一下。"

我横下心，假装没听见。燕飞晓急得不断叫，李致硕上前一步拉住我："你干吗呢？飞晓叫你呢！"

"呵呵，师母叫我啊？"我装傻充愣，企图蒙混过去，"那什么，我得进屋给我妈打个电话……我怕她不放心。"

李致硕把电话递给我："别进去取了，怪麻烦的，用我的电话打吧！"

"不、不用。"我实在是不太擅长撒谎，尤其是不擅长在李致硕这么聪明的人面前撒谎，"我还要拿点儿东西……"

"你还要拿什么？等下再拿好吗？"李致硕不易察觉地叹了口气，声音近乎恳求，"金朵，你算帮我的忙，过去看看飞晓，成吗？我大姐的前夫找来了，她一时半会儿过不来，飞晓还没吃药，我怕她……"

我的亲老师哟，我就是想进去给你女朋友拿药的啊！

当着这么多人的面，我又没法说。李致硕无奈的表情害得我心软，我一犹豫，就跟他去找燕飞晓了。

"金朵，我特别羡慕你。"燕飞晓握着我的手，说话轻飘飘的没有分量，"我像你这个年纪时，就没有过这么快乐的时光。"

"师母现在不是也很快乐吗？"我笑得用力，"海边的空气好，人又少……大家在一起说说笑笑，不是很开心吗？"

燕飞晓虽然也笑得很柔和，但她的笑容有一种说不出的古怪："哦？是吗？"

"当然啦！"我尽量让燕飞晓觉得开心，让李致硕觉得放心，"我们四个女生好羡慕你呢！你看，李老师对你这么好……"

"呵呵，你们李老师对我是很好。"燕飞晓脸上古怪的表情加重，"要不是他对我这么好，当年，我也不会被人侵犯了……"

刚才还吵闹的院子，瞬间安静了下来。午后的阳光毒辣，空气中都是闷热的因子。众人齐齐倒抽了一口热气，凝滞的呼吸却丝毫没有得到缓解。

燕飞晓这是……发病了。

害怕燕飞晓再说更过分的话，李致硕赶紧上前去拉。燕飞晓像是凭空生出怪力，瘦弱的手掌使劲儿地将李致硕推开。

燕飞晓跳离我们两步远，不知道在什么时候，她袖子里藏了我们用来分拣海苔的尖叉子。李致硕登时吓得脸色惨白，燕飞晓的眼珠里又重现那种熟悉的疯狂："你滚！李致硕！你给我滚！我不想见到你，见到你，我就想吐！"

只有明白真相的刘楠跑到了我身边，其他人脸上都挂着惊吓后的呆愣。农家院里心脏不好的老人早就忍受不了这一幕，赶紧掀开珠帘回屋去了。

"飞晓，你跟我进屋。"李致硕是少有的慌张，惊惧地盯着燕飞晓的手，"有什么事儿，咱们屋里说！"

"屋里说？哈哈！"燕飞晓疯狂地揪着自己的头发，她一笑起来，瘦弱的身子来回乱颤，"回到屋子里，你要和我说什么？你要跪下给我道歉吗？你要为自己当年的事儿忏悔吗？"

李致硕点头，不想过分刺激燕飞晓："飞晓，你和我进屋里，只要你和我进屋，你让我做什么都行。"

"你现在给我跪下。"燕飞晓眼中仅剩下李致硕一个人，她挥舞着叉子怒吼道，"李致硕！你现在给我跪下！"

燕飞晓的话说完，所有人的呼吸似乎都凝固了。

就算李致硕再爱再迁就燕飞晓吧，燕飞晓的要求，在我看来也着实过分了。李致硕一个大男人，怎么能当着这么多人的面说跪就跪？

我和刘楠交换了下眼神，刘楠的想法应该跟我是一样的。可让我们没想到的是，当着学生的面，李致硕毫不犹豫地给燕飞晓跪下了。

李致硕的表情麻木，漆黑的眸子像是一片死水，完完全全看不到任何希望。那么讲究体面的李致硕李老师，那么"阴险毒辣"的李致硕李老师……现在流露出脆弱无力的表情，让我们如此心酸。

让我，心酸。

"飞晓,不管发生什么,我都是一样爱你。"似乎以前说过很多次了,李致硕的话非常机械冷淡,"你不要去想过去发生的不愉快的事情,也不要去惦记以后的生活会怎么样……我们会永远在一起,没有任何人和事,能将你我分开。"

听完李致硕的话,燕飞晓眨巴着大眼睛,眼泪噼里啪啦地往下掉。

李致硕忙着安抚燕飞晓的工夫,我跑到后面小声对蒋小康和王静民说:"你们两个帮帮忙,一会儿找准机会,一左一右上去抱住师母。她现在情绪激动,记得小心把师母手中的叉子抢下来。别让她伤到自己,也别让她伤到你俩。"

何佳怡和陈敏慧也围了过来:"金朵?怎么了?师母怎么突然……跟疯了似的?"

王静民也是心有余悸:"金朵,虽然我和小康是男人,多干点儿活是应该的。但是你看你们辅导员女朋友的样子……你们辅导员下跪都没办法,我们能怎么办?要是磕了碰了伤了,你们辅导员不得跟我们玩命啊!"

"不会的。"我简洁明了地长话短说,"你们照着我说的做就行了,我有办法能让燕飞晓安静下来。"

让我十分感激的是,现在蒋小康是唯一一个愿意相信我听我话的人。蒋小康说:"静民,你和我一起……放心,有什么事儿,我替你挡着!"

"你?"王静民明显不信任蒋小康,"你不自己跑就不错了……你们别嫌弃我啰唆,我考虑的都是很实际的问题。你们辅导员的女朋友这样也不是一次两次了吧?估计你们辅导员早就有经验了,我们在旁边看着就行了呗。"

"用不着你了!等你下决定,黄花菜都凉了。"刘楠受不了王静民的唠叨,真汉子的性格再次表露无遗,"蒋小康,我和你一起去。一会儿我从后面抱住她,你去抢她手里的叉子。"

刘楠学过柔道,再说,她还是个女的。上前贴身的事儿,王静民一个大男生去确实不太好。王静民急着解释自己没有别的意思,只是不想误伤……可我们的注意力都集中在李致硕和燕飞晓身上,没有人把他的话当回事儿。

我回到屋里去拿燕飞晓的药,心中不断地自责。早知道燕飞晓会逼得李致硕下跪,我是说什么都不会帮她这个忙的。

在李致硕的软语安慰劝解下,燕飞晓疯狂的情绪得到了些许缓解。不过很遗憾的是,她并没有放弃自残身体和伤害他人的行为。当刘楠和蒋小康一左一右上前抓她时,她更是撕心裂肺地大声惨叫。附近乡里乡亲的朋友都被吸引了来,大家好奇地看着这里到底发生了什么。

蒋小康的远房表舅是这里的村长,得到消息,马不停蹄地跑来。燕飞晓狰狞的表情实在是太骇人,蒋小康的表舅吓得差点儿没站稳。

场面不是一般的混乱,李致硕已经火大得想杀人。若不是我提醒他先把燕飞晓带进屋里要紧,恐怕他已经上前揍人了。

燕飞晓神志不清,不是骂着李致硕,就是骂着她自己。时不时地,还有我的名字乱入其中。她疯魔的样子,就跟中邪了似的。幸好我早知道她有病,不然的话,我也得吓个半死。

送燕飞晓进到屋里,我刚打算把药拿过去却被刘楠拦住。刘楠低声提醒:"金朵,你干吗呢!"

"送药啊!"我没工夫跟刘楠解释太多,"这个是燕飞晓的药,她昨天晚上给我让我帮她……刘楠,我先不和你说了,我得先去把药给李老师!"

刘楠掐着我手腕的力道加重,眼里警示的意味更浓:"我就是知道这是什么药,所以才不让你去送!"

"可是……"

"金朵,你是不是有毛病?"刘楠的假设,是我没有想到的,"到底是她把药给你的,还是你自己从李致硕包里偷的药……李老师女朋友现在这种情况,金朵,你觉得这事儿能说清楚吗?"

呃,好像,是说不太清。

"但是总不能什么都不说、什么都不做吧?"我拿捏不准,"楠姐,我……"

刘楠没听我说话,直接将药瓶顺着窗户丢到了后院草丛里:"你就当你什么都不知道、什么都没看见……金朵,你还没看出来吗?李致硕疼他女朋友,那是疼到心坎里去了。他要是知道你藏了他女朋友的药,他不得跟你拼命啊?"

"楠姐,你还不了解我吗?别说让我偷人东西了,我就是吃人点儿东西我都不好意思。"我急着解释,"药真的是燕飞晓给我的,我当时说不要,但是她一直求我一直求我……我就想帮她拿着,可能也没……"

对于我逻辑不清的叙述,刘楠只是淡淡地吐出了一句话:"你说药是燕飞晓给你的,除了你们两个,还有谁知道?"

好吧,我无话可说。

刘楠说的虽然有道理,燕飞晓也是希望我不声张。她俩的意见不谋而合,你不说我不说,没人知道药在我这里。普天同庆,天下太平。

不过事情有时候,就是这么不可思议。百密一疏天意弄人,往往就是这么回事儿……刘楠把药丢出去没多长时间,王静民就颠颠地拿着药瓶过来了:"哎,谁的药掉出去了?我刚才整理房顶的时候不小心掉了个钥匙扣,我正在草地里找呢!这药瓶就飞出来了!"

"你从哪儿捡到的?"李致硕见到药瓶跟疯了似的,猛地从燕飞晓身边奔了过来,"说!药瓶是从哪里掉出去的?"

李致硕凶悍的表情实在是太可怕,大家吓得连大气都不敢喘。王静民自知惹了祸,支支吾吾地说:"就是金朵她们房间窗户出来的,李老师……你别……别……别激动!有话好好说!"

不能怪王静民吓得结巴,主要是李致硕的表情太杀气腾腾了,眉毛挑高,脸上的肌肉僵硬。由于刚才下跪,他膝盖位置都是灰土。李致硕步伐缓慢地往王静民身边走,吓得王静民丢了药瓶往刘楠身后藏。

白色的药瓶转动,粘得满瓶身都是尘土。里面的药粒发出稀里哗啦的声响,药瓶翻滚着撞在李致硕的脚边停下,药丸散落一地。

李致硕静静地弯腰,捡起药瓶。看完药瓶上的字迹之后,李致硕大力地将药摔在了地上。

在一地狼藉的药丸中,李致硕眼神凌厉地转到我身上:"金朵,你给我解释一下。这个药,为什么在你从你们房间里飞了出去?"

"李老师。"刘楠横跨一步到我前面,她身后的王静民紧随其后地跟着。刘楠不断地想要甩开王静民,极力为我辩护,"事情不是你以为的那个样子，其实这个药……"

"我没问你。"李致硕瘫着脸，"我在问金朵。"

我支吾了半天，也不知道该从何说起。忙中出错，我也只会越描越黑。

我还没想好怎么说，燕飞晓倒是开腔了。她现在属于发病时间，她疯疯癫癫的话，不知道李致硕会不会相信。

"药，是我给金朵的。事儿，也是我让她帮我瞒着的……李致硕，我恨你！我不想跟你在一起了！跟你在一起的每分每秒，都让我想尖叫发疯！"

李致硕肩膀的线条绷紧，他用力地闭上了眼睛。虽然李致硕的面上没有任何表情，但他手背上的血管都暴起来了。

手掌握紧又松开，李致硕再次睁开眼睛时却笑了："金朵，我当初为什么会选择相信你？"

现在是盛夏时节，我却感觉像寒冬腊月，犹如掉入冰窟一般，浑身说不出的寒凉。

"你是傻吗？你是傻吧！"李致硕气得脸色涨红，他的话像刀片一样往我脸上割，"飞晓她精神不好，她说的话，你能当真吗？哪怕你稍微用点儿脑子，这种事儿你都不应该擅作主张吧？"

我强忍着委屈不让自己哭出来："我没想那么多，我不是故意的……是师母，她求我的。"

"她求你？"李致硕暴躁地将空荡荡的药瓶踢飞，声音不大却字字砸在我心上，"我现在杀了你，再说我没想那么多，行不行？我杀了你，再跟你道歉，说我不是故意的，可不可以？"

我终于忍受不住，眼泪无声地往下掉。

蒋小康赶紧挡住了李致硕向着我迈近的脚步，口气不怎么好地说："李致硕老师，金朵是你的学生，你是她的辅导员。金朵什么性格，你还能不清楚吗？是，现在你女朋友这个样子，你很生气很气愤……可是你也没必要把气都往金朵身上撒吧？"

如果没有蒋小康为我说话，我也许哭一会儿就算了。现在他为我出头说情，我反倒觉得自己越发委屈。

我小声地哭，燕飞晓大声地叫，一屋子的人被火药味儿熏得睁不开眼,李致硕夹在中间让人捉摸不透。

"你……"

李致硕的话生生被突如其来的女声打断,一个光鲜亮丽的长发女人推门进来:"李致硕,你个浑蛋小子在哪儿呢?出门不带药,你找抽吧你?咦?你们怎么了……这个,这个不是飞晓的药吗?"

原来,这个是李致硕的大姐。

李致硕的大姐,和李致硕长得非常相像。尤其是高挑的身材比例,完全是一模一样。李致硕是个男人,他这样的长相阳刚威猛帅气。而李致硕的大姐女生男相,多少让人有点儿畏惧。

"药呢?"李致硕开门见山。

李致硕没跟他大姐多话,接过药就跑向燕飞晓了。李致硕的大姐不明所以地问着旁边脸色不太好的蒋小康:"同学,这是怎么了?"

场面一时之间,不知道该怎么收场了。还是蒋小康过来拉我,我才想起自己是可以出去的……我刚要迈出屋子,李致硕冷淡的声音传来:"下学期开始,我就要离职了。"

"金朵,我一点儿开玩笑的意思都没有。"李致硕话说得郑重,"从今以后,你不要让我见到你。"

"走了,金朵。"蒋小康拉我,"金朵,快点儿,跟我走了。"

我固执地站在原地不肯动,盯着李致硕的后背:"是我不对,是我欠考虑……李致硕老师,今天的事情,是我对不起你。"

李致硕一句话没说,端着水拿着药,专注地给燕飞晓喂药。屋子里的氛围僵得厉害,李致硕的大姐不断地上下打量我。

"还说什么啊?"蒋小康没好气地拉我,我手腕都被他扯疼了,"金朵!你跟我走!"

刘楠帮着蒋小康推我:"金朵,你先跟蒋小康出去吧!有什么事儿等下再说。"

"我说了,我不是故意的。"我也知道自己这样有点儿犯傻,可我觉得这话不说心里不舒服,"燕飞晓虽然是个病人,但是她也有自己的想法……李老师,你爱她,关心她。不过我觉得,你不应该把自己的想法强行灌输给她。"

/143

蒋小康是真生气了，弯腰将我整个人扛了起来。我不挣扎，安静地等着蒋小康带我出去。还没等走到院子，就听到杯碗碎裂的声音。

"行了，放我下来吧！"走上小道，我已经被蒋小康颠得头昏脑涨，"蒋小康，我自己能走了！"

蒋小康放我下来，呼呼地喘着气。可能被太阳晒得，他脸上红彤彤的。我揉揉肚子，蒋小康肩膀的骨头硌得我好疼。

我们两个沉默地顺着小道往海边走，一路上谁都没说话。天气炎热，海风闷闷，草丛上面飞着的蜻蜓，翅膀也动得懒洋洋的。

"李老师下学期就离职了。"蒋小康突然说。

我神情恹恹地抽打着野草，根本没有注意到蒋小康在说什么："是啊，下学期他就离职了。"

蒋小康咧嘴笑了："我的意思是，李老师下学期开始不教你，你也不用担心他在学分上难为你了。"

哦，原来蒋小康是以为我在为这事儿心烦。

"李老师是在气头上，说的话你别往心里去。"蒋小康挨着我旁边走，他身上香体露的味道有点儿浓，"等到咱们回去，他气消了，可能就不生你的气了。"

"也许吧！"我兴致不高。

蒋小康又问："金朵，期末考试你不能参加，实习你能去吗？"

"实习？什么实习？"我依旧没走脑子，"我又不是大四，有什么要实习的？"

蒋小康试图转移我的注意力："学校每学期不都有社会实践吗？我问过我们辅导员，我们辅导员说，这个是要算学分的，而且不可以补考……你是不是要回来参加？"

"可能吧！"

"金朵？"

"嗯？怎么了？"

一抬头，我吓了一跳，蒋小康的脸凑了过来。他靠我越来越近，在阳光的照射下，蒋小康的睫毛我都看得清楚。他的鼻尖蹭着我的鼻尖，呼出的热气喷了我满脸。

幸好我跟凌辉锻炼出灵敏度来了，不然我俩非得亲上不可。

我又想起蒋小康喝的那半瓶水，不知道为什么，我一点儿都没有看李致硕和燕飞晓时那种美好的感觉，除了恶心，还是恶心。

"我看你脸上哭脏了，想帮你擦擦。"蒋小康略微尴尬地解释完，又讪笑着挠挠脸，有点儿不好意思，"金朵，这儿的海特别清。沙滩上都是贝壳砂，特别好看。还有螃蟹可以抓，我爸妈每年十月份来的时候都带我抓不少……我领你去转转吧！"

我实在是没什么心情和蒋小康在外面"散心"，我还在担心燕飞晓的病情："蒋小康，我有点儿渴，想先回去了。"

"前面有小卖店。"蒋小康火热的手掌过来抓我，"我带你去买汽水喝。"

"不用了，我想回去了。"我甩开蒋小康的手，撒腿往回跑，"蒋小康，你要是去小卖部的话，记得给我带一瓶汽水回来。"

我往借宿的农家跑的时候，竟然意外地在路上碰到了蒋小康的辅导员董雪。董雪戴着墨镜帽子，见到我笑眯眯地打招呼："嘿，金朵！你怎么自己在外面？小康呢？"

"哦，他去买汽水了。"我奇怪地问，"董老师，你怎么来了？"

董雪慎重地拿下墨镜，叹了口气："李老师和他的女朋友已经回城区了。唉，昨天晚上李老师就打电话给我，让我来替他带一下班。我想啊，估计李老师早就猜到事情会变成今天这样了。"

李致硕，他早就猜到了吗？

我真是不敢去想，李致硕如果早就猜到自己的女朋友想离开自己……那他一路上，会是怎样的心情。

"董老师，李老师的事儿你清楚吗？"

"不太清楚。"虽然都是辅导员，可董雪也是研究生刚毕业，年纪没比我大几岁，"你们李老师，你还不知道吗？虽然咱们两个专业的辅导员办公室在一层，但平时他很少跟我们走动。教师聚会，他从来没去过。这次不是李老师打电话给我，我都不知道他女朋友有病。"

董雪好奇地对我挤挤眼睛："话说，金朵，你和蒋小康是怎么回事儿呀？"

"没怎么回事儿啊！"听到李致硕和燕飞晓走了，我情绪更加

/145

低落,"我和蒋小康,就是普通同学。"

"你少蒙我了!"董雪不信我说的,挽着我往农家走,"要是蒋小康不喜欢你,干吗没事儿撺掇这个活动啊?咱们学校的情况你又不是不知道,公益的社团,没有油水捞,都是费力不讨好的……蒋小康不是为了带你出来,他何苦呀!"

董雪见我傻笑着不说话,巧妙地转换话题聊别的。

农家门口停了辆宝马车,车牌号是城区的。我刚才出门的时候,似乎并没看见这辆车:"哟,董老师,这车不错啊!你的?"

"我?"董雪笑着摇头,"你可真看得起我,我贷款都买不起啊!"

宝马的车窗缓缓放下,李致硕的姐姐探头出来。她眼神精明,依旧上下打量着我。

董雪不知道她是谁,小声地问我:"金朵,她谁啊?"

当着李致硕姐姐的面,我也不知道该怎么介绍,毕竟,我也不认识他姐姐。

"金朵?"李致硕的姐姐明显认识我,笑着对我招手,"有时间吗你?方便上车来跟我聊聊吗?"

"那我先回去了。"董雪老师真是会看人眼色,"金朵,你快去忙你的。"

李致硕他大姐,我多少听李致硕提起过。据说,是个跟我性格相似从小和院里男孩子打架打到大的"真汉子"。如今见了李致硕大姐的身段比例,我这才体会到李致硕那句"我大姐打架就没输过"的深刻意味。

"上车。"李致硕的大姐性格豪迈,她推开车门叫我,"傻站着干什么呢?外面那么晒,快进来。"

我坐进车里,感动得要哭了……在这儿能吹上空调,简直是件无比幸福的事儿。

"我是李致硕的大姐,李致娜。"李致娜握握我的手,笑呵呵地问,"你是我弟弟的学生?"

我点头:"是的,李老师是我的辅导员。"

"上学的时候真是好啊!"李致娜往座椅上靠了靠,又说,"你们李老师,平时没少欺负你们吧?"

我赶紧摇头,违心地反驳:"没有,没有!我们李老师,待我们如亲人。"

李致娜哈哈大笑:"你这丫头,有点儿意思啊……他是我弟弟,他什么熊样,我能不清楚吗?他要是真待你们如亲人,你们不早就起来造反了?"

呃……李致娜的意思是,李致硕对家人不好吗?

可能是看出了我心里的疑问,李致娜轻声解释:"李致硕已经三四年没回过家了。除了我和舅舅,他和家里的亲戚都断了联系。"

"那个……"

我不知道该如何称呼李致娜,李致娜倒是好心地帮我解决了这一问题:"你跟李致硕一样,叫我姐姐就行。"

跟李致硕一个辈分,怎么听怎么觉得别扭。但要是叫李致娜阿姨,估计她也会不高兴……我顺着李致娜的话说:"姐姐,我能问一下吗?李老师不回家,跟他女朋友有关系吗?"

李致娜叹了口气,那就应该是有了。

为什么李致娜要找我聊,我实在是想不通。难道她叫我上车,就是想勾起我的好奇然后折磨我吗?

如果因为这个原因,那显然李致娜做得很成功。不过她的目的,似乎并不在此。长吁短叹了一番后,李致娜突然问我:"金朵,你觉得,我弟弟怎么样?"

"李老师挺好的。"我实话实说,"虽然有时候他的脾气……你也了解,我就不多说了。但总体来说,他是个非常好的老师。前一阵子,我差点儿出了意外,是李老师救的我。"

李致娜摇摇手:"不不不,我不是问你这个。我是想说,用一个女人看待男人的眼光和角度,你觉得,我弟弟怎么样?"

这个问题,似乎有点儿高深。我的脑子没转过来:"姐姐,我用女人看待男人的眼光看李老师……好像不太合适吧?我今年才十八岁,还小呢!我哪懂女人怎么看待男人?"

"十八岁已经不小了,我十八岁的时候都在国外结婚了。"李致娜再次摆摆手,她的眉眼和李致硕很像,长睫毛忽闪忽闪的,"金朵,我也不跟你绕弯子了,有什么话,我就直接说。我觉得我弟弟对你跟别人，好像不太一样。"

李致娜越是解释，我听得越乱套："可能我爱调皮捣蛋，所以李老师，是对我要格外关注一些。"

"我不是这个意思。"在李致娜的眼中，我蠢得像个石头似的，"就拿刚才的事儿说好了，你和你的那个小男朋友出去，李致硕气得把碗都摔了。李致硕那浑小子，从小就冷静，反正我活了三十年，从没见过他当着人多露情绪。"

在我眼中，李致娜的想法完全奇葩："李老师气得摔碗，这不能算是对我好的评价吧？而且李老师摔碗，也是因为师母啊……还有，姐姐，刚才那个男生不是我男朋友。"

李致娜的神经，那不是一般的粗线条："他不是你男朋友？那更好了！要不然，你做我弟弟的女朋友好了！"

"噗！"

李致硕他大姐到底是怎么想的？李致硕带着女朋友前脚刚走，她后脚就准备给她弟弟找下家？怎么有种前妻还没等咽气，一家子就准备续弦的感觉呢？

李致娜收起玩笑心，一本正经地说："金朵，我们家的事儿，李致硕有没有跟你提起过？"

"一点点吧！"我想了一下，问，"你家的什么事儿啊？"

李致娜的解释，颇有八点档豪门恩怨情感虐心大剧的即视感。意思就是说，李致硕家在城里算是有头有脸的人物。说白了，燕飞晓现在这个样子，是别想跟李致硕结婚的。

"金朵，我们家，其实也没你想的那么冷血。"李致娜叹了口气，"燕飞晓会得病，全是李致硕的错。因为这事儿，我爸还狠狠地揍过李致硕一顿……最开始的一两年，一切都很好。燕飞晓的家人担心我们家不娶她，所以一直都很客气。"

时间一长，燕飞晓的家人就认为李致硕做什么都是理所应当的。可能是因为李致硕家人一再退让，也可能是因为燕飞晓家人的本性就是索取无度。总之到了最后，燕飞晓家里人的无礼要求得不到满足，他们便开始无理取闹胡搅蛮缠。

"唉，最过分的是，燕飞晓的家里人写我爸妈的栽赃举报信，说他们偷税漏税。"李致娜又是一声重重的叹气,"虽然是栽赃,但事情的影响实在太恶劣,为了保护李致硕,我爸和我妈就去别处做生意了。"

李家的事儿,我听不懂。不过内在的辛酸百味,我倒是体会了几分。

"从燕飞晓生病之后,我就没见李致硕真心实意地笑过。"李致娜握住我的手,语气让我十分为难,"李致硕是我的弟弟,这关系他一辈子的事儿,我是他的姐姐,没办法不自私……金朵,我问你,你喜欢我弟弟吗?"

在李致娜身上,我深深体会到一句话。女人的气质比美貌重要,但气场,往往比气质还重要。

话说回来,作为一个三观正常的好学生,觊觎自家辅导员的事儿我是怎么都不会做的。而且李致硕和燕飞晓的感情跟什么似的,我得多没趣才想着往里插一脚……但是话又说回去,李致硕这样的美男,我说不喜欢,怎么都有点儿自打审美撒谎掩饰的嫌疑。

李致娜以为我是在道德和理智上苦苦挣扎,所以适时地为我消除了心理上的障碍:"其实,是飞晓先来找我说的。她应该也跟你说了吧?飞晓希望自己能去精神病院,现在这种正常人的生活,对她来说,是种折磨。"

"为什么……咳!"我轻咳了一声,"为什么不把燕飞晓送到精神病院去呢?"

李致娜苦笑道:"谁说没送过?国内的国外的,这几年里,李致硕基本上带她看过了所有的名医。神经这种事儿,谁又能说得好呢?你也看到了,燕飞晓对药物的依赖很大,总是反反复复发作……李致硕心疼她,不想让她住在精神病院里。所以就这样,一边上班一边看着她。"

"李老师,他还上班啊?"我简直想象不出来,以李致硕的形象能从事何种职业,"李老师他是做什么的啊?"

李致娜笑道:"傻姑娘,我刚才不是说了?李致硕跟家里断绝了关系……他想要养活飞晓,给飞晓提供最好的医疗环境,肯定是要工作的呀!"

我脑海中不自觉地联想起一幅画面,操劳辛苦的李老师从讲台上下来,立马开着车跑去工地搬砖。抱着你就无法搬砖,放下砖又无法养你……李致硕真是感动中国的二十四孝男朋友。

"姐姐,你跟我说的事儿,我给不了意见。"我将手从李致娜手里抽出来,"我吧,也挺希望李致硕老师好的。但是吧,感情的事儿真是不能随便将就的……那个,不行你去我们学校问问别人?好多喜欢李老师的呢!他在我们学校,那是相当受欢迎。你要她们的电话不?不行我给你?"

我的话一说完,李致娜的表情是哭笑不得。最后的最后,李致娜被我强大的跑题能力打败。她留了我的电话,说有时间联系,接着,她就开车离开了。

"金朵!"我打算回屋子时,李致娜又一次降下车窗叫我,"我们暑假见!"

我不明白李致娜为什么会跟我说暑假见的话,但我还是礼貌地跟她挥手说再见。看着李致娜"WJ"开头的车牌号,我心里一时感慨万千。

李致硕自己打工能开上私家牌子的路虎,也算是够励志的了。

"金朵!"

打算进屋的我再次被人叫住,我回头看去,是提着一大袋子汽水儿的蒋小康。蒋小康笑呵呵地对我挥着手,我笑呵呵地对他打招呼……看完李致硕再看蒋小康,怎么看怎么觉得差那么点儿意思。

从李致硕和燕飞晓离开的那刻起,社团活动就好像结束了一般。除了蒋小康以外,其他人的情绪都十分低落。尤其是刘楠她们仨专程为观看李致硕业余生活而来的女同学,犹如有人拿走了她们的饺子醋,一个个鼻子不是鼻子脸不是脸的。

苦哈哈地在农家干了三天的农活后,大家全像是脱了一层皮。不仅晒得又瘦又黑,身上更是多了不少腱子肉。蒋小康和王静民倒还好,我们几个女孩子纷纷叫苦不迭。

回城的路上,王静民一反常态对我友好。为了剩下的旅途和我一起坐,他甚至不惜和蒋小康"大打出手"。大家最后实在累得折腾不动了,也就只好随王静民去了。

车一开起来，王静民就不断地在我耳边叨叨。一会儿说天，一会儿谈地，一会儿感慨当今时政，一会儿八卦现下明星……我认识蒋小康这长时间，王静民的性格我还是了解些的。我累得没心情和他绕弯，直白地问他："王静民，你找我，有事儿啊？"

刘楠奇怪地回头看王静民，他立刻敛容正色道："没有事儿，我就和你聊聊。以后你要是跟蒋小康在一起了，我咋也该叫你一声嫂子不是？"

"使不得，快把你这声'嫂子'收好。"我夸张地用手捧着接在王静民的嘴下面，"恳请师兄嘴下留德，千万别说话不注意，砸了师妹的脚……要是没什么事儿，你赶紧和刘楠换过来。剩下的路长，我还想睡一会儿呢！"

看我是真要叫刘楠过来，王静民这才不情不愿地说："别，金朵……说没事儿吧，其实，我还有那么点儿事儿求你。"

我就知道："什么事儿啊？你说吧！"

"你一定跟我保证。"王静民降低了音量，神经兮兮地说，"这件事儿，千万别让刘楠知道。"

"为啥？"我的眼睛猛地睁大，"王静民？你不会是，喜欢刘楠吧？"

王静民脸上的嫌恶不似作假，他恶声恶气地说："金朵，你少来了！我会喜欢她？我才不喜欢没有女人味儿的男人婆呢！"

"你要是这么说刘楠，我可不帮你了啊！"我时刻维护着楠姐的高大形象。

我从椅子上站起来，却又无奈地被王静民拉下。还是第一次看到王静民忸怩的样子，我竟然看到他黑黝黝的脸红了。

"金朵，我就是想问问……你认识，李老师他大姐吗？"

"你说李致娜姐姐啊？"我狐疑地问，"认识，怎么了？"

王静民更加不好意思了，声音小得我几乎听不到："那你……那你能把她的电话给我吗？"

"李致娜啊？"我难以置信地重复问了一遍，"你要李致娜的电话啊？"

王静民微不可察地点点头，小声地说："是啊。"

"可是，为什么啊？"我对王静民在想什么非常感兴趣，"你要李致娜的电话……你喜欢她啊？"

王静民再次微不可察地点点头，不过这次他说话的声音大了点儿："嗯啊！"

我的天哪，我瞬间觉得，整个世界都玄幻了。

"可是，她三十了啊！"我还是理解不了，"你今年还没到二十吧？她比你大了十多岁啊！你喜欢她？你刚才不还说，你不喜欢男人婆？刘楠跟李致硕他姐放在一起比较，那刘楠简直是个淑女。你现在说你喜欢李致娜？你也太……"重口味了。

我这么说，王静民倒不干了，登时跟我急了，眼睛瞪得溜圆："你不准说她！刘楠跟李致娜，是一个级别的吗？金朵，你要是再说这种话，小心我跟你急！"

哟，这还真急了？我用胳膊撞撞王静民："我随便说说，你还真生气了啊？你不能这么说话，这么说话没朋友！你觉得李致娜有女人味儿，我也觉得刘楠有女人味儿啊！公平起见，咱俩不聊这个话题了，好不？"

"不是，金朵，我不是那个意思。"王静民转过头来，他觉得这个问题很值得上纲上线地讨论一下，"你自己说，李致娜和刘楠……行了，我也不跟你掰扯这个问题了。李致娜的电话，给不给我，你说句准话！你要是不给我，我自己去要！"

"你自己要？"我觉得王静民说得稀奇，"你上哪儿去要啊？"

王静民满不在乎地挠挠下巴："找呗！只要肯找，怎么也能找着！"

"我给你问问吧！"这也不是我能做主的事儿，"不过她愿不愿意给你，我可就做不了主了。"

看事情有谱，王静民又是给我拿水又是给我捶肩："有劳您哪！您喝水，您吃饭！有什么要求，您尽管提。只要我能做到，我一定满足您。"

车上说话的人太少，王静民表情动作夸张，蒋小康不断地回头往后看。刘楠忍受不住，大声叫道："行了！有完没完？王静民，不乐意坐车你下去！少在这儿吵别人！"

王静民刚想回嘴，可一想到有求于我，他咽下火气，立马赔笑脸："哎！哎！我错了，我不吵！我闭嘴，我不吵了。"

刘楠倒是没想到王静民会服软，奇怪地嘟囔："真是，王静民吃错药了吧？"

我的伤好得差不多了，每天就是吃吃喝喝在家游手好闲。时不时地跑回学校跟刘楠她们玩玩闹闹，日子过得也算轻松。

只是，再没见到李致硕。

考完试的最后一天，我跟刘楠约好出去大吃一顿。我盛装打扮准备时，接到了蒋小康的电话。

"金朵，你晚上有时间吗？"蒋小康笑着问我，"过两天我就回家了，咱俩出去吃顿饭吧！"

我发现，自从社团活动之后，蒋小康几乎每天都会打电话给我。这要是以前，蒋小康的电话是我多么梦寐以求的啊……不过现在，我稍显为难地说："抱歉啊，今天不行了。我的室友明后天要回家，我们晚上说要一起吃饭。"

"这样啊……"蒋小康的语气透着失望，我都准备挂电话了，可他又说，"要不晚上咱们几个一起吃吧？我请客，怎么样？"

"不合适吧？"我虽然好热闹，但还没傻到把自己变成热闹，"我们几个女生……等下回吧，好吧？"

蒋小康听我态度坚决，简单说了几句，点到即止。

不用考试，到了时间，我先去订好的饭店等她们三个。左等右等她们也不来，在服务员给我添了三次茶水之后，刘楠的电话才打来："金朵？你在哪儿呢？"

"楠姐，你这话真逗，你们三个不会是忘了跟我来吃豆捞吧？"我瞬间觉得自己被遗忘了，"你们仨在哪儿呢？不来了吗？"

刘楠的话气得我想摔电话："啊，我忘了告诉你了。今天考完试，我们碰到蒋小康了。他和王静民说要请我们吃饭……嘿嘿，你来吗？"

你来吗……你来吗……来吗……吗……

"你们真是没人性！"我结了茶水钱往外走，"刘楠，你不是

/153

跟王静民关系不好吗？怎么还在一起吃饭？"

刘楠嘿嘿笑："那个什么，金朵，你先别生气，你听我说……王静民，他和班长是老乡。今年暑假的实习名单下来了，王静民和班长在一家公司实习。"

"实习名单下来了？"我无奈了，"你还惦记着班长呢？王静民和班长在一家公司实习，跟你有啥关系？难不成，你还想去班长他们老家那儿实习啊？"

很不幸地，我猜对了，刘楠就是想跟王静民交换。

从豆捞店走出来，大街上热得我瞬间流下汗来。车来车往，通话的声音稍显嘈杂。我又问了一遍，刘楠这才老实交代："王静民想和你一个公司实习，他说喜欢跟你一起玩……嘿嘿，金朵，你不介意我和王静民换吧？"

王静民喜欢和我一起玩，那才真是奇了怪了……我想想，问："刘楠，你原本要去的公司，叫什么名字？"

{第七章}
世界再冷，至少有我

Je suis d'accord, mais n'oublie pas

T大的招牌专业，土木电气和英语，金融行政和法律。我们学校给自己的定位是比较全方位的，而我们校领导对我们学生的期望也是特别高的……于是乎，每年的假期我们都会有很多，呃，十分别致的实习活动。

大学的第一个寒假，我们土木专业的学生就下到工厂里去做焊接。我们想不明白焊接和土木有何关系，但学校的实习算学分而且还不能补考，所以无论多不情愿，我们还是穿着没来得及丢的军训服下到了工厂。

虽然是冬天，但焊接并不是个让人愉悦的活动。而工厂的工人也大都是糊弄了事，为期一周的时间，他们只是在教我们如何焊直线。

校领导的心思你别猜，后期的实习也是一样莫名其妙。在经历了焊接、考察工地和下乡支教的三部曲后，我大二学生终于喜大普奔地迎来了高大上的校外社会实习——到企业做跑腿的。

刨除那三部曲不看，去企业实习，还是挺容易让人想明白的。到办公大楼里瞧一瞧看一看，虽然不一定能学到东西，开阔眼界倒是一定的。说不好有表现突出的人才，直接在企业里为自己铺好以后的就业道路。

我不知道刘楠是得了什么好的工作机会，王静民竟然急着和她换……刘楠想了会儿说："金朵，我也不知道，谁知道王静民抽什么风，我去的那个企业，我都没听过。好像叫什么什么装饰，还是什么广告传媒……哎呀，总之跟我们的专业是没什么关系的。"

"金朵，你来嘛来嘛来嘛！"刘楠告诉我饭店的地址，"你帮帮我，还不行吗？这次实习之后，我也算对班长死心了。"

我这哪儿是帮她啊，我这完全是害她啊……刘楠现在是对班长执迷不悟了,她说:"金朵,你放心,我舅舅在那边有房子。到时候实习,我住我舅舅家。"

"楠姐,我不是担心你睡大街,我是担心你……"

"行了行了,我心里有数。"刘楠快速说完,又快速地挂了电话,"金朵,你快点儿来啊!我们等着你!"

唉,好吧。

我到的时候,刘楠他们已经吃上了。我们寝室的女生,都比较感性。每次学期期末,大家都伤感得跟生离死别似的。性情中人嘛,喝多,那是必然。

因为我家离得近,所以我总是最先喝多的。可是今天的情况稍有不同,蒋小康在这儿呢,我怎么也要端庄点儿。放开喝,我还真做不到。

看着刘楠她们几个毫不顾忌地挥洒,我真是羡慕嫉妒恨。我咬牙切齿地吃着肉,心里默默地怨恨道。让你们贪小便宜,害我吃大亏了吧?等你们喝多了,我全给你们拍下来。到时候传到校内上,我看你们……

"金朵,你尝尝这个。"蒋小康夹了个绿色的菜叶子给我放碗里,"天热,吃太多肉该上火了。"

已经喝多的何佳怡大着舌头开我和蒋小康的玩笑:"这都关心上不上火了?金朵,你就没什么想说的?"

"是啊!"陈敏慧也喝多了,她的脸轻微酒精过敏,"蒋小康,我们不是说你,你看你以前那样……"

好好的一顿饭,慢慢变成蒋小康的批斗会。

我们四个在一起住了这么久,感情跟亲姐妹似的。我追蒋小康的日子,她们每个人都看在眼里。我受的委屈有的心酸,她们跟我一样懂。

这帮人是真喝多了,全都上蹿下跳,拦都拦不住。蒋小康还算清醒,她们三个批评他什么,他都好脾气地应下。说到最后,喝多的何佳怡和陈敏慧抱头痛哭,说着:"金朵,你和蒋小康在一起,一定要幸福。"

有好姐妹真是好,好得我眼泪都要流下来了……我的亲妈哎,你们这都是哪儿跟哪儿啊？

刘楠还算清醒，为的是后期和王静民讨价还价。其实我心里一直很遗憾的是，刘楠和王静民竟然没对上眼。刘楠看上了文文弱弱的大班长，王静民喜欢了霹雳无敌老大姐。

某种程度来讲，他们两个都是比较喜欢走极端。

吃过饭之后，何佳怡和陈敏慧先打车回学校去了。蒋小康送我回家，刘楠和王静民也陪同。因为大家还有话要说，所以放弃了坐车改为步行。

晚上大雾从海上飘来，城区里看起来雾蒙蒙的。橙黄色的路灯照在水雾上，周围感觉柔柔和和的。王静民一边吐一边走，刘楠一边笑话他一边跟着吐。这两人，一对儿奇葩。

我和蒋小康跟在他俩后面，始终沉默着。路灯将我们两个的影子拉得老长，照在地上却模糊不清。蒋小康有话不知道从何说起，而我不知道自己该说点儿什么。没话找话，我们两个只好说点儿有的没的。

"金朵，你的手好了吗？"

"嗯，好了。"

蒋小康似乎每天都要问一遍我手伤的问题，而我每天都会如此答他。可能我已经耗尽对蒋小康的喜欢，所以现在只剩下敷衍。

常规话题问完，我和蒋小康之间又是一阵沉默。

"我以前一直以为王静民会喜欢刘楠，他俩真是对欢喜冤家。"蒋小康语气轻轻地问我，"金朵，你觉得呢？"

蒋小康挨着我，走路的时候胳膊总会若有似无地碰到我，肌肤相触，是黏腻的感觉，让我觉得很不舒服。

我点点头，尽量避开他的触碰。

我往旁边走了走，蒋小康就往我旁边挪了挪："王静民跟你在一起实习，到时候我让他好好照顾你。"

"我们实习的地方怎么成香饽饽了？"我好奇地问蒋小康，"王静民竟然放弃老家那么好的公司，非要跟刘楠换。"

总算有个话题能够打开局面了，蒋小康不惜出卖王静民："他？他那个人无利不起早。听说，他喜欢的女生在你们实习的公司上班……我们一直想知道是谁,他就是不肯说。金朵,到时候你……"

我打断蒋小康的话,问:"我们实习的公司什么来头?"

"不清楚。"蒋小康摸摸下巴,"不过好像听说,是王校长外甥开的。"

王校长的外甥……

我觉得嗓子有点儿干,问:"是王校长的外甥,还是外甥女?"如果是王校长的外甥,那王静民为啥要死要活地想去?

"外甥女?"蒋小康的表情略微迷茫,他摇摇头,"这个我还真不清楚,王校长外甥的事儿,也是我听王静民说的……金朵,你不要担心。校外实习没多难,你只要按时去就行了。反正就是一周,到时候……"

蒋小康后面的话,我基本上没听进去。李致娜那句"我们暑假见",犹在耳畔。李致硕他大姐、李致硕他大舅……真是裙带关系害死人哪!

我觉得,我很有必要跟王静民谈谈交换实习名额的事儿。这个时候,哪怕会让刘楠不高兴,我也要和王静民换。

"金朵!"蒋小康喝了点儿酒,也比平时敢说敢做了,拉着我的手不让我跑开,"你干吗去?再陪我待会儿!"

"我找王静民说句话。"蒋小康的眼神有点儿直,我耐心地解释,"你先自己溜达溜达,我那个什么……"

蒋小康稍微用了用力,我整个人便被他扯进了怀里。蒋小康身上酒味儿浓重,我并不喜欢。我捏着鼻子,十分冷静地说:"蒋小康,你松开我。"

"金朵,我以前错了,是真错了。"蒋小康带着醉态的嗓音十分低沉,"以前我太浑蛋了,不明白你……"

"行了,我知道了。"现在说以前的事儿,总有点儿嚼隔夜饭的感觉,没味儿不说,还心里硌硬。我推了推蒋小康的胸口,却一点儿作用都没有,"都过去的事儿了,还提它干吗?再说,也不是什么太光彩的事儿。"

蒋小康的情绪稍显激动,声音大得吓了我一跳:"我要说!金朵,刚才吃饭的时候,我就想跟你说了。其实,我现在也喜欢你。

我一直想找机会和你说，可你见着我总是跑。"

我能不跑吗？蒋小康这样，谁不害怕啊？

"蒋小康，你松开我。"我被蒋小康抱着，呼吸有点儿艰难，"我觉得吧，咱俩的事儿……"

我的话还没说完，蒋小康反而松开我跑了。我奇怪地抬头看去，竟然意外地看到了从学校里往外走的李致硕。

"李老师。"蒋小康酒劲上来了，不仅冲动还大无畏，"我想和你谈谈。"

几天不见，李致硕瘦了。即便隔着大雾，我还是能看清楚他脸上的憔悴和疲倦。他身上的橙色工装夹克，反而突显神态的暗淡。听到蒋小康的声音，李致硕停下步子回头看。

跟李致硕站在一起，蒋小康很淋漓尽致地演绎了"年轻气盛"四个字。蒋小康说出来的话，我都替他感觉丢脸："李老师，上次社团活动的事儿，金朵也是好心，我希望你不要往心里去。"

李致硕神色淡然地看看蒋小康，接着又神色淡然地看看我。他都不用做什么，只是轻飘飘的一个眼神，我就被看得面红耳赤无地自容。

李致硕冷笑的表情跟打脸似的："谁天天有时间，把这种脑子被门夹的人的行为放在心上？"

一句话说完，李致硕大步流星地上车离开了。蒋小康弄巧成拙，本来是想帮我说话，结果却碰了一鼻子灰。

即便李致硕的车开走了，可我还是目不转睛地盯着他原来停车的地方看。我也不知道怎么了，特别生气窝火，胸脯不断起伏，感觉胸腔被气憋得要炸开了。

蒋小康估计是清醒点儿了，尴尬地劝我："金朵，李老师可能是心情不太好……他刚才的话，你可别往心里去啊……"

我学着李致硕冷笑的样子，气鼓鼓地说："谁天天有时间，把这种脑子被门夹的男人的话放在心上！"

李致硕的一句话，搅得我心情全无。丢下蒋小康，我怒气冲冲地自己打车回家了。

进了家门，我没好气地拼命号哭。已经换下睡衣睡裤的爸妈正在看电视,见我哭得这么惨烈,我妈吓坏了:"朵朵,你咋了?手又断了啊?"

我拿出小时候装病不去上学的架势:"我不想去实习了!你找我们陈主任说说嘛!我不想去!妈……"

我是窝里横,我妈是纯正的护犊子。看我哭得要没气儿了,我妈急得立马去给陈主任打电话了。

客厅只剩下我和我爸,我爸小声地问我:"金朵,你在外面又惹事儿了吧?"

什么是亲爹?能够根据我哭声大小判断事情轻重的,这才是我亲爹。不过我实在是没力气和我爸说发生了什么事情,因为一想到我即将在李致硕或者是李致娜的公司里待一周,我就已经生不如死了。

李致硕还说我脑袋被门夹了……他才脑袋被门夹了呢!他全家都被夹了!

我渐渐止住抽噎,我妈也打完电话出来。我挪蹭着到我妈膝前:"妈,我们主任怎么说的?"

"朵朵,你听妈妈说。"我妈摸了摸我的脑袋,眼神异常慈爱,"你们主任说,这次的校外实习,是你们锻炼的好机会,最好呢,是不要缺席。"

我妈的说法太官方,我一听就知道有问题:"妈,陈主任到底说什么了?"

我妈呵呵一笑,特别轻描淡写地说:"你们陈主任告诉我,你实习的公司是你们王校长外甥李致硕老师开的……朵朵,你借着实习的机会,好好和你们李老师联系联系。等出国交流的时候,我也方便去……朵朵!你干吗去?你听妈妈说啦!"

我们家人才真是脑子被门夹了。

以李致硕见到我的态度,我是打死都不会去他公司实习的。我妈那边行不通,我只好自己想办法解决。

到李致硕的公司实习,还是挺有诱惑力的。没用我费太大的唇舌,就有别的专业的女同学愿意跟我换。等到第二天,我兴高采烈地去教务处,却被陈主任毫不留情地拒之门外。

"为什么不给我换啊!"我急了,这不是要我的命吗,"其他人都能换实习单位,为什么我不行?"

陈主任对我还算好说好商量,笑眯眯地解释:"咱们学校的实习,都是就近分配的。朵朵,你现在要换,不是舍近求远吗?"

"主任,我不怕麻烦。"我知道陈主任没跟我说实情,而我也不想和他说心里话,"我就是想锻炼自己,我不怕吃苦。"

陈主任看我软硬不吃油盐不进,只好说:"朵朵,我告诉你……你的实习安排,是王校长分配的。要换,也是他给你换。我一个主任,哪能做校长的主啊!"

唉,该死的裙带关系。

对于我的悲惨遭遇,得偿所愿换了实习单位的刘楠送了我四个字——倒霉悲催。

我是倒霉,是真倒霉。早知道这样,我就不应该去得罪凌辉。不得罪凌辉也自然不会认识宋小玉。不认识宋小玉,凌辉的桃色问题和平解决后,我势必不会被宋小玉抓走。不被宋小玉抓走,我又不会欠下李致硕人情。不欠李致硕的人情,我肯定不会招惹上燕飞晓。而不招惹燕飞晓……

归根结底最主要的,我当初就不应该喜欢蒋小康。

那天晚上蒋小康说喜欢我的事儿,完完全全被李致硕的一句话给击打得稀巴烂。以我的角度看,我很难想象出"浪子回头"的人是什么想法。因为如果是我的话,曾经很想吃的蛋糕没买到,两年以后再卖给我,我肯定就不想吃了。

我对蛋糕是这样,对蒋小康也是这样。

蒋小康酒后吐真言也好,酒后乱性也罢,那都是他的事儿。跟我,可以说是没太大的关系。喜欢的时候人总是脑筋不清醒,一旦脱身出来就会变得冷血无情。

曾经的蒋小康是这样,现在的我也是这样。

而自从我妈知道我要去王校长的外甥那儿实习后,就跟打了鸡血一样兴奋。我送寝室室友上了火车后,我妈立马把我抓去了商场。

抓,真的是用抓的。我妈扯着我在前面走,我不断地往后跑。商场看门的保卫都觉得稀奇了:"我总是见到小姑娘哭天抢地跟爸妈要东西的……今天还第一次看到有父母死乞白赖带姑娘买东西姑娘还不要的。"

保卫真是搞笑，我妈要是带我来买好看的衣裳，我自然是求之不得……可她现在给我挑的，完全是办公室中年大妈穿的骨灰级别职业装。

"你试试！朵朵！"我妈为了四处抓我，她规整的头发都已经凌乱了，"你要去实习了，总要穿得像样点儿！你去坐办公室，总不能穿着布鞋去吧？"

穿布鞋有什么不好？我抱着商场的柱子不肯走："妈！你也不看看！那黑裙子难看得跟什么似的……我不穿！你要是让我穿……我……我就从这儿跳下去！"

"你跳吧！"我妈干脆松了手，喘着粗气说，"你要是不跳，就去给我试衣服去！"

"妈……"

她是我妈，我是她生的，跟她硬碰硬，我肯定不是对手。再说了，我只是吓唬吓唬她，并不是真的想寻死。

出来买一趟衣服，简直是丢尽了我和我妈两个人的脸。最后没有办法的我，还是被我妈塞进了试衣间。

一刻钟之后，我穿着老气横秋的高腰过膝黑裙和白色衬衫从试衣间走了出来。

"不错，挺好的。"我妈左右看了我一番，动手将我脑袋上的长发扎下，"等到时候实习，你就穿这个去。朵朵，你相信妈妈，妈妈的眼光是不会错的。你们李老师我见过，他的公司肯定错不了。大公司里，都是要求员工穿正装的……朵朵，你要是不穿的话，人家不会笑话你，会笑话妈妈。"

我的亲妈哎，我已经十八了，又不是八岁。就算我穿错衣服，别人也只是笑话我好吗？还有，穿成这样，不被人笑才怪！

儿去实习母担忧……为了我实习穿什么，我妈可谓操碎了心。在我第一天实习的早上，我妈亲自来监督我穿上她买的套装并且梳上了溜光水滑的丸子头。

我妈满意地点点头，说："朵朵，妈妈今天特意请了假。等下妈妈送你去，晚上妈妈再去接你。要是方便的话，你问下李老师，晚上咱仨一起吃个饭。"

早起不到一个小时的时间，我已经被我妈折腾得精疲力竭。我双手合十拜她："大亲妈，求你了，你别去了成吗？我大学一师兄说开车来接我一起去。"

"那个蒋小康？"我妈很敏感地问。

"不是，蒋小康三天前已经坐飞机回家了。"我不敢有情绪，笑着解释，"另一个师兄，和我在一家公司实习，叫王静民。"

"啊，不是蒋小康啊。"我妈收起失望的情绪，"那好吧，他什么时候来？"

王静民是难得的准时，几乎在我吃完早饭他就到了。坐上王静民的车后，我们两个对彼此的装束都无语了。

"金朵……"王静民呆愣地伸手在我身上比画了一下，"你是，把你妈的衣服穿上了？"

"衣服是我的。"我咬牙切齿地回答，同样比画着问王静民，"你这车，是怎么回事儿啊？你不说你开你表哥的车来吗？"

王静民点点头，说："是啊，这就是我表哥的车啊！"

我犹豫着想下车："那个什么，静民师兄啊，我还有点儿事儿要去忙。要不你先去公司吧？等下我去找你，我那事儿挺急的。"

别说我嫌贫爱富，主要是王静民开的车实在是……他开个QQ啥的上班，我都不介意。问题是，他开来的是辆四轮电瓶车。

王静民跟我一样郑重，穿着西装打着领带，看上去还挺精神的。可我们两个挤进一个黄色的封闭电瓶车里，实在是说不出的别扭。到时候把电瓶车往办公楼下一停，还挺为难开罚单的交警的。

"你先将就一天。"王静民自己也觉得别扭，"我表哥昨天酒驾，连人带车一起进去了……我这不是为了撑脸面，才暂时开这车嘛！"

撑脸面……王静民确定他开这车不是去丢脸的吗？

反正都已经这样了，我干脆不去想太多。王静民开车的技术还不错，加上不堵车，不去考虑大公共乘客的笑话拍照，路途还算蛮愉快的。

"王静民，你打听好没有？"只有我们两个在，我也不藏着掖着了,"咱们实习的公司到底是李致硕的还是李致娜的?"

王静民耸耸肩:"你管它是谁的呢!反正是他们李家的……就算是李致硕的,应该也能有机会见到致娜姐吧?"

致娜姐……我恶寒地抖了三抖。

"金朵,你知道还有谁在这家公司实习吗?"王静民道。

"还有人?"我一直处在自己的悲伤困苦之中,哪有心情管别人,"是谁啊?"

王静民尽量憋住笑,却失败了。过了红灯,他突然哈哈大笑着说:"你们隔壁寝室的'小月月',一直说李致硕老师喜欢她的那个蔡月琴。"

我一口口水喷了出来:"小月月,也跟我们一起实习?"

在实习公司的办公楼下,我和王静民见到了小月月本尊。很显然,王静民得到的这个不幸消息是真的。

蒋小康以前总是骂我脑袋抽筋,神经大条做事儿不过脑。可跟小月月比起来,我完全算是心思缜密的那类人。我是疯疯癫癫,小月月是神经错乱。我们两个,有着质的区别。

小月月蔡月琴,真是世间难寻一奇葩。

蔡月琴和我一个班,住在我隔壁的寝室。她们寝室女生的关系是貌合神离,表面上亲得像一个妈生的似的,背地里却互相拆台……蔡月琴以独有的征服能力,彻底打败了寝室里住着的土木系花和法律系花。而且蔡月琴的场场战役,都是轻巧地用四两拨千斤的招数化解的。

具体过程比较复杂,此处暂且不表。

开始的第一学期,蔡月琴看着还挺正常的,大家看着也都挺正常的。可渐渐地,土木系的系花不满法律系的系花晚上开灯读书,法律系的系花不满土木系的系花早起声音吵。随着时间的推移,隔壁寝室之间的矛盾日趋严重。

她们寝室的另一个女生是个呆子,什么都不往心里去,就知道学习。不甘心被系花们甩在身后的蔡月琴恼怒了。在厕所洗漱间,她不止一次义愤填膺地说:"她们系花算什么呀!我还是校花呢!我觉得吧,做人,就该低调。你们看我,我什么时候拿我是校花说事儿了？"

实话实说，蔡月琴的长相真挺对不起观众的。但她不知道哪儿来的自信，自我感觉特别良好。走在大街上，只要有个男人看她，她立马觉得人家喜欢她……可怜的李致硕，上课的时候不知道是怎么眼神不好使看了蔡月琴。蔡月琴算是有了谈资，这一学期逮谁跟谁说李致硕喜欢她。

现在蔡月琴来了李致硕的办公楼上班，回学校还不知道怎么说呢！

晚上李致硕回家要被精神不好的女朋友折磨，白天上个班还要受精神不好的女学生折磨……想想，李致硕也挺可怜的。

王静民出于礼貌，先一步跟蔡月琴打招呼："嘿！师妹你好。"

蔡月琴赶紧避开王静民黑乎乎的手，满脸嫌弃："师兄……你好。"

其实我特想不明白蔡月琴为什么嫌弃王静民的肤色，因为在我看来，他们两个的肤色几乎没有太大的差别。蔡月琴小鼻子小眼塌鼻梁，手部的皮肤粗糙，肥粗的手指上戴着一个编制的红色戒指，这让她的手显得更加黝黑土气。

蔡月琴的学习好，年年都是一等奖学金。如果不涉及男人，她的精神还挺正常的。每学期考试前我去借她的课堂笔记，她都很好说话……而现在，她直接将我当成了假想敌，火药味十足地问我："金朵，你和蒋小康怎么样了？"

"金朵不喜欢蒋小康了。"王静民看热闹不嫌事儿大，"蒋小康正为这事儿苦恼呢！"

蔡月琴一本正经，说的话完全出于真心："你不喜欢蒋小康也好，我总觉得蒋小康看我的眼神不太对……金朵，李致硕老师喜欢我的事儿，你知道吧？"

"知道，我早就听说了。"我真诚得要命，王静民却在一旁笑场。

我忽略掉王静民的笑声，继续真诚地说："你放心，我对李致硕老师一点儿想法都没有。李致硕老师就喜欢你一个人，真真的。"

蔡月琴咧嘴一笑，整个人活像个黑猩猩似的："是吗？金朵，你也看出来李致硕老师喜欢我了？"

蔡月琴这种大神，我是惹不起的。电梯到达，我倒着往电梯外走："那当然了！李致硕老师喜欢你，整个学校谁不知道？你看他上课看你的眼神，啧啧啧，我们都……哎哟！"

我忙着捧蔡月琴的臭脚，所以也没顾着看路。走到公司自动门那儿，正好撞到了正往外走笑意盎然的李致娜和满脸"黑线"的李致硕。

李致硕上身一件阿玛尼蓝白条的修身西装，棕红色表带的江诗丹顿腕表。脚上的印花皮鞋，每个缝印的针脚都透着精致。和在学校里不同，李致硕身上是一股散都散不去的总裁味儿。

不知道李致硕是不是听到了我说的话，总之他的脸色难看得要命。反倒是王静民和蔡月琴的脸色瞬间亮了……他们都见到了自己想要见的人。

"呵呵，金朵来了啊？"李致娜很巧妙地打破了尴尬的局面，笑着夸我，"新买的衣服？真好看啊！"

跟李致娜那身闪亮亮的时装相比，我这身报摊大婶的裙子实在是很难算得上"好看"。不过细节无须深究，都是些场面话，说的人不当真，听的人也不必介意……我不介意李致娜的话，蔡月琴倒是上纲上线地接话了："金朵的衣服还算可以吧！要是上班的话，还是穿成我这样的好。"

李致娜看了看蔡月琴的衣服，毫不扭捏地夸奖："是挺好的……金朵，你给我介绍一下？"

蔡月琴自动将李致娜"是挺好的"，冠上主语篡改为"蔡月琴的是最好的"。没用我介绍，她抢先说："我是金朵的同学，也是李老师的学生。我叫蔡月琴，是T大的校花。"

蔡月琴这话说完，自己没觉得尴尬，我们反倒觉得不好意思……不过我们没有不好意思太长时间，因为迫不及待的王静民立马开始介绍自己："致娜姐好，我是T大英语专业的李世民……不不不，我说错了。我叫王静民，王静民。"

李致娜并没有在意王静民的紧张，笑着点点头："我们T大还真是……都是人才啊！"

为什么我总觉得李致娜说的是反话呢？

李致硕出奇安静，没有出声，一直是李致娜在发言："同学们，我是李致硕的大姐，叫李致娜，你们可以叫我致娜姐……因为你们李致硕老师不接受你们校方的请求……所以真是抱歉，你们的实习不能在我们公司进行了。"

"不行！"

王静民和蔡月琴异口同声道："既然我们学生都已经接到了通知，那怎么能出尔反尔呢？李老师这样……不是等着公司名誉扫地吗？"

"哎呀，没办法呀！"李致娜无奈地叹息，眼神和语气，明显是在等着我说什么，"你们李老师不同意，我说了也不算……金朵，要不你自己问问你们李老师？"

王静民和蔡月琴齐齐看向我，他俩那眼神十分悲戚。李致硕看着我，眼神不冷不热的……我也是会记仇的好吧？我也不是脑子一直被夹的好吧？

在三个人中，我算是唯一比较冷静的。我对李致硕不太客气，连个称呼都没有："我们要是回去的话，实习学分还给吗？"

"给。"李致硕还挺大方，"你们回去，我会给你们的实习报告上盖章的。"

有学分就好了，其实这实习我也不是多想来。我客气地从包里拿出实习手册交到李致硕手里："那麻烦您了。"

这话，我说得是真心实意。我们说好听点儿是来实习，说不好听点儿就是来当免费劳力的。李致硕能如此大方地放我们回家，我不同意那我是傻子。王静民和蔡月琴非要死乞白赖地在这儿干活……那他俩留这儿吧！我是要回家了。

我早上来的时候是垂头丧气，走的时候却是神清气爽。一瞬间，我感觉李致硕公司门口的假花都开了。那天气，那白云，那叫一个晴朗哪！

在身后四个人的注视下，我潇潇洒洒地走了。可没多久，我又华丽丽地倒下了……正当我经过自动玻璃门的时候，大门毫无征兆地关上了。我一个没留神，整个人被大门夹了一下。

李致硕公司的自动门不太灵敏，我被夹住了好一会儿自动门才分开。李致娜赶紧过来，关心地问："金朵？你怎么样？有没有被夹伤？你怎么这么不小心呢！走路你倒是看着点儿啊！"

"没事儿。"我拢了拢已经松散的丸子头，揉着肩膀说，"伤倒没伤，就是丢脸而已。"

在一片苦兮兮的气氛中，李致硕竟然发出了轻微的笑声。虽然很轻微，可我还是听到了。

不仅我听到了，李致娜也听到了。李致娜眼神热切地看着我，我觉得她激动得都要哭了……唉，李致娜又当姐姐又当妈妈，也是够不容易的了。

刚才门夹我的时候发出的声响太大，公司里面的女职员闻声跑了出来："总经理？门又夹到人了？今天我马上再给门的厂商打电话催催，让他们尽快过来。"

"不着急。"李致硕还是那张死人脸，面无表情地把我的实习报告塞到跑出来的女职员怀里，"郑惠，你给他们三个分配一下工作。"

说完，李致硕转身回办公室去了。

转变发生得太突然，场面静默了几秒钟。那个叫郑惠的女职员难以置信地推推鼻梁上的眼镜，问："致娜姐，总经理刚才不还发脾气说不要实习生吗？这是……"

"你就按照你们老板说的做。"李致娜兴致很高，揉揉我的脑袋，"金朵，辛苦你了啊！怎么样？还有哪儿疼吗？"

出门没看皇历，真是衰到家了。这下好了，真成脑袋被门夹了。

感到恶气环绕的，只有我一个人。王静民和蔡月琴，都是阳光灿烂的样子。郑惠没明白他们两个的兴奋点在哪儿，呆愣愣地招手："你们三个跟我一起来吧！"

王静民不忘去找李致娜："致娜姐，你不进来吗？"

李致娜笑着摇头："我只是公司的挂名股东，偶尔来看看而已……王静民是吧？就你一个男孩子，金朵她俩还要你多多照顾啊！"

"致娜姐你放心！"王静民忙着自吹自擂，我们走了好远他还没有追上来，"上次在海岛的时候我们见过来着……不信你回去问李老师，我是很会照顾女孩子的。在海岛上的活儿都是我干的，什么补房顶，什么喂鸡喂猪……"

李致娜有点儿被王静民的热情吓到，已经准备离开了："那就好啊！我还有事儿，先走了！"

"致娜姐，你什么时候还来啊？"王静民站在门口望眼欲穿。

"快走啦！"还是我好心地回来拉他，"你可别让李致硕看出你的心思来，要是他知道你喜欢他姐，不得把你咔嚓了！"

王静民不服气地反驳我："小她十岁怎么了？小她十岁的男人就不是男人了啊？小她十岁就不能让她幸福了？"

"嘘！你小声点儿！"我拽着王静民的西装袖子往里走，"你也不想想？李致娜是王校长的外甥女儿，你还是李老师的学生，要是你跟他姐姐有什么……你觉得，辈分乱不？"

王静民想的，显然和我想告诉他的不一样："金朵，你说得有道理……我下回低调一点儿。"

"你俩走不走啊？"蔡月琴傲慢地回头叫我们俩，"你们这样，真是耽误我。"

蔡月琴我可不敢惹，曾经她的两个室友因为起床问题惹恼了她，她在"五一"假期回家之前故意将闹钟锁在了自己的柜子里。蔡月琴将闹钟设好每天凌晨三点响，一响就是到早上。最后她的室友被逼无奈，全跑到我们寝室来打地铺。

耽误蔡月琴睡觉已经死罪一条了，要是耽误蔡月琴见心上人……她不得把我和王静民捆在一起五马分尸了。

李致硕公司的规模不是很大，两百平方米左右的办公空间。懒懒散散的三十多个员工，包括号称总经理助理的郑惠在内，都没有一个穿着打扮比较正式的。我们三个进去的时候，我竟然还看到有人穿着拖鞋往茶水间走。

要不是看李致硕穿得像个总裁，我十分担心他开的是皮包公司。

郑惠收了我们三个的实习报告看了看，说："我们公司比较随意，尤其是广告创作人员，更是没有固定的上班时间，有时候不来也是可以的……"

"这怎么行！"蔡月琴突然情绪激动地插嘴，"没规矩，怎么能成方圆？我一定要跟李致硕说说，这样的公司我可不喜欢……"

郑惠鼻梁上的眼镜往下滑了滑,她不解地问:"你不喜欢?"

"她没别的意思。"为避免蔡月琴尴尬,我帮着她解释一下,"我们同学比较热心。"

怕蔡月琴还有惊人的论调出来,我赶紧小声劝她:"李致硕喜欢你的事儿,你可千万别告诉别人……你是未来的老板娘,不怕她们欺负你?万事低调。"

蔡月琴对我的话表示赞同:"金朵,以前看你挺傻的,你这话说得倒是有道理。女人啊,都是有嫉妒心理的。我可是见识过,那时候……"

"咳咳……"郑惠轻咳了两声,"有什么事儿,你们等下说,我们先来分配下工作。"

蔡月琴脸上带着"低调"的笑意,双手叠在小腹上,难得安静地听郑惠安排。左面奇葩公主蔡月琴,右面痴情王子王静民……我忽然觉得,自己比李致娜还不容易。

"你们都不是广告传媒的,专业跟我们公司都不太对口。"郑惠颇为为难,反复地翻看了一下我们的实习报告嘟囔着说,"你们学校不是有传媒专业的吗?怎么来了两个土木的……"

蔡月琴一直很以自己的专业为豪,现在郑惠这么说,她肯定不会高兴:"我们土木的怎么了?没有我们土木的,你们能有大房子住吗?能有商场逛吗?能有……"

"低调。"

我小声地提醒,蔡月琴适时收敛。

郑惠皱了皱眉头,估计她也能看出蔡月琴精神有点儿不正常。能给李致硕当助理的,那都是人精。郑惠并没有太过激的反应,只淡淡地说:"哦,我没别的意思。我主要是觉得,你们学土木的来我们广告公司……这样吧,你们两个女孩子一个负责前台,一个负责后勤。英语专业的男孩子,可以去市场部,他们那边可能需要帮着翻译个合同什么的。"

就这样,我去了前台,蔡月琴去了后勤,王静民去了市场部。

不知道是不是李致娜交代过,郑惠很是放心地把我放在了前台。站前台就站前台吧,我用心做就是了……但是我发现,很多技巧上的事儿，跟用心不用心真没多大关系。智商有硬伤，后天是弥补不好的。

　　李致硕的公司虽小，但是五脏俱全。该有的设施场所，一个都不少。该有的关系往来，一个都不缺。我在前台站了一会儿，就接了不少的快递包裹合同文件。

　　而当中最麻烦的，就属接待客户。

　　好的广告创意，大部分比较抽象和内涵。有些客户的思想跟不上步伐，所以难免会抱怨不满。

　　大概在我上岗后的三个小时，一个女老板怒气冲冲地拎了串香蕉来了。

　　"你们老板呢？"女老板很生气，后果很严重，"你说你们家交给我的广告创意是什么啊？啊？我是香蕉厂商，给我做广告就一定要全方位地拍香蕉吗？还什么，香蕉不只是串香蕉……香蕉不是香蕉，还能是什么？你们这么说，别人以为我们卖假货怎么办？"

　　我还是第一次碰到如此棘手的麻烦，顿时手忙脚乱地接通郑惠的内线电话。简单交代了两句，我又忙着安抚女老板："您先坐，我倒杯水给您喝……外面挺热的吧？您把香蕉给我，您先歇会儿。"

　　开始一切都很顺利，女老板说什么我说什么。不表达自己的想法，我也能少说少错。在女老板问我对广告词的意见时，我很是明智而又保守地说："我就是一个前台，不太了解广告的事儿。"

　　"小姑娘，你不懂广告吧？那你更能用读者的心理来说句公道话了。"女老板气得在接待室喝了三杯水，"你们家的广告词，是不是不怎么样？你们家还是别的老板介绍我来的，说你家的广告有创意，台词新颖……新颖我是没看出来，我光顾着生气了！香蕉不只是串香蕉，那它还能是串啥？香蕉不就是用来吃的吗？"

　　我现在是李致硕公司的员工，肯定要帮着李致硕说话。可我不知道哪根筋搭错了，语重心长地劝道："大姐，您别生气。等我们广告部的同事来，让他给您解释解释……其实我觉得，台词说得也没啥错，香蕉不仅能用来吃，也可以拿来用啊！"

　　女老板明显被我的言论吓到了："拿来用？"

　　没等我解释，女老板瞬间气得暴走了："你们是家什么公司啊？

前台小姐看着挺正经的,说的话怎么跟黄色笑话似的?年纪轻轻的,你都说些什么!"

女老板是真的生气了,郑惠无论怎么拉,她都不肯留下。最后女老板一通电话打到李致硕那里,没有别的商量,就俩字儿,解约。

唉……我真心是冤枉的。其实我后面想说的话是,香蕉不仅能拿来吃,更是能拿来上供啊……

因为这事儿,我中午饭都没吃好。

王静民那浑蛋还在偷着乐,为了女老板解约的事儿,他笑话了我整整一个午休。最后还是我把女老板留下的香蕉塞在他嘴里,他才肯闭嘴。

蔡月琴自恋地说着风凉话:"我早说了嘛,前台这种位置,一定要个智慧与美貌兼具的女子担任……要不是李致硕不希望我抛头露面,前台我当最合适。"

王静民打了个巨响的嗝,他被香蕉噎到了。

李致硕本来就不乐意搭理我,出了这事儿,他更是对我不待见。如果我不是来实习的,估计他早就把我开除了。下午正式员工开完会,我委屈地听到李致硕很郑重地嘱咐郑惠:"你马上把金朵调进办公室里来,找一个不会见到客户不会伤害员工的活儿给她干。北面那间仓库间,你让金朵在实习期间都在那儿工作。"

北面那间仓库间,别说人了,连只蟑螂都不去的……李致硕这是把我发配边疆了?

以前在学校的时候,他就没少折腾我。现在我在他的公司实习,想怎么做不就是他一句话的事儿?

很明白李致硕心思的郑惠交给了我一项艰巨而又很人文关怀的任务——每天我只需要在仓库间待着就可以了,而我主要的工作,就是别人下班后给厕所换卫生纸。

我恨香蕉。

我也恨李致硕。

晚上下班,我妈竟然真的来接我了。为免我妈听到什么风言风语,我很机敏地赶紧拉着她回家。

"朵朵，今天的实习怎么样啊？"一坐进车里，我妈赶紧问我，"你们李老师说什么没有？你有没有跟他说，我晚上想请他吃个饭？朵朵，你今天这样来公司，别人夸你漂亮没有？"

家长对于孩子的期待都是极高而且不正确的，像是我妈，虽然她总骂我没出息，但她觉得给我个联合国秘书长我都能干。从我妈身上，我能深刻体会到母亲盲目的爱。

我不想打击我妈的积极性，更不想让我妈为我的行为觉得丢脸。能够让自己显得争气的行为，唯有撒谎："妈，我做得挺好的，我在公司当前台呢！前台你不知道吗？那就是公司的脸面。我们公司有个难缠的客户，都是我解决的。"

解约解决的。我心里小声地补充。

我妈一听特高兴，还打电话叫我爸出来庆祝一下。我就算再没心没肺，也不能从欺骗父母的感情中得到乐趣。我爸妈慈爱得，眼神都往外冒光。我心里有愧，一晚上都没吃进去什么。

可能是因为负罪感太深，所以第二天早上我毫无怨言地穿上我妈准备的老年套装。

我妈倍感欣慰，觉得自己女儿出息了。

我倍感心酸，对欺骗爸妈的行为深深自责。

王静民早上依然开着那辆拉风的黄色电动车来接我，在车上，他还安慰我说："金朵，没事儿，不就是换卫生纸吗？男厕所你不好意思去，晚上下班我替你去好了……我答应小康了，他不在这儿的日子，我会好好照顾你的。"

"唉，你不懂。"我长叹了口气。

"我怎么不懂啊？"王静民忽然问我，"金朵，蒋小康回家之后给你打过电话吗？"

蒋小康……我想了想，摇头："没有，短信发过，电话倒是没有打。怎么了？你找他有事儿？"

王静民困惑地皱紧眉："我倒不是找他有什么事儿，我就是觉得奇怪。蒋小康打电话聊天都很正常，但一提到你的事儿，他就不在电话里说了。要说，也是短信啊QQ啊的……难道说蒋小康家里不让谈恋爱？所以蒋小康不能在家里提你？应该不能啊！"

我没有心情去想蒋小康的事儿,我还在为剩下的实习时光哀悼。这要是实习报告上写我换了一周的卫生纸,我该怎么回家跟我老娘交代?

丢人现眼啊,真是丢人现眼。我想起了前一阵子上马克思课程的心情,熟悉的感觉再次被找了回来。

我迈着沉重的步伐来到办公室,郑惠跟我前后脚进门。郑惠打过卡之后,从包里拿出眼镜戴上。不知道郑惠的话能不能算得上安慰:"金朵,你不要太担心了。你应该也清楚,我们总经理就是那脾气……你好好在办公室待着别出来,没准儿过两天他就忘了。"

在办公室待着别出来……我估计整个T大实习的学生,只有我的员工守则是这样的。

行吧,不出来就不出来。李致硕不想见我,我还不想见他呢!李致硕当老师已经够讨厌的了,没想到当老板居然能比他当老师时还讨厌。

李致硕就是万恶的资本家,妥妥的。

到了北面仓库放好东西之后,我喝完水赶紧出来上洗手间。避免和李致硕正面接触,我决定先把个人问题处理干净,然后老实地在仓库里待一天。

洗完手,我对着镜子呼呼喝喝一顿给自己打气:"河山只在我心里,祖国已多年未亲近……悄悄问圣僧,女儿美不美,嘿,女儿美不美……"

我乱七八糟唱得正高兴,男厕所里突然传出一声轻笑。我猛地回头,可隔着门板什么都没看见。

担心男厕所里的同事出来撞见我,我立马开门往外跑。男厕所里的人听到我要开门出去,赶紧叫住我:"金朵。"

"到!"

是李致硕……我欲哭无泪,我是被李致硕点名点习惯了。这声"到",纯粹是上马克思课留下的后遗症。

"歌唱得不错啊!"李致硕隔着门板和我聊天,那是少有的和蔼亲切,"下学期元旦晚会上我跟学校推荐一下,到时候,你去表演节目好了。"

我皮笑肉不笑地假笑:"还是别了,李老师……那个什么,你先忙着,我办公室还有事儿呢!先出去忙了。"

"金朵!"

"还有什么事儿吗?"我心不甘情不愿地停下,"李老师,你要是有什么吩咐,也得先从厕所里出来吧?"

厕所门板后面的李致硕沉默了两秒,突然问:"郑惠是不是告诉你晚上下班的时候,要把厕所的卫生纸换好?"

"是啊!"

李致硕隔着门板跟我耍老板的威风,这也太嚣张了吧!我赌气地说:"我现在就去北面小仓库里待着,不到下班,我绝对不出来!"

我第三次准备离开时,李致硕第三次叫住了我。李致硕收起了威风,音调平淡地问我:"你昨天晚上,是不是忘了把卫生纸换上?"

呃……我的工作是从昨天开始的吗?

好吧,就算我工作上有疏忽,李致硕也没必要在厕所里教育我吧?他是有多不待见我?话一定要隔着门板告诉我?

李致硕下一句话说出口后,我所有的怨气立马烟消云散:"咳!金朵,你带纸巾了吗?带了的话,从门缝递进来一张给我。"

我捂住自己的嘴,竭尽全力不让自己笑出声来。但这实在是太难了,我憋笑憋得肋骨都疼了。

零星的笑意从我的指缝间泻出,在厕所里回荡着形容不出的怪声。直到李致硕不耐烦地再次叫我,我这才艰难地回答他:"李老师,你等会儿,我身上没有带,我这就出去给你取。"

憋住笑从厕所出来,我飞快地往办公室跑。从前台的办公桌上抓了一支粗的黑色记号笔,我飞快地跑回来在白色的门板上写:厕所已坏,请勿使用。

等我写完字,郑惠正好往厕所来。我赶紧上前拦住她,笑说:"郑姐,上厕所?"

"是啊!"郑惠跳过我的肩膀看到门板上的字,笑问,"厕所坏了?"

我猛地点头:"是啊,我刚从里面出来……呃,满地都是便便,

/175

特别恶心人。"

"是吗?"郑惠不甘心地看了一眼,只好无奈地说,"那我去楼下好了……等下回去记得提醒他们一声,说厕所坏了。"

我答得痛快:"哎!好,你去上厕所吧!我帮你告诉他们。"

郑惠跟我道谢,然后忙着下楼去了。我站在厕所门口,尽心尽力地告诉每一个来上厕所的人。时不时地趴在门板上听听,李致硕似乎一直在里面跟客户打电话。

我估计,李致硕肯定在心里把我祖宗八辈儿都骂完了。

大不了被罚刷一个礼拜的男厕所呗……我倒是想看看他,是不是能拉下脸来给其他员工打电话,让别人给他送纸来。

九点一到,大家都开始正式上班。我站在厕所门口,实在是有点儿显眼。担心别人发现李致硕,我特意又跑去办公室拿了胶带。直到把厕所的门板用胶带缠严实,我才安心地回北面仓库蹲着。

九点一刻的时候,郑惠敲敲仓库门问我:"金朵,你今天看到总经理了吗?"

"李老师吗?"我脑袋摇得跟拨浪鼓似的,"没有,没看见……怎么了吗?郑姐为什么这么问?"

"没见到吗?"郑惠略显焦急地说,"哦,来了一份合同,急需总经理签字。我刚才给总经理打电话,他说你知道他在哪儿。所以,我寻思来问问你。"

我又一次地摇头,解释道:"我今天上班以后就来这儿了……李老师今天上班了吗?"

"只看到包和车钥匙了,人我倒是没看见。"郑惠略微皱眉,低头看了看手表,"行,那你忙吧!我先走了,我再去打电话问问。"

"好。"

郑惠刚关上门,我就火急火燎地从椅子上站了起来。因为起来得太着急,一不小心还撞到了架子上放的卫生纸。在帮与不帮李致硕之间,我来回地挣扎。

要是去帮了,实在是有点儿灭自己威风。

但要是不帮,万一再耽误李致硕的生意……

我急得抓耳挠腮,完全拿不定主意。我犹豫着要不要打电话问问刘楠，可电话拨了一半又被我挂断了。

该怎么跟刘楠说呢？说我把李致硕关进厕所去了吗？

梳的素人丸子头被我抓得乱糟糟的，我还是没想到一个合适的办法。我是又做了一件让人挠头皮的事情啊……

正当我忐忑万分时，仓库门突然被粗暴地打开了。看到门口站着脸色和厕所一样臭的李致硕，我反而镇定下来了。

我知道，我惹了麻烦，而且是很大的麻烦。但是我的心里，一点儿都没有后悔的感觉。即便用我刷一个星期厕所的代价来换李致硕在厕所蹲一早上，我都觉得划算。

菲拉格慕明黄色的西装也照不亮李致硕阴暗的脸，米白色的裤子也缓和不了李致硕暗沉的心情。一生气，李致硕脸瘫得更加厉害。要不是一旁的郑惠开口，我都忘了此时此刻是可以说话的。

郑惠话说得小心翼翼："总经理啊！香蕉厂的老板娘来电话了，他们急需你签解约合同……合同我已经准备好了，要不您先去看看？"

李致硕盯着我看，好半天都没吭声。郑惠鼓起勇气问了两三次，李致硕这才开了尊口："我这就回去。"

走吧走吧走吧！我在心里默默地念叨，赶紧回去当你的老佛爷去吧！

李致硕轻轻地走了，正如李致硕轻轻地来。李致硕挥一挥衣袖，带走了一片金朵："金朵，以后，你去我的办公室。"

"不不不！"我客气地拒绝，"李老师……"

"叫我总经理。"

我特别聪慧通透："总经理，我在这里就挺好的……呵呵，这儿比总经理办公室方便些。晚上下班我拿卫生纸，直接就去厕所换上了。"

李致硕以为我在讽刺他，冷笑着反问："哦？是吗？"

"收拾东西，立刻过来。"李致硕没理会我的话，威严地下着命令，"五分钟之后，我要在我的办公室见到你……你实习的这几天，我要亲自看着你。"

郑惠眼神奇怪地在我和李致硕之间看了看，估计她以为我和李致硕有什么不正当的关系。我还是很喜欢郑惠的,觉得我必须要解释一下……可没用我太忧虑这个问题,李致硕就帮着我解决了。

李致硕走了没多远,不忘回头嘱咐我:"金朵,你去把厕所门上的字给我擦了。"

郑惠的眼神瞬间自然了。

我哀怨地收拾好东西搬去总经理办公室,又哀怨地提着水去擦厕所门上的字迹。虽然办公室里有专门用来清洗这类字迹的清洁剂,可我还是累得腰酸背痛。早知道要自己擦,当初我就不描那么粗了。

李致硕到底是怎么从厕所出来的?我十分好奇这个问题。

以我对李致硕的了解,他属于那种去菜市场都要衣着得体的人。上厕所没拿纸的糗态,他肯定不会让下属看到的。而我把厕所缠得那么严实,一般人应该也不会在这儿上厕所……

难道说,李致硕是用领带将就的?

我正想得高兴,兜头一盆凉水顺着我的脑袋浇了下来。我受了惊吓,闭着眼睛往后跳。一没留神撞开了门板,整个人摔在了厕所地上。

"谁啊!"我情绪激动声音高得有点儿控制不住,"蔡月琴?你疯了吧!好好的,你拿水泼我干什么?你有病吧!"

蔡月琴对我的愤怒视而不见,蛮横地将倒空的水桶丢在地上,说:"我泼你干吗?金朵!你给我老实说,你是不是勾引李致硕了?"

一瞬间,我所有情绪一起爆发,揪着蔡月琴的领子拉她进厕所。插上厕所门,愤怒地揍了她一顿。

虽然站在蔡月琴旁边我显得无比娇小,但我打人也不含糊。我多年的打架经验,那可不是吹出来的。别说蔡月琴一个女人了,一米八几的汉子我都打过。

蔡月琴号叫了一声,接着跟疯了似的奔过来撞我。地上满是水渍,蔡月琴的力气并没有完全用出来。我们两个相互推着,脚上不断地打滑。蔡月琴推着我,我的后腰重重地撞在了水池上。我发狂地抓住她,我们两个一起跌在了地上。

混乱中,我揪了蔡月琴的头发一把。这下可好,蔡月琴直接疯狂了:"金朵!你揪我头发!我要你的命!"

"你要我的命?"我也是气糊涂了,"你要得起吗?你来,你来!有本事你打死我!"

蔡月琴气得满脸通红,她头发蓬松散乱,活像是牛魔王转世。和我在地上滚了一圈后,蔡月琴的衣服上布着不规则的水渍……而我比她好不到哪儿去,浑身都是蔡月琴浇的臭水,头发更被抓得像鸡窝。我身上的衬衫扣子被扯开,裙子皱巴巴的。

我们两个都气喘吁吁的,谁也不肯相让。办公室的人都以为厕所坏了,所以也没人来打扰我们。歇歇停停,我和蔡月琴撕缠着打了二十多分钟。洗手台上的洗手液被我们摔得到处都是,天花板上不断有绿色的膏液往下滴。

"金朵?"

估计是我出来的时间太长,李致硕不放心地派郑惠来叫我。郑惠推开门刚瞄了一眼,"嗖"的一下缩回去跑了。

"哇……"蔡月琴看看自己身上的狼狈样,跌坐在地上号啕大哭,"金朵你个不要脸的!你居然敢打我?你勾引了李致硕!你……你嫉妒我!你还我的貌美如花!"

估计是受肾上腺素的影响,我一点儿没感到身上疼。蔡月琴在地上哭得凄惨,我只是觉得好笑。她常年欺负别人,怎么好意思说自己委屈?

"你们两个干吗呢?"李致硕被郑惠叫来了,踢着地上已经被压碎的塑料桶沉声说道,"你们两个女孩子……在厕所里打架?"

不知道李致硕的重点是想放在我们两个的性别上,还是想放在我俩打架的地点上。可哭疯癫的蔡月琴已经不管李致硕的重点了,毫无仪态地满地撒泼:"李致硕!她打我啊!你看她把我打得!你看看!你看看!这都破皮了呢!李致硕,我好疼!你给我瞧瞧!"

李致硕当了我们半学期的辅导员,对于"小月月"的事迹,应该多少听说过。在我和蔡月琴之间看了好一会儿,李致硕沉默着没说话。

还好李致硕当过我们的辅导员,这要是一般的老板,估计早就让我们拎包滚蛋了。老师对自己学生的胡闹,还是很有忍耐力的。

/179

被蔡月琴号得心烦,我也是真的生气了。也没管李致硕在场,我厉声骂她:"你给我闭嘴!"

"李致硕你看看她呀!"蔡月琴撒娇也像撒泼似的,"你看看你在这儿,她还敢凶人家!"

"你不会好好说话啊?"我抄起水池上的纸抽,骂道,"你要是再这样,我还揍你,你信不信?"

李致硕抓住我高举的手腕,皱眉说:"金朵!你还嫌事情不够乱?是不是?"

"李致硕!你看看她呀!"蔡月琴也真做得出来,爬着过来抱住李致硕的大腿开始委屈地哭,"伯特兰·罗素说的,乞丐并不会嫉妒百万富翁,但是他肯定会嫉妒收入更高的乞丐……金朵是嫉妒我比她漂亮啊!她是嫉妒你喜欢我啊!"

蔡月琴的前半句话还挺深奥哲学范的,但下一句话就彻底暴露了自恋的本性。李致硕眉头皱得更紧了,估计是在想自己什么时候喜欢的蔡月琴。

"金朵,你……"

我怒气冲冲地打断李致硕的话:"我不嫉妒蔡月琴比我漂亮,我也不嫉妒你喜欢她!是啊,蔡月琴学习比我好,她会托洛茨基说会高尔基说会罗素说,我就只会我爸说我妈说楼下超市老板说!但是我告诉你,今天这事儿不怪我!是她先发疯拿水泼我的!"

听蔡月琴哭,我就气不打一处来:"你闭嘴!别哭了!"

蔡月琴像是发泄不满似的,哭得更加大声。

我懒得理她,扯过被李致硕揪住的胳膊,抽着纸抽里的纸擦脸。一边擦脸,我一边说:"不就是把我关小仓库吗?我还求之不得呢!我现在就去,行了吧?"

我丢掉纸巾,整理好衣服出了厕所。一路上,我咬着腮告诉自己:"金朵,你不能哭。你要是哭了,那才叫丢脸呢!你又没打输,有什么好哭的?"

我冷着脸从厕所往仓库走,穿过办公区的时候王静民还好奇地过来问我发生了什么。我谁都没搭理,直接去了小仓库。

小仓库的门一关上,我终于忍不住哭了出来。

虽然是蔡月琴找碴的,但是我在公司动手跟她打架也确实是不太好。可我刚才是真的生气了。蔡月琴泼我水,我都可以不跟她个精神病人计较……但是我告诉我妈妈,我现在是公司的前台,我妈妈晚上还要来接我下班,我要怎么跟她解释这身伤?

说我被人倒了一桶脏水在身上,然后顺便跟人打了一架?

这话,我是怎么都说不出口的。

我正心酸伤感时,蒋小康的电话打了过来。我委屈地接起来,忍不住哭得更加伤心。

"金朵,你怎么了?"蒋小康着急地问我,"王静民刚才给我来电话,说你在公司被小月月欺负了……你没事儿吧?"

我抽噎着,断断续续地跟蒋小康说:"我跟我妈妈说……我在公司特别给她长脸给她争气……我说我是前台,天天都漂漂美美地迎接客人……你说我被打成这样,我要怎么跟我妈妈说……呜……"

蒋小康也还在实习,所以只能小声地跟我打着电话劝我,时不时有同事叫他,他又要去忙一阵。

我不想耽误蒋小康,止住哭声说:"你好好上班吧!你不用管我,我哭会儿就没事儿了。"

"金朵,你中午好好吃点儿饭,不行回家换下衣服。"蒋小康柔声说,"我这边还有点儿事情,我晚上再打给你。"

我没说什么,怏怏地把电话挂了。

电话刚挂断,王静民咋咋呼呼的声音从门口传进来:"李老师?你是来找金朵的吗?你不进去了啊……"

听声音,李致硕不是不进来了,是转身又走了。王静民嘀嘀咕咕地敲门叫我:"金朵,你把门打开,我带你去吃午饭。"

我拉开一点儿门缝往外看:"李致硕来了?"

"来了又走喽!"王静民还算善良,最起码见到我这个样子他没笑出声,"我来的时候李老师就在门口了,估计他在门口有一会儿了吧?"

估计李致硕特别生气,想必他是追上门来骂我的……我没有吃饭的心情:"我要回家一趟,趁着我妈没在家,把衣服换下来。不然我妈晚上来接我,该不开心了。"

/181

"哦，这样。"王静民拍拍胸脯，"那我开车送你回去吧！虽然我的车速度不咋快，但是总比你走路快点儿。"

虽然我家离公司不远，但也不算太近。这一来一回，再加上换衣服吃饭，时间估计来不及。我感动得要命："你午休不休息了？你这送我……谢谢你啊，师兄。"

王静民倒是不以为意地挥挥手："这算什么啊！要是别人知道你打了小月月，估计咱学校想送你回家的人都得排队。尤其是我们男生宿舍的，你是不知道啊，每次小月月经过的时候，我们都得装瞎。"

"别这么说。"知道王静民是想安慰我，我心里依旧很感动，"师兄，还是要谢谢你。"

"金朵，你要是真感谢我的话……把致娜姐的电话给我好了。"

"……"我无语了。

不用自己走回去，我还是挺开心的。包在李致硕的办公室，我只好让王静民帮我去取。我在楼下停车的位置等王静民，没一会儿他就拿着我的包跑出来了。

"李致硕在办公室吗？"不知道为什么，我总觉得有点儿紧张，"你进去取东西，他问你没有？"

王静民摸摸脑袋上的汗，笑着露出满嘴白牙："没有，就郑惠在办公室呢！她说李老师见客户去了……喏，给你包。我先去把车倒出来，你等我一下。"

我盯着手里的包看，也不知道自己心里在想些什么。

王静民刚打开车门迈进去半条腿，我们身后猝然响起了一连串的汽车鸣笛声。

"你们两个干吗去？"李致娜的宝马车横在车道上，她探头出来叫我和王静民，"上车！我带你们两个去吃饭！"

王静民动作快得像兔子，重色轻友说的就是他："哎！好，致娜姐！我这就过来！"

"致娜姐，不用了。"我扯着王静民西装的后尾，摇手拒绝，"我和王静民师兄还有事儿呢！你忙你的，咱们改天再一起吃吧！"

要不是我拉着，估计王静民已经甩开膀子跑过去了……李致娜的饭，我可不敢吃。他们家的人和事儿，我是真惹不起，能躲就躲，能跑就跑。聪明的做法，走为上策。

　　李致娜不管其他，宝马车横在停车场的过道上，她不开谁也走不了。李致娜热情地招呼道："来吧！一起吃个饭。我带着你们两个小朋友，到处逛逛。"

　　"真不用了，致娜姐。"避免王静民瞎胡说，我使劲儿地在后面掐他，"我身上特别脏，上去该把你的车弄脏了……谢谢你了，下回我们再……"

　　"走吧！走吧！"李致娜也不和我再费口舌，直接从车上下来拉我，"怕什么？车脏了，我送去洗就好了。你来我这儿上班，我怎么也得请你吃顿饭不是？"

　　怕弄脏李致娜身上精致的小礼服，我也不敢太大动作。王静民要自觉很多，没用李致娜拉他，他自己跑到副驾驶上坐着去了。

　　"呵呵，你动作倒是挺快的啊！"李致娜开着玩笑说王静民。

　　"我是学校长跑队的，还是游泳队的。"李致娜只是客套话，但是没想到王静民竟然认真了，一板一眼地解释说，"以前运动会的时候，我跑了……"

　　李致娜笑呵呵地听着王静民的光辉成绩，不置可否。

　　时间一长，我能看出来李致娜已经听得很不耐烦了，便好心提醒王静民："师兄，我头有点儿疼，你能安静一会儿吗？"

　　"你头疼啊？"王静民傻乎乎地把车窗往下按了按，"这样好点儿没？你吹吹风。"

　　开完窗户，王静民继续夸赞自己超级棒的体力，我算是彻底被他侃晕。直到下了车，我才发现不对劲："致娜姐，我们来百货商场干什么啊？"

　　"给你换身衣服呗！"李致娜姿势帅气地按上车锁锁车，"下午还要上班……你总不想继续穿这身衣服吧？"

　　"我回家换就好了。"我完全没有自己来大商场的经验，囊中羞涩只好望而却步，"这个……"

　　"走吧！"李致娜今天都不知道跟我说多少次这种话了，拉着我进了商场，笑呵呵地问，"小弟弟，我有点儿渴，你能帮我买点儿喝的吗？"

/183

王静民见表现的机会来了,笑得热情洋溢:"好啊,致娜姐,你想喝什么?我去给你买。"

"奶茶就好了。"

李致娜要从兜里拿钱,王静民立马像模像样地把钱推了回来,都没问我喝什么,转身就跑去给李致娜买奶茶了。

"T大的人都很有意思啊!"李致娜看着王静民的背影发笑,"年轻真好啊,总是那么有活力……上学的时光,还真是让人怀念呢!"

王静民的喜欢,我觉得由我来说不太合适。静静地听着李致娜感叹了一番,我明智地选择闭嘴。

闲话了一阵,李致娜开始聊正题了。拉我去了个王静民不太容易找到的店,李致娜笑着问我:"听说,你昨天把香蕉厂的女老板气解约了?"

呃……李致娜是来找我秋后算账的吗?

我无奈地点点头承认。

李致娜脸上的肌肉稍显扭曲:"你今天,还把李致硕困在厕所了?"

{第八章}
就算世界无童话

Je suis d'accord, mais n'oublie pas

我再次无奈地点点头。

李致娜的神情更加古怪，她问："你在厕所里和女同学打架，还自己把自己关到仓库去了？哈哈哈……"

这次没用我承认，李致娜已经笑得直不起腰来了。

"有那么好笑吗？"我皱眉，"李致硕，不是我想把他困在厕所里的……你别笑了！"

见到李致娜之后，我总觉得自己三十岁的时候就会是她这副样子。虽然气势上不及她，但是我们不管不顾的脾气性格还是很相似的。

显然，李致娜也认为我俩很像，她擦擦眼角笑出的眼泪："我不是笑你，我是觉得咱俩真应该做姐妹……你知道李致硕为什么在厕所里待了那么长时间还没出来吗？"

"为什么啊？"我懵懂地摇头。

"哈哈哈……"李致娜说，"因为他给我打电话，我也没去给他送纸……哈哈哈！"听她说完，我也跟着笑得直不起腰了。

商场里的柜员就这样看着一个贵妇打扮的名媛和一个疯子打扮的少女毫无仪态地站在过道上哈哈大笑。

"你就不担心李老师会生气吗？"我问她。

李致娜反问我："你呢？你就不觉得你们李老师会生气吗？"

我想了想："他应该没那么小气吧？"

"就是。"李致娜很赞同我的话，"他不应该那么小气。"

我歇下笑意，拍拍脸蛋让自己笑紧绷的肌肉松弛。李致娜挽着我继续在商场逛："我说你们李老师没那么小气，可不是开玩笑的……今天中午，就是他让我来找你的。"

太阳打西边出来了："李老师让你来找我干什么啊？"

/185

李致娜一摊手,指着商场说:"让我陪你说说话,让我陪你逛逛街,再让我陪你吃吃饭……简称,三陪。"

"金朵,你别紧张。"李致娜安抚地拍拍我的手背,语重心长地叹了口气,"我可不是因为他是我弟弟就夸他……他人其实挺不错,虽然有时候他说话难听点儿,不过他很会关心人……他挺关心你的。"

李致硕是听到我跟蒋小康说的话了吧?他让李致娜带我出来……他知道我不想让我妈妈晚上接我下班的时候失望,是吗?

"致娜姐,昨天那个香蕉广告的事儿,我不是故意的。"李致硕这样,倒让我不太好意思,"我当时是想为公司解释一下,我真没说什么。那个老板娘自己想多了,结果,她就不高兴了……有没有什么办法去跟她解释解释?"

"你说那个香蕉黄啊?"李致娜调皮地挤挤鼻子,说,"你说的那个老板我认识,她自己爱乱想,以为你在讽刺她。金朵,你不用往心里去,这事儿不怪你。"

哦,原来是这样。

"生意上的事儿有李致硕呢!你安心实习就可以了。"李致娜拎着小洋裙问我,"你看这个粉色的碎花裙好不好看?金朵你还这么年轻,不应该穿这么老气横秋的衣服……我那天说你这件衣服好看,是怕你下不来台。我实话告诉你,你身上这样的套裙,我妈都不穿了。"

我身上脏兮兮的,要不是有李致娜在,估计服务员早把我赶出去了。李致娜太热情,我完全无力招架。无论我怎么推拒,她都不肯答应。最后李致娜一叉腰,佯装生气地说:"金朵,你不会要我给你穿吧?打架,你可打不过我。"

"好吧……"事已至此,我只好接过裙子,"我试试。"

换好裙子出来,李致娜已经付好钱了。

李致娜真心实意地说:"金朵,我的一点儿心意,你一定要收下……我真的很感谢你,哪怕你不能和我弟弟在一起。就这几天,你能陪陪他,让他高兴一点儿,我和我舅舅就很知足了。"

果然哪果然,他们一家子人是狼狈为奸狐假虎威……要是别的事儿,我收她条裙子也没什么要紧。但李致娜一直想让我去给李致硕"续弦"，而我明知她的意思还收她的裙子，事情性质就变了。

我照实跟李致娜说了自己的想法，说裙子我自己买就好。李致娜虽然有点儿失望，却还是对我的做法表示尊重："那好吧，既然你坚持的话……我请你吃饭总是可以的吧？"

想起裙子的价格，我心疼得都要哭了。而买完奶茶一直没找到我们的王静民，急得也要哭了。最后还是我们用大喇叭在商场广播，这才找到他。

"怎么没带手机？"李致娜关切地问，"饿了吧？去吃饭吧！"

王静民情绪特别激动，他的黑脸一直都是红的。吃饭的时候，王静民挨着李致娜坐，嘘寒问暖得不是添水就是夹菜，关怀备至的行为，连旁边桌的食客都感动了："你看这姐弟俩，感情是真好啊！"

我忍住笑意，王静民稍显苦恼。

买过衣服吃过饭，李致娜开车带我们回公司。李致娜刚停好车，王静民赶紧掏出纸笔："致娜姐，你能把你的电话告诉我吗？以后我有不懂的地方，希望能打电话请教你。"

李致娜估计早就明白王静民的意思了，不过她不想理会一直在装傻……现在王静民主动提到电话了，她也不回避了："金朵，你能先下车吗？我有点儿话，想问问你师兄。"

我看看李致娜，又看看王静民。王静民已经等不及了，催促道："金朵，你先下去！"

"好吧……"

我拿着脏衣服，一边往外走一边看着裙子标签上的价格……欲哭无泪，早知道这么贵，我干脆装傻充愣收着好了。

装什么清高不差钱啊？买这么贵的裙子，我妈回家真的不会打死我吗？

我可怜兮兮地对着裙子自怨自艾，王静民没多久垂头丧气地从车上下来。我收起自己糟糕的心情，问他："怎么了？"

"她说……"王静民提了一口气，这才说出话，"她说，她不喜欢小弟弟。"

意料之中的。

"哎，想点儿高兴的吧！"我拍拍王静民的肩膀，"天涯何处

/187

无芳草……当初我追蒋小康的时候,你也这么劝过我来着。"

"我说过这种话?"王静民眼神哀戚地看着我。

我点头:"是啊,我能骗你吗?"

王静民重重地呼了口气:"我居然说这么不腰疼的话?"

"你劝得还是挺实际的,"我劝道,"其实我觉得你……"

王静民握紧拳头给自己打气:"我觉得我还是努力得不够啊……"

我:"……"

我和王静民各怀心事地往楼上走,意外地,办公室里的同事竟然都在外面大厅站着。

"怎么了?"我挤上前去,好奇地问郑惠,"大家怎么都在外面?"

郑惠无奈地指了指办公室里面,小声地对我说:"总经理的麻烦来了。"

我第一反应是我又给李致硕惹祸了:"小月月她……她发疯了?"

"小月月是谁?"郑惠好奇地问。

蔡月琴的事儿算T大的家丑,不足对外人道……我好奇地往玻璃门里看了看:"总经理的麻烦是什么啊?"

"我偷偷告诉你哈。"郑惠拉我到一边,小声地说,"你知道吗,总经理的未婚妻脑子有点儿不好使……总经理为了能和她结婚,费了很大很大的力气。"

我不明白:"结婚而已,为啥要费很大很大的力气?"

郑惠再次拉近我们的距离,声音压得更低:"我刚才不是说了嘛,总经理未婚妻的脑子不好使,所以他们两个结婚,法律是不认可的……听说前两年的时候,总经理带着他未婚妻去注册过了,但是未婚妻的娘家人不干呀!又是打官司又是闹,最后法院判定女方精神失常,婚姻无效。"

可怜的李致硕……

"屋子里的是总经理的未婚妻吗?"我不甘心地踮脚往里看,"用不用我们进去帮忙?"

郑惠指指站在大厅里的同事们,说:"不用,不是总经理的未婚妻。总经理轻易不带他的未婚妻来……是他未婚妻的哥哥,小痞子一个。每次来不是调戏女员工就是管总经理要钱,你是不知道,回回都是狮子大开口啊!不是五万就是十万,唉,总经理未婚妻的娘家人都把总经理当提款机了,七大姑八大姨经常来。"

"同事们都挺喜欢总经理的,怕他难堪,所以我们都自发出来了。"郑惠叹了口气,"总经理也是够不容易的了,公司天天这么多事儿忙,回家还要照顾未婚妻,时不时还要应付未婚妻娘家人……"

正说话间,公司的大门被猛地拉开了,一个不仅长得像痞子气质更像痞子的男人气呼呼地从里面出来:"李致硕,你抓紧把我妹妹接走,否则的话,我这辈子都不让你见到她,你信不信?"

"我信,我非常信。"李致硕换了一身中规中矩的黑西装,"我也还是那个条件,让我和飞晓结婚,我就把她接回来,不然的话,一切免谈。"

"结婚可以啊,你怎么也要拿出点儿诚意不是?"燕飞晓的哥哥挠挠下巴,"你的诚意到位了,我爸妈自然会同意。我这个当哥哥的,也没什么话说。"

当着大家的面,李致硕也没办法说太多。燕飞晓的哥哥不依不饶咄咄逼人:"你看,你要是跟我妹妹结婚了,我就是你的大舅哥。我现在没了工作,你是不是得想办法安排一下?"

李致硕平静地问:"你想来我的公司上班?"

燕飞晓的哥哥名声在外,公司内外一片哗然,有女员工露出嫌弃的表情,估计是以前被燕飞晓的哥哥欺负过。

"不,你的小破公司,我能看得上?"燕飞晓的哥哥胃口很大,"你爷爷在本市不是挺牛?你找你爷爷,让他给我在本市安排个工作……到时候我这个大舅哥有能力了,你做妹夫的脸上也有光不是?"

李致硕话说得狠绝,一点儿余地都没留:"燕飞来,这事儿以后不用再问我了。我跟你说过很多次了,你不用惦记我家里的那几个亲戚,我和他们已经彻底断绝关系了。"

"你少吹牛!"燕飞来骂骂咧咧的,"你当我傻吗?没有你姐姐和你舅舅支持,你能开起来公司?没有你家亲戚暗箱操作帮你的忙,你还当总经理?你没事儿玩去吧!"

燕飞来话说得极其难听,但是李致硕像傻了似的一再忍耐。

/189

有些人喜欢得寸进尺蹬鼻子上脸，燕飞来就属于这种人。李致硕的忍耐被看成懦弱，燕飞来变得更加肆无忌惮，走到郑惠面前，用手钩起郑惠的下巴，无耻地说："小娘们儿，你是不是在办公室里把你们总经理伺候好了？"

　　"你胡说八道什么呢！"郑惠气冲冲地推开燕飞来，"请你把嘴巴放尊重点儿！我看在总经理的面子上，我才……"

　　"你才怎么样？"燕飞来拉着郑惠的脖领子，冷笑道，"你们总经理都不敢怎么样我，你能……"

　　场面吵吵闹闹的，好像有点儿失控，周围的男同事怕给李致硕惹麻烦，谁都没法太刺激燕飞来。而女同事又都太胆小，没有人敢上前……我抄起旁边桌子上一帆风顺的花瓶，大力地将水泼到了燕飞来的脸上。

　　燕飞来丢下手里的郑惠，猛地向我冲来："你他妈拿水泼我的脸？"

　　"你还有脸啊？"我气得爆粗，"我真是长见识了，世界上居然有你这样的人渣……有你这样的哥哥，脸不得丢到朝阳门外去啊！"

　　燕飞来停了下来，气极反笑："你这小娘们儿……呵呵，我说李致硕怎么这几天对我妹妹的态度变得可有可无？原来都是因为你这个小娘们儿啊！"

　　"你这裙子不便宜吧？"燕飞来动手动脚地来扯我的衣服，"小小的员工都能穿上 Dior 了？李致硕给你买的吧？嗯？"

　　王静民气过来要揍他，但是李致硕比王静民还快一步……当着所有员工的面，照着燕飞来的下巴就是狠狠一拳。

　　燕飞来勉强到一米七，比李致硕矮了一头。现在李致硕一拳过去，燕飞来好像又低了几分。

　　没给燕飞来消化第一拳的时间，李致硕的第二拳又跟上。连着三拳过去，燕飞来被打得口鼻流血。燕飞来摇摇晃晃地跌坐在地上，侮辱的话不断："哟，看来我没说错啊！李致硕，你果然在公司里养了小的？"

　　"李致硕，你是不是忘了，你是怎么对待我妹妹的？"燕飞来从地上站起来,"哼,你爽完了,乐完了,我妹妹呢?我妹妹因为你,已经疯了!李致硕……"

看李致硕的拳头又攥紧了,燕飞来识时务地换了话题:"我的要求不过分吧?想要你利用便利找个工作而已……李致硕,只是你爷爷一句话的事儿。"

"滚!"李致硕声音阴得能掐出水来,"燕飞来,你给我滚!以后,不准你来我公司"

燕飞来骂骂咧咧地说着狠话,在职员厌恶的目送下,慢悠悠地进了电梯。

"金朵,你没事儿吧?"王静民过来看我,"他碰到你没有?"

我摇摇头:"我没事儿……郑惠,你呢?我看你脖子上好像红了。"

在我们忙着检查身上的时候,李致硕转身进屋了。

郑惠整理了一下领子,满不在乎地说:"我也没事儿……我们都已经习惯了,那个痞子来一次闹一次,这次还算是好的。"

大家跟着李致硕往办公室里走,我跟在后面小声地问郑惠:"燕飞晓,我是说总经理的未婚妻已经回娘家了吗?"

"好像是,听说前几天被她爸妈接走了。"从郑惠的表情看,她应该也不怎么喜欢燕飞晓的爸妈,"你看她哥浑蛋吧?她爸妈也好不到哪儿去……总经理打电话的时候我偷听到了些,燕飞晓她爸妈应该是看中了市里的一套三居室,想要总经理给买。咱们市中心的房子多贵啊!他们这哪是嫁女儿?卖女儿还差不多!公司正在扩展阶段,总经理手里哪有那么多的钱?"

"然后呢?"

"然后就是你看到的这个样子了呗!"郑惠摊摊手,"燕飞晓她爸妈生拉硬拽地把她从总经理家接走了……你们昨天来实习,总经理刚和她爸妈吵完。要不是致娜姐一直坚持,你们的实习估计也泡汤了……"

我和郑惠看着李致硕的办公室,齐齐叹了口气。

"郑惠!"李致硕的语气听不出好坏,在办公室里叫道,"你过来一下。"

"就来！"郑惠转头对我说，"下午你那个女同学换衣服回来，你可别惹她了啊！现在总经理已经够乱的了……我先过去了。"

鉴于李致硕刚才揍了燕飞来那个浑蛋，我暗自发誓下午一定不惹麻烦。哪怕小月月蹲我脑门上拉屎，我都一个屁不放。

我正想着，李致硕从办公室出来了。

李致硕低着头往外走，谁也没看谁也没瞧。有同事和他打招呼，他的反应也是淡淡的，看不出喜怒。可在李致硕经过我身边时，我还是敏锐地感受到了他眼底那浓厚的愁云。

郑惠小跑着从办公室出来，推了推我说："金朵！你快跟着总经理去！"

我的视线从李致硕的背影上收回来："我跟着他去干吗？"

郑惠急得要命："我就是不知道总经理要干什么去，所以才让你跟着他啊！总经理没拿车钥匙也没拿钱包，他说出去走走……万一，他想不开怎么办？"

"不可能吧？"我觉得李致硕不像不抗打击的人，"他可能就是去散心，我跟着去不太好吧？"

郑惠一本正经地说："我跟总经理一起工作三年了，他情绪不对，我能感觉不出来吗？金朵，你快去吧！我还要帮总经理盯着公司，不能离开……总经理不是说让我给你分配一个不会伤到员工也不会骚扰到客户的工作？你就照顾好总经理就行了，只要总经理今天安安全全回来，你实习报告的总结我给你写一万字的。"

诱惑，十足的诱惑啊……

不过话说回来，我其实也挺担心李致硕的。没用郑惠说太多，我便拿好东西跑下去追李致硕了。

李致硕心情不好，我不能过分刺激他。避免他见到我的脸产生不愉快，我在他身后三十米远的位置静静走着不吭声。

现在是上班时间，金融街上闲逛的人不是很多。李致硕身姿挺拔地在前面走，步速不急不缓。我望着他宽阔的后背，愣愣地出神。

李致硕有一点我十分欣赏，当老师也好当老板也好，他很少会把自己的情绪带到工作里。虽然在学校里他私下整蛊我好几次，却并没有滥用老师的职权。现在李致硕麻烦缠身，仍然没用老板的身份去拿员工撒气……我想，这就是员工和学生喜欢他的原因吧！

尊重平等，是每个阶层每个职业的人都渴望的。而李致硕，恰恰做到了这点。

可能是气压低的原因，李致硕看上去比较难缠，一路上没有人敢发传单给他。而在他后面的我，接了满怀的小广告。开始我还能闲庭信步地跟着李致硕走，可渐渐地，我的两只手有点儿拿不住了。

源源不断的传单塞来，我有点儿拿不了，手一松，怀里的小广告跟泄洪水似的哗啦啦散了一地。环卫大妈挥舞着笤帚跟我嚷嚷："你这丫头怎么回事儿？你都丢地上了，我怎么扫啊！"

"不好意思不好意思！"怕前面的李致硕听到，我立马小声地安抚环卫大妈，"我这就捡起来，我不是故意的，刚才一下没拿住……"

等我把小广告捡完丢了，李致硕也不见了。

"人哪儿去了？"我在商业街上找了好几圈，连李致硕的人影都没看到，"难道回公司了？"

"你找我啊？"

李致硕的声音响起，我想都没想就说："是啊！"

"找我干什么？"在人来人往的大街上，李致硕面无表情地抱臂看着我，"你都跟我五条街了。"

被李致硕说得有点儿不好意思，我反驳道："我才没有跟着你呢！我出来遛跶遛跶而已。"

"是吗？"李致硕对着路边发光的玻璃镜面大楼仰仰下巴，"我都看见了，你从公司一直跟着我到这儿……金朵，你有事儿吗？"

有事儿……可我总不能说郑惠担心他自杀所以派我来当卧底的吧？

"谁说我跟着你了？"我死鸭子嘴硬，"我在公司没有事儿，所以出来逛逛……再说了，咱俩去的地方不一样，我干吗要跟着你？"

李致硕继续面无表情地刨根问底："哦？那你倒是跟我说说，实习期间，你在大街上逛什么？还跟我撒谎……金朵，上午打架的事儿我还没跟你算账呢！"

我讪笑，挠挠脸，说："你当了我半个学期的辅导员了啊！蔡月琴什么样子，你也不是不知道，是吧？她啊，就喜欢胡说八道！

她还常年觉得你喜欢她呢！你说，你喜欢她吗？"

"你也知道蔡月琴喜欢胡说八道啊？"李致硕意有所指皮笑肉不笑地学着我的样子，"既然你都知道，还不明白我为什么说你吗？那种场合，我越说她，她不疯得越厉害吗？"

呃……李致硕说完，我倒觉得是我自己小题大做了。

"李老师……"

"叫总经理。"

"总经理。"我真心实意地道谢，"今天的事儿谢谢你。"

李致硕耸耸肩，说："我是老板，我对员工是有责任的。但你是我的学生，我对你更有义务……员工受伤了，我算个工伤就好了。你要是在我这儿受伤，我可没什么能赔你的。"

我们两个站在商业街中间，实在是有点儿奇怪。李致硕没赶我回去上班，我们两个便沿着街道，静静地往前走。

"李……总经理。"我觉得上次社团活动的事儿，应该正面地解释一下，"老板娘的药，我不是故意不告诉你的。我是没想好怎么跟你说啊！我如果跟你说了，你肯定会不高兴。所以……"

"还老板娘，哈哈。"李致硕盯着自己的鞋尖发笑，"金朵，你都是些什么乱七八糟的称呼？"

李致硕话说得一语双关："你、蔡月琴和王静民，你们三个在我眼里都是小孩儿。你们说的话办的事儿，我都不会放在心里的……虽然大多数时候，你都非常非常气人。"

虽然李致硕的话是对我说的，可我总觉得他是在对我暗示王静民什么……看在王静民刚才帮我的分上，我决定冒着风险帮他问问："总经理，致娜现在有男朋友吗？我听你上次提到她的前夫，她是离婚了吗？"

"是的，我姐姐离婚好多年了。"李致硕没有说得太具体，"她前夫是个'雅渣'，自以为是艺术家，其实就是渣男一个。画几幅破画，常年到处骗女人钱。我姐年轻的时候被他骗苦了，这几年才把离婚手续办利索。"

李致硕和李致娜，姐弟俩也算同病相怜了。一个想离离不了，一个想结结不成。说到底，还真是造化弄人啊！

"总经理,你真不打算接老板娘回来了?"我替李致硕感到惋惜,"我看你大舅哥是记着你这三拳了,他不得来寻仇啊?"

一提到燕飞晓的事儿,李致硕脸上立马又是愁云惨淡。他讽刺无奈地说:"她是被爸妈带回家了,我怎么接她回来?我现在不能轻易松口,我要是去她爸妈那儿一求饶一心软,飞晓的家人估计会变本加厉。

"照顾飞晓,需要的是耐心和爱心。你也看到了啊,飞晓吃不好睡不好心情不好,立马会发病……等着吧!她爸妈没有我有经验,没几天他们就会把飞晓给我送回来的。"

李致硕说这话的时候,有着不易察觉的自豪。我想李致硕应该是自豪的吧!他又高又帅又多金,能够不离不弃照顾自己爱的人……就这份决心和毅力,都不是一般人能做到的。

"燕飞来什么时候来的?"我问。

李致硕想了想:"王静民拿你的包走了之后吧,没多久燕飞来就来了。"

不是……不是说李致硕去见客户了吗?李致硕谎称去见客户是怕我去他办公室取包的时候尴尬,是吗?

我和李致硕对视了一眼,一起笑了。很多事儿,已经心照不宣了。

"李老师,你还没吃饭吧?"总觉得叫总经理别扭,我干脆忽略掉李致硕的话,说,"我带你去我们高中校门口的面馆吃面吧?他家的面,做得那叫一个一流!我每次想起来,都流口水。"

李致硕摇手拒绝:"不,谢谢,我是个过来人,你相信我。那些所谓'记忆里的味道',大部分会让你失望的。只是你现在太小,还理解不了。"

"怎么会呢?"我没大没小地扯着李致硕的胳膊,"去吧!李老师,我请客!"

秉承学校周边面馆卫生都比较一般的"传统",我高中校门口的面馆卫生也相当恶劣。不过面馆胜在好吃又便捷,当之无愧赢得了各届毕业生的一致好评。矫情点儿说,它温饱了我的高中三年。

李致硕比较讲究,他西装最下面的扣子是不扣的。而在他坐下的时候,他总是会先解开西装的全部扣子。坐在油腻污脏的面馆里,高大上的李致硕显得十分格格不入。

我稍显歉意,一边帮李致硕擦面前油腻腻的桌子,一边解释:"你别看他家看着不干净,但做的面特别好吃……小吃嘛,不能在意那些细节。"

李致硕拦住我的动作,笑着说:"金朵,你不用太紧张。我以前在美国上学的时候,吃的垃圾食品比这儿还脏呢!"

"是吗?"我丢开手里的餐纸,瞬间淡定了,"李老师,你喝汽水不?"

面店的老板认识我,笑着过来和我打招呼:"哟,金朵回来了啊?这是带着男朋友回母校看老师?"

这个面可以胡吃,话不能乱说。我一板一眼地纠正面店老板的话:"不,不是回母校看老师,是带老师来吃面。"

"他是你们学校的老师?"面店老板好奇了,"不能啊!你们学校老师我都见过,这位老师新来的?"

我严肃地板起脸来:"是的,所以你要多给加点儿肉……不然他特别小心眼,你得罪了他,他以后不让自己班的学生来你这儿吃面了。"

面店老板被我逗笑:"金朵,交了男朋友就直说呗!还骗我是你的老师……喊,我上面去!"

李致硕一边叹气一边摇头。

面店老板还算给面子,给我和李致硕的面里加了半碗的肉。我掰开筷子,感动得都要哭了……真是业界良心啊!

我其实中午已经吃了不少,但是好不容易来一趟,不吃一碗怎么也说不过去。

可能李致硕说得有道理,有些东西真的只是在记忆里好吃而已。当你千方百计地去找寻记忆里的味道,多数情况下品尝到的也不过是时间的蹉跎和物是人非的荒凉。

我吃得大汗淋漓,连汤都喝没了。李致硕还算给面子,虽然他不太喜欢也还是吃了小半碗。

结账准备走人时,蒋小康的电话打了来。我正打算接电话,李致硕却一把将电话抢走了。

"看在你请我吃面的分上,我给你一个忠告。"李致硕强行挂断了电话,"金朵,我是你的辅导员,我会害你吗?蒋小康的电话,以后你都别接。"

我不明所以,莫名其妙地问:"为啥?蒋小康的电话……为什么不能接?"

"你就听我的话吧,我又不会坑你。"李致硕把手机丢还给我,"具体为什么,你不要问了。金朵你应该了解我,我不是喜欢背后说人坏话的人。"

我不敢大声地说,只能小声地嘀咕:"你哪用背后说人坏话?一般有什么仇,你当面就报了。"

"金朵,你说什么?"李致硕皱眉,"你大点儿声,说出来我听听。"

我立马狗腿地笑:"我没说什么,我说李老师的人品真是当世典范。"

李致硕不信我说的,但是也没有细细深究。酒足饭饱后,李致硕的心情跟着转好。我们两个回到公司,下班时间已过。除了王静民和郑惠,其他人都已经走了。蔡月琴早早就离开了,这避免了我们两个势必不会愉快的碰面。

临走之前,李致硕不忘嘱咐我:"金朵,明天早上你直接来我的办公室。一直到实习完,你都待在那儿。"

我还以为一碗面条能收买李致硕呢:"李老师,我想下到基层学习,充分发挥自己的余热……我能跟王静民一起去市场部吗?我觉得,他们的活儿好像很有趣。"

李致硕笑了一下,接着笑脸立马掉下:"就是因为有趣,所以才不能让你去。你不用在意地点,余热在哪里发挥都是一样的。"

"金朵,你傻不傻啊?"郑惠笑着调侃我,"你在总经理办公室,能学的东西不比在市场部少。总经理是想好好栽培你,这你都不懂?"

栽培我?还是免了吧!跟李致硕那个面瘫在一个办公室,不得无聊死。

可是不管怎么说,李致硕是领导,我是小兵,他说什么,我就得听什么……我和王静民再次打算离开,李致硕又叫住了我:"金朵。"

"怎么了？"我笑眯眯地问他，"李老师还有何指示？"

李致硕撇撇嘴，提醒我说："电话，不要接。"

"电话？"我一开始还没反应过来，"蒋……"

想起王静民还在场，我立马收住声唱道："将将将将……"

"对，将将将将。"李致硕和我打着哑谜，看我听懂了，他笑得很欣慰，"走吧！明天早点儿来，别迟到了。"

我点头，蹦蹦跳跳地跟着王静民离开。王静民好奇地八卦道："你和总经理说什么呢？什么电话啊！"

"就是电话啊！"我装傻充愣，"说了你也不知道，是我俩刚才路上讲的笑话而已。"

"是什么笑话？"王静民特别具有钻研精神，锲而不舍地刨根问底，"说说嘛，让我也笑一笑。"

"不说这个了，"对于王静民这种单细胞生物，还是很好转移话题的，"小月月下午来上班，没发疯吧？"

"她发疯？"王静民哈哈笑，"她哪能啊！为了保持自己的名媛形象，小月月端坐了一下午。她恨不得逮谁跟谁说，金朵是个泼妇。"

我无所谓地耸耸肩："让她说吧……我本来也不是什么淑女啊！"

出了停车场，我就看到了我妈的车停在马路边。和王静民告别后，我跑着拉开车门上车："妈……凌辉？你回来了啊？"

凌辉语气不善地和我打招呼："我回来你不高兴啊？"

我到副驾驶上坐好，笑："你真能闹，你回来，我干吗不高兴？"

"凌辉的爸妈还得在国外待一段时间，凌辉水土不服就先回来了。凌辉暑假要在咱家，朵朵你正好让凌辉给你补习一下英文。"我妈交代完凌辉的事儿，上下打量了我一番，"朵朵，你的衣服怎么换了？你早上穿的那身呢？"

我声情并茂地编着谎话，我妈和凌辉听得十分专注。什么在公司里智斗恶徒燕飞来，什么被燕飞来泼了一身脏水，什么被总经理表彰赠华衣，什么升迁调任……一通谎话扯下来，我说得是口干舌燥，我妈听得是懵懵懂懂。

开始我妈听到我被欺负，还十分不高兴。可后来听说我被调去李致硕的办公室工作，我妈笑得眼睛都眯了。

"干得不错。"我妈喜滋滋地说,"剩下的几天,你好好表现……到时候交流生的事儿……"

又来了又来了……

这次我没表示抗议,凌辉倒是发声了:"姨,出国交流有什么好的?外国的教育也就那样,有的还不如国内呢!"

"你们小孩子懂什么呀!"我妈很有远见地说,"朵朵大学毕业,差不多就该结婚了吧?女人哪,哪有几年是为自己活的?结婚生孩子,大部分时间都是围着家庭转……朵朵趁着年轻,多出去见识见识开阔下眼界,这总归是好的。"

我妈想得可真长远,我还没有男朋友呢,连我生孩子的事儿都想好了。

既然我妈愿意想,那她就想吧!反正我是不会去抢那一千比一的交流名额的,要是能从那里拼杀出来,我恐怕跟小月月也差不多了。

折腾了一天,我累得要命。晚上泡着脚的过程,我就睡着了。等到我妈将我叫醒,已经是第二天天亮了。

我的手机上有二十六个未接电话,都是蒋小康打来的。

没时间理会蒋小康的电话,我慌忙起床洗脸换衣服,拿了面包就往外跑,刚好赶上王静民的车。

"你今天怎么这么晚?"王静民准确对时,"你再晚五分钟,咱俩都要迟到了。"

我嘴里塞着面包,含混不清地说:"起来晚了。"

王静民的电动车开起来,小风凉爽极了。我一边吃着面包一边喝着牛奶,惬意无比。

避开小月月可能出现的范围,我悄悄溜进了李致硕的办公室。因为跑得太急,我的裙子险些被门把手刮开。

即便躲过了走光的危险,可我磕碰的声音还是太大,办公桌前的李致硕不耐烦地抬头,我瞬间看傻了眼。

李致硕坐在窗前的皮椅上,早上的阳光正好,照得他脸颊立体感十足。纯白色的衬衫,黑色的领带,浅灰蓝色的格子西装外套……质感,却并不厚重;时尚,却并不轻佻。

我有些晃神,手上没了轻重,剩下的半盒特仑苏被挤捏着喷洒出来。

本来李致硕是想批评我莽撞的,但在我挤了自己一身牛奶后,他唯剩偷笑声,随即刻意板起脸来,对我招手:"金朵,你过来。"

"啊?"我随意地用手抹掉脸上的牛奶,"李老师,什么事儿啊?"

李致硕站起身,他高大的阴影压在我的脸上。我心跳快得有点儿不正常,脸红得要命。李致硕没多说什么,推着我的肩膀让我在他的座椅上坐下。

办公桌周遭的空气里都是李致硕身上古龙水的味道,我用力地提气,呼吸变得有点儿不稳。

"坐在这里,不准动。"

这到底是做什么,李致硕还是没有说。安排我坐下后,他转身出了办公室。

"他是……"我趴在办公桌上,拍着自己红烫的脸,"怎么了?"

我不明白,完全想不明白。适应了之后,我似乎也没那么害羞了。办公室就我自己在,我放肆地在椅子上转着圈。

"喊,当老板,真是威风嘛!"我指着李致硕办公桌上他和燕飞晓的合影,趾高气扬地"教训","有什么了不起的……你有钱,你别有病啊?看看你,你这脸瘫得……"

门一打开,我做贼心虚猛地从椅子上站了起来。

"坐吧!"李致硕手里拿着一卷灰色的厚胶带,很客气地挥挥手,"金朵,你坐在椅子上。"

"李老师,你不会是……"我被自己脑海中冒出的想法吓到,"你不会想把我绑上吧?"

李致硕走到我面前:"放心,我精神状态很正常。"

那他是想干吗啊?

我再次被李致硕推回到椅子上……接着,李致硕蹲在了我的脚边。

在我诧异的眼神中,李致硕扯开了胶带。胶带拉开的声响让人触目惊心,我闭着眼睛,吓得不敢去看。

胶带扯动的声音一直没停,却没有胶纸粘在身上的触感。我小心翼翼地眯缝眼睛偷瞄……李致硕在我坐的椅子周围,用胶带纸围了个圈出来？！

"李老师？！"我惊讶地问，"你在干吗啊？"

李致硕从地上站起来："金朵，我见识过你上课什么样。一会儿喝水一会儿偷吃零食的……在工作期间，你就老实地待在这个圈里。没有我的指示，你不准从圈里出来。"

"李老师……"我这是被变相软禁了吗？

"哦，对了。"李致硕不忘好心地安慰我，"厕所你还是可以去的。"

"那我现在……"

"一个小时只准去一次，而且去之前要打报告。"阳光下，李致硕笑得那叫一天真无邪。

我刚以为李致硕要转变本性了，他立马又露出资本家的张牙舞爪来。

剥削啊，还能怎么剥削？

压榨啊，还能怎么压榨？

我不断地告诉自己，还有五天，实习生活就要结束了……金朵忍忍，再忍忍。

"李老师，我坐这儿了，你坐哪儿？"我很善解人意，"要不我去搬个椅子，把座位……"

"你管好自己就可以了，不用管我。"李致硕收起办公桌上的文件，转而去一旁的沙发上，"我在这里看，也是一样的。"

不算上次在破楼里的经历，这还是我第一次和李致硕单独待在一起。我坐在椅子上，李致硕靠在沙发里。他看他的文件，我发我的呆，气氛是出乎意料地和谐融洽。

李致硕的大长腿搭在茶几上，不知道他在看什么文件，眉头不断加重。我没有事情做，只好盯着李致硕的睫毛发呆。

可能习惯了李致硕做什么都毫不费力的样子，所以他现在皱眉的表情让我觉得很不适应……我乖巧地举了举手："李老师，我能去厕所吗？"

"嗯？"李致硕从文件中抬起头，表情略有舒缓，"去吧！"

说完，他又一头扎进文件里去了。

蹦着跨过胶带圈，我不知道脑子抽什么筋了，嘴里念念有词地小声说:"金朵风一般的感觉,不走寻常路。"

李致硕没有抬头,却轻笑了一声。

从办公室里出来,郑惠笑着和我打招呼:"金朵,今天的工作还顺利吗?"

"马马虎虎吧!"我有点儿惆怅。

"话说。"郑惠很好奇,"总经理早上让我去找了胶带……他是打算把你的嘴粘上吗?"

李致硕还不如粘上我的嘴呢!粘上嘴,就是说话不太自由。但是现在被画了圈圈,行动和语言双重受限……唉,为啥我有一种生不逢时的感觉?

"蔡月琴还好吗?"我踮着脚往小月月的办公室看了一眼,"她怎么这么安静?一点儿都不像她。"

"那她应该什么样?"郑惠手上整理的动作没停,对我们学校的事情很感兴趣,"她总不能再揍你一顿吧?"

我很中肯地回答她:"不好说。"

"金朵!"李致硕可能听到了我和郑惠的聊天,叫道,"你在外面说什么呢?你在我办公室门口上厕所吗?"

"我就来!"我指指办公室,小声问郑惠,"你跟着李老师工作这么久了,怎么受得了他?"

郑惠手指灵巧地将文件夹在一起:"你说总经理?开始是有点儿受不了……不过我跟在总经理身边,确实学到了不少东西。"

"跟着面瘫能学什么啊?"我开着郑惠的玩笑,"学习面瘫吗?"

郑惠一点儿开玩笑的意思都没有,一本正经地说:"金朵,你看到的都是表面。总经理虽然平时不苟言笑,但他是很有理想的人……你看现在,你是不是觉得公司规模不大?"

不是不大,这明明是很小,好吧?

郑惠严肃得我都有点儿害怕:"你觉得公司规模不大,那是你没见到公司最初的样子。最初建立的时候,只有三个人。"

"三个人?"我想象不出来。

"是啊,三个人。"郑惠也不收拾了,专心地给我讲,"我学历不高,只有中专毕业……毕业后从农村到沿海城市打工,我只能做一些基础的零售类工作。"

因为受到文凭的限制，郑惠的就业机会十分有限。虽然郑惠在行政工作方面有突出的才能，但是很少有用人单位给她体面的工作。

"雇一个大学生才要三千块钱，雇一个中专生同样需要三千块钱。"郑惠又开始忙乎手里的活儿，"一般的老板都觉得，既然一样的价钱，为什么不选个学历高的呢？"

李致硕和别的老板不同，跟学历相比，他更看重员工的能力……郑惠指着一个稍微显老的员工，说："你看到老林没有？就是创意部的总监，最开始的时候全公司就老林、我和总经理三个人。现在公司规模大点儿了，总经理就宏观调控了。以前市场部，都是总经理管的。"

由三个人扩展到现在三十人的规模……我真没看出来，李致硕倒是有点儿韧劲。

郑惠跟我一起去厕所，这样路上她还能多和我聊聊："公司是我们一手办起来的，总经理赚钱不容易，我们比谁都清楚……看着总经理给燕飞晓娘家人钱，我们都替他疼得慌。"

唉，谁说不是呢！

"但是没有办法呀！"郑惠感叹，"总经理太爱他女朋友了……儿女情长，英雄气短啊！"

我回到椅子上坐好，李致硕指着腕表说："这趟洗手间你去了半个小时……下一个小时的休息，取消。"

每次都是这样，只要我对李致硕的印象稍微好转一点儿，他便会立马换上刻薄的嘴脸，打破我投射在他身上的全部幻想……我冲着李致硕的背影吐舌头，嘀咕道："喊，什么人哪！丑陋的资本家！"

阳光照射进来，晒得我后背发烫。我在椅子上坐不住，总是忍不住动。我一动，椅子零部件摩擦的声音就吵得李致硕皱眉。

我后来实在忍耐不住，礼貌地问他："李老师，我能站起来遛跶遛跶吗？"

"不行。"李致硕头不抬眼不睁地拒绝我。

想遛跶的念头一旦蹦出，便再也按压不住。隔了五分钟之后，我又问："李老师，我能站起来遛跶遛跶吗？"

/203

我很好，只是忘不掉

李致硕淡定地翻着 A4 文件纸："不能。"

我难受得抓耳挠腮，脑袋无力地垂在了办公桌上。

"金朵，你看过《傲慢与偏见》吗？"李致硕一边翻着文件一边对我说，"里面的伊丽莎白……"

我很诚实地打断李致硕的话："我没看过，我不清楚。"

李致硕微微挑高眉毛，又说："《飘》你总看过吧？里面的……"

"这个我听过，很有名的。"我嘿嘿讪笑，"但是书的话，我也没看过。"

李致硕可能是想缓解一下我的无聊，所以才找空和我聊聊名著类的书籍……但是接连两次挫败后，李致硕彻底无奈："没事儿了，你继续待着吧！"

隔了一段时间，想不明白的李致硕回头问我："金朵，你现在是大学，天天不看书，还天天不上课……金朵，你的时间被狗吃了吗？"

李致硕说话可真难听，我及时纠正他的错误观念："谁说的？我每天都有好多事儿要做好吧？我要看漫画，要追电视剧连载……有时候也会看看书，但是爱情类的书籍很少会看。"

"为什么？"李致硕倒是觉得好奇了，"你别看我大姐成天嘻嘻哈哈，她像你这个年纪时还是很梦幻少女心的。琼瑶和镜水的言情书，她都很喜欢看……要不是这样，她也不会被前夫骗了。"

"琼瑶我也听过……"我跟答不上测验题的学生一样，羞得脸都红了，"但是李老师，你说的镜水是谁啊？"

李致硕叹息着揉眉："唉，代沟。"

办公室里很安静，我又被晒得浑身发热。李致硕翻看文件的声音好像催眠曲，没多一会儿，我便开始昏昏欲睡。实木材质的办公桌虽然有点儿硬，可这并不影响我的睡眠质量。我趴在上面，很快进入了梦乡。

我不但睡着了，而且还做梦了。外面办公室总有人说话，我的梦境和现实傻傻分不清。一会儿我梦到刘楠来李致硕公司实习了，一会儿又梦到蒋小康给我送午饭……梦境变换，我又梦到李致硕一下下敲着我的脑袋。

/204

梦里我问他，谁让你敲我脑袋的？

我是你的老师，你的脑袋我想敲就敲。李致硕在我梦里笑得特别邪恶，边敲还边让我听，金朵，你听听，你的脑袋是空的呢！

即便是做梦，我也要为我的智商讨个说法。我气呼呼地推开李致硕，自己敲着脑袋给他听。李致硕在发笑，我还有点儿得意，你瞧瞧，谁说我脑袋是空的？

我被自己的机智笑醒了，可是李致硕不厌其烦的打扰并没有消失。我揉揉眼睛，定睛一看……离我五米的位置，李致硕正拿着废纸团不断地丢我。

"你干吗啊？"我揉揉下巴，结果摸了满手的口水，"节能减排，低碳环保，你不知道吗？干吗拿纸团丢我？"

李致硕深吸口气，敲敲桌子边缘说："金朵，我看给你画圈没用啊。我是不是得拿塑料袋把你装起来？这样你才能不添乱？睡觉打瞌睡……你当我在给你补'马哲'课程是吗？"

呃，在办公室睡觉，确实是我不对……突然，桌子上的相框玻璃里映照出让我意外的一幕，我赶紧叫道："李老师！你快看！对面楼边上站着的那个女人，是不是蔡月琴啊？

我就说嘛，小月月不来个一哭二闹三上吊平息自己的怒火，那还能叫小月月吗？

李致硕一边用纸团擦着我蹭在他身上的口水，一边走到窗户边上往外看："蔡月琴站在那里干吗啊？也太危险了。"

作为一个长期照顾精神病患者的人，李致硕竟然一点儿警觉性都没有。我提醒着说："这还看不出来？她这是打算跳楼啊！"

顾不得其他，我拉着李致硕就往对面天台跑。楼里有好多家小公司，陆陆续续有人发现天台上的小月月。等到我和李致硕赶到天台的时候，楼顶已经围了不少人。

"蔡月琴，你干什么呢？"我站在不远处叫她，"你在那儿太危险了！你回来啊！"

蔡月琴的眼前是蓝天白云，她满脸的庄严肃穆："我已经深深厌恶这个世界了……连深爱我的人都离我而去了，我活着还有什么意思？"

/205

呃，深爱她的人……小月月是指李致硕吗？

我回头看了李致硕一眼，李致硕的表情跟吞苍蝇屎似的难受。其他人不知道发生了什么事情，也没有人敢插话。我清了清嗓子，只好把李致硕推在前面："月琴啊！你先下来，有什么事儿，咱们下来说……做人嘛，最重要的就是开心……"

蔡月琴脱下鞋，猛地回身用鞋丢我："金朵，你少在这儿猫哭耗子了！我的事儿，用不着你管！"

"我不管我不管，我就是随便说说。"我摊开手，试图放松蔡月琴的紧张感，"月琴啊，你想想你的父母，想想养育你的政府，想想党和国家……"

李致硕忍受不了我的说辞，赶紧打断我的话："金朵，你这是劝她呢还是逼她？提那么多伤感的事儿，你这不是推着她跳楼吗？"

"你行你来啊！"我一拍脑袋，想起来了，"李老师，你以前不是学心理学的吗？现在正好用得上啊！"

虽然我不觉得李致硕那张面瘫脸能给人什么安慰，但是鉴于他大学响亮的招牌以及蔡月琴对他脸蛋的痴迷程度……应该会比我说的那些管用吧？

事实上，这不是蔡月琴第一次闹自杀了。大一下半学期，因为蔡月琴的系花室友坐了她的椅子，她就扬言要从宿舍楼上跳下去，闹得又是校长又是警察，来了不少的人说劝，最后在系花室友声泪俱下地道歉求饶后，蔡月琴才勉为其难地放弃了自杀。

蔡月琴不死了，校长很开心。蔡月琴不死了，我们学生很忧心。以蔡月琴的性格，她完全能干出分尸下毒迫害室友的事儿……那段时间，宿舍楼里的女生见到蔡月琴都是掉头就跑。

而现在，我很怕蔡月琴以死相逼让我下跪跟她道歉。她要是开口了，人命关天，我想不跪都难。

不过好在有李致硕挡在前面，我和蔡月琴的小矛盾也就算不得什么了。李致硕都不用说话，光是站在那儿就够让蔡月琴欢喜的了。蔡月琴朗声问李致硕："你喜欢我吗？"

"喜欢。"

李致硕的表情生硬，但是他的语气不像作假。能对着小月月撒这种谎,我对他佩服得五体投地。

"呵呵,我就知道你是喜欢我的。"蔡月琴神经兮兮地笑,可她的笑脸马上散去,她又问,"那金朵呢?你喜欢金朵吗?从昨天开始,你就和金朵在一起……你别跟我说,你不喜欢她。"

"喜欢。"李致硕同样一本正经地回答,"我也喜欢金朵。"

我站在一旁,偷偷地瞄了李致硕一眼。虽然知道他是在骗蔡月琴……可我还是不自觉地脸红了。

蔡月琴往地上啐了一口,哭着说:"男人果然都是一个样子,没一个好东西!喜欢我,又喜欢金朵!脚踏两只船,你也不怕天打雷劈!"

别家公司的员工窃窃私语指指点点,后上来的王静民小心地在人群里拉我:"金朵,走吧!你跟我下楼。"

李致硕看到了王静民,又补充说:"蔡月琴,我喜欢你,也喜欢金朵,还喜欢王静民……T大的学生,我都是一样喜欢。我当老师的时间并不太多,可实事求是地讲,我很喜欢老师这个职业。"

"在T大的日子,是我这几年来最无忧无虑的时光。教书备课,和学生嬉笑打闹。"李致硕的话说得真挚又感人,"不用为生活烦恼,不必为生计操劳……我羡慕你们的校园生活,羡慕你们的年幼无知。你们可以为了丁点儿小事儿欢欣鼓舞,也可以为了芝麻大的苦恼伤心流泪……不像大人这样,有天大的压力都要自己全力承担。"

李致硕是在劝蔡月琴,可他反而将在场的人全都说伤感了。好像是配合一般,李致硕的话说完,有人惆怅地叹了口气。

"蔡月琴,你是个聪明的学生,我一直非常欣赏你。"李致硕继续说道,"有那么多人羡慕你喜欢你,你干吗要死?聪明的人不应该去做傻事儿。抛弃自己本应该珍视的,是笨蛋才会去做呢……蔡月琴,你是笨蛋吗?"

蔡月琴傲气十足地仰起脖子:"我才不是呢!"

"老师也知道你不是。"李致硕笑得浮夸,对着蔡月琴伸手,"来,你小心点儿下来,我扶着你!"

蔡月琴本来也不是真的要死,不过是想要给自己昨天挨揍找面子而已。现在李致硕给足了她面子,她再不下来就是傻瓜……蔡月

/207

琴不是傻瓜，有便宜她才不会错过。

当着所有人的面，蔡月琴猛地抓住李致硕的手。在众人呆愣的目光中，蔡月琴踮着脚就要往李致硕的脸上亲。

李致硕找准了蔡月琴的命门，知道怎么把话说得婉转又动听。可他什么都算对了，唯一算错的，就是低估了蔡月琴发疯的程度。

你无法理解那些给室友下毒的人是什么心理，你也同样很难理解蔡月琴的思维模式，用看待正常人的眼光去看蔡月琴，注定是要吃亏的。

李致硕是真的受了惊吓，猝不及防地转身往后躲。天台的边缘太危险，我们旁边人都为他们两个捏了一把冷汗。

在李致硕被蔡月琴追得险些摔倒的刹那，我及时对李致硕伸出了援手……我援手伸得很及时，不仅李致硕摔倒了，拉住他的我也同样被蔡月琴撞翻在地。

众目睽睽之下，我们三个人跟叠罗汉一般跌在了一起。

不过比较凄惨的是，我是最下面垫底儿的那个。

我在最下面，李致硕被夹在了中间，蔡月琴趴在李致硕的后背上，跟八爪鱼似的不断想要将李致硕翻过身来。

幸好李致硕用胳膊撑在我身体两侧，这才避免了我被他们两个人压吐血。我仰面朝天地躺在地上，李致硕整张脸都罩在我的上方，尴尬极了。

"李老师……"我一说话，嘴唇总是若有似无地碰到李致硕的脸。虽然没有镜子，可我还是能感觉自己脸红得要命，"你能起来吗？"

"行。"李致硕话说得特别用力，脸跟我一样红，"金朵，你先等一下。"

"快来帮忙啊！"王静民关键时刻发挥了作用，带着一批男职员将蔡月琴拉了起来，"金朵？你还好吧？你再坚持一下，我马上扶李老师起来。"

"呼……"

李致硕被拉起来后，我长长地舒了口气。我平躺在地上，天台上的天空……比别的地方要湛蓝。

蔡月琴吵吵闹闹的，没亲到李致硕，再次不甘心地号啕大哭起来。

李致硕派郑惠去处理，赶紧将蔡月琴送回家去了。

"金朵？"李致硕脸上还有红粉粉的颜色没退去，他状似无意地问我，"你怎么样？刚才没压坏你吧？"

我跟喝多了酒似的，脑袋昏昏沉沉的。李致硕站在我面前，问了两遍我才反应过来："啊？啊，我没事儿，李老师，你摔坏没有？"

"我也没事儿。"李致硕揉揉胳膊上的肌肉，无奈地叹气，说，"我就跟我舅舅说，学校选拔学生，一定不能光看成绩……不全方位考核学生的素质，最终连累的还是学生……好吧，不管怎么说……"

李致硕走在我旁边，他"忧国忧民"的论调我是一点儿都没听进去，整个人晕乎乎的。

因为蔡月琴的事儿，李致硕一直在忙着给王校长打电话。直到我和王静民去吃饭，李致硕的电话还没打完。

我一直有点儿心不在焉，王静民纳闷地问："金朵，你是不是被蔡月琴吓到了？"

我茫然地摇摇头。

王静民继续追问："金朵，你是不是和蒋小康……"

"王静民，你每次见到李致娜的时候，都有什么感觉？"我突然问他。

"我啊？"一提到李致娜，王静民瞬间兴奋了，"每次见到致娜姐，我觉得全身的血液都在沸腾。开心啊，还不知道为什么开心……你问这个干吗？"

"好奇啊！我在想，恋爱到底是什么感觉。"

王静民大大咧咧地拍拍我的肩膀："恋爱什么感觉，你能不知道？你没谈过恋爱，还没喜欢过人吗？喜欢蒋小康的时候，你是什么感觉？"

喜欢蒋小康的时候……那是一种很单纯很肤浅的喜欢，因为蒋小康长得好看，所以我喜欢他；因为蒋小康篮球打得好，所以我喜欢他；因为想让蒋小康为我铺床铺，所以我喜欢他。

我喜欢蒋小康，我能找出一百条理由。我不喜欢蒋小康，我同样能找出一百条理由。

与其说这是恋爱的感觉，还不如说是一种对自我视觉上的满足。

而今天和李致硕身体触碰时的感觉……我找不出任何理由，但我依旧觉得自己很喜欢和李致硕的触碰。

很喜欢很喜欢，比喜欢蒋小康，还要喜欢，甚至有点儿贪念。

王静民当我是抽风，继续吃他的饭。我低头扒拉着碗里的饭菜，继续想着深奥的哲学问题。

下午回到公司，在进李致硕办公室前我伸手揉了揉心脏的位置，脑海中毫无预兆地蹦出一个词儿……骚动。

是谁唱的，得不到的永远在骚动，被宠爱的都有恃无恐。

至理名言。

"李老师，你吃过饭了没有？"走进办公室，我强打起精神和李致硕打招呼，"王校长说没说怎么解决蔡月琴的事儿？我和蔡月琴打架的事儿……你不会跟校长报告吧？"

李致硕没有规律地转动着椅子，耸耸肩："还能怎么解决？打击批评为辅，思想教育为主……你就不劳烦校长了，我自己教育就可以了。"

也是，机制和体制都制伏不了小月月，找校长也是难为人。

李致硕换了一身干净的黑色西装，下午又开始忙。在准备开始工作之前，李致硕很善解人意地说："金朵，刚才你受了惊吓……今天情况特殊，我可以放你假。"

在这之前，我是十分厌恶上班的。上班按时按点束缚人不说，还总是毫无防备地被李致硕骂……可经历过刚才的事情，我似乎热爱起实习来了。

"没事儿，我好得很。"我拿着实习报告翻看，"李老师，你忙你的，我正好把实习报告和心得写了。"

李致硕一边整理着文件一边笑着说："如果你照实写出来的话，你的实习报告一定是全校最精彩的。"

我满怀希冀："我能照实写出来吗？"

"当然不能。"李致硕答得流畅。

不知道是上午睡够了，还是我真的受了惊吓。下午本该倦意十足的午后，我却精神百倍。李致硕看着他的文件，我看着我的实习报告。时不时地，我偷瞄李致硕两眼，然后又做贼心虚地继续看报告。

金朵，你是怎么了？我小声地在心里问自己。

可能……是真的受刺激了吧！我自问自答地想。

接下来的实习时间里，李致硕依旧很忙，除了看文件外，他还要接待好多的厂商和老板。

有的是广告前期问题，有的是广告后期服务。客人在的时候，李致硕会一本正经地端坐在办公桌前。避免客人对地上的胶带圈表示疑问，李致硕总是刻意用身体将其挡住。

客人一走，李致硕立马让开座位给我。

久而久之，我也习惯了。每天一到公司上班，便早早地坐进胶带圈里。经常性地，我会对着胶带圈傻愣愣地发笑。

"我粘的图案不错吧？"李致硕调侃着开我的玩笑，"金朵你要是喜欢的话，这些胶带送你了……需要签名吗？我签给你，我的签名还是很值钱的。"

我红着脸保持沉默。

在没有那些奇奇怪怪的想法之前，我特别喜欢和李致硕抬杠。抬杠不仅仅是一种情绪的反抗，某种程度上说，更是一项有益身心的脑力活动……但意识到自己对李致硕有好感之后，不管李致硕说什么，我都觉得大脑短路不够用。

这样不好，很不好。

反常的不只是我，还有住在我家的凌辉。凌辉这次回来，我就发现他不对劲。日日夜夜，他都安静得跟个三好学生似的，不吵闹不争抢，我说什么是什么。

"你怎么了？"我很担心凌辉的身体健康，"你是不是被玻国的羊肉膻味儿熏傻了？"

凌辉很有性格地躲开我递过去的体温计，沉声说："朵朵姐，我挺好的。"

"你叫我什么？"现在只有我们两个人在，凌辉竟然叫我朵朵姐，"你还说你没傻？"

凌辉没理会我的问题，大步流星地开门出去了。直到吃晚饭时，他才再次回来……整个世界都玄幻了。

蔡月琴被送走了,我和王静民继续在公司里实习。实习的最后一天,李致硕请全公司的人吃饭欢送我们两个。

凭借"好舌头",王静民和市场部的人打得火热。表现良好的他,被破格延长实习期,整个假期他都可以在市场部打工,挣点儿零花钱。

为此,我对李致硕表达了深深的不满:"为什么王静民可以留下挣钱,我却要被送走?这不公平!"

"金朵,你知道你实习期间,我做了多少噩梦吗?"李致硕面无表情地否决我的提议,"我每天晚上做的梦,不是你打碎了水果杯就是烧坏了电水壶……你下学期不是还要补考吗?你抓紧回家复习吧!"

什么人哪……典型的重男轻女。

欢送晚会上,王静民玩得那叫一个开心。他一口一个哥哥姐姐地叫着,逗得全公司的人都很欢乐。我暗自生气,郁闷得和表情匮乏的李致硕坐在一旁。李致硕吃着果盘,我瞪着他……好吧,李致硕完全没拿我当回事儿。

"金朵。"喝高了的王静民凑过来,满嘴酒气地对我说,"你能帮着我把致娜姐叫来吗?我有些话……我有些话想对她说。"

我脸色阴沉地嗑着瓜子儿,怨念十足:"可以啊,不过你要帮我一个忙。"

"什么忙?你尽管吩咐!"王静民喝大了,说话逻辑变得没有主次,"只要能把致娜姐叫来,你就是让我去亲小月月都行!"

"你帮我把李致硕灌醉了……也不用你灌,你不有那么多哥哥姐姐吗?"我拿出电话晃了晃,"你把李致硕灌醉了,我立马给致娜姐打电话。"

王静民也没问太多,风风火火地拉帮结派去灌李致硕了。

李致硕除了脸色冷一点儿外,多数时候是完全没有架子的。王静民还算有号召力,再说又是以欢送名义请的客。大家左一杯右一杯地来敬酒,李致硕也不好过分推辞。

开始,李致硕是全然拒绝的。可随着敬酒人数的增多,李致硕渐渐有点儿抵挡不住。李致硕脸色难看地一杯一杯喝,我偷偷地在心里算计……等到李致硕喝多了,我就想办法让他当众答应让我也留在公司打工。

不去深究自己为什么想留在公司,我就当自己是因为喜欢坐王静民的电动车遛弯。

李致硕喝多之后,我按照约定打给李致娜。听到有热闹,李致娜兴冲冲地点头答应。而此时的王静民已经在灌李致硕酒的过程中醉倒了……王静民喝得比李致硕还要多,吐得眼睛都睁不开了。

反正我是按照约定将李致娜叫来了,至于王静民会不会因为喝多酒而丢脸,那我就顾不得了。我坐到已经喝多的李致硕旁边,小声问他:"李老师……我也想留在公司打工,行吗?"

李致硕没有睁开眼睛,发音懒洋洋的:"不行。"

"我不要工资,我也保证不惹祸。"我认真得不能再认真,虔诚得不能再虔诚了,"李老师,我真的觉得你公司的氛围很好……员工之间没有恶性竞争,大家都跟一家人一样……李老师,你让我留在这儿嘛!"

"不行。"李致硕还是简单的两个字。

"李老师,你喝多了吗?"我伸手在李致硕闭紧的眼前晃了晃,"你真的明白我在说什么吗?"

李致硕火热的手掌一把抓住我的,他皱眉唠叨:"金朵,别闹。"

"我没闹,我说正经的呢!"李致硕掌心的热度烫得我心怦怦跳,我语速稍快地强调,"我是真的很想很想在你的公司打工……李老师,你给我次机会嘛!"

我掌心的温凉让喝多的李致硕很舒服,他是真的喝多了,露出孩子气的笑,把我的手掌放在他的额头上解热,说:"金朵,我也是认真的……我不是什么好人,跟着我,会害死你的。"

"谁说的?"我笑得溜须拍马,"李老师最好了,李老师是我见过最好的……"

我的话刚说了一半,喝多的李致硕突然眼神犀利地抬头看我:"你说我是最好的……金朵,对我的过去,你又了解多少?"

李致硕是真的喝多了,笑起来的样子让我觉得害怕:"金朵,我是个浑蛋,彻头彻尾的浑蛋……你看到燕飞晓的样子了吗?如果不是我，燕飞晓根本不会变成今天这样。"

"燕飞晓家的条件不好，为了见我，她打工攒钱买机票来的美国。"李致硕笑得都要哭了，"我没有责任感，对她爱理不理……我把她自己留在家……她跟我说我房东看她的眼神不对的时候，我应该注意的……可是我……"

"李老师，先别说了。"有好奇的职员已经开始往这边看了，我赶紧往李致硕的嘴里塞橙子皮，"我们还是继续聊我实习打工的事儿吧。"

李致硕难得提自己的事情，要不是碍于环境不对，我真的想好好问一下……李致硕握住我塞橙子皮的手，温热的呼吸都喷在了我的胳膊上。

麻酥的感觉上爬蔓延，我猛地抽回手来。

李致硕从嘴里掏出橙子皮，笑得十分无力。

我不明白，为什么李致娜觉得我能逗笑李致硕是好事儿。因为多数情况下，我都觉得李致硕笑得很难看。虽然李致硕面无表情不说话的时候很骇人，但他的笑……实在是让人很不舒服。

估计是胃里的酒液烧得不舒服，李致硕不断在沙发上翻身。他不再说了，我反而觉得难受。我很好奇，他和燕飞晓之间到底发生了什么事情？

到底是什么事情，能让李致硕如此压抑隐忍？

我认为，李致硕肯定也是很爱燕飞晓的。要是没有爱的成分在里面，我很难想象一个男人能够不离不弃地照顾疯掉的女朋友这么多年，而且还一如既往地坚持着。如果是我的话，恐怕我早就疯掉了。

李致硕爱燕飞晓，爱得我们所有人动容，爱得我们所有人为他惋惜，爱得我们所有人嫉妒。

爱得，让我嫉妒。

"金朵，你在想些什么啊！"我重重地敲了一下自己脑袋，自言自语地小声说，"人家的男朋友，轮得到你嫉妒吗？"

我悄悄回头看了李致硕一眼，KTV昏暗的灯光下，李致硕靠在沙发里的样子……看得我怦然心动。

电视剧里说，爱一个人的感觉就是有了盔甲同时又有了软肋……

而要我说，喜欢一个永远不会喜欢自己的人，是你有了软肋，却再也不会有盔甲。

我胡思乱想的工夫，万众瞩目的李致娜也赶到了。李致娜进了包厢，先是来查看李致硕。见李致硕喝多了，她笑着对我说："金朵，你帮我把我弟弟送到旁边的酒店去呗！"

"啊？"我觉得自己现在的念头很危险，我想都没想立刻拒绝，"致娜姐，你找杨哥他们去吧！我好像……"

"没事儿，你帮我拿着包就可以了。"李致娜二话没说，自己一个人就架起李致硕，"我们两个一起过去，然后再一起回来。"

"不……好吧。"

李致硕跟烫手山芋似的，我得尽量避开他走。自从搞明白自己的心思之后，我巴不得再也见不到李致硕。我现在唯一庆幸的是，好在李致硕刚才没有答应我实习打工的事儿。

我心里是挡也挡不住的惆怅感。我一定是疯了，我为什么要喜欢李致硕？

"金朵？"李致娜叫我，"你从李致硕的钱包里拿出身份证，到前台去给他要个房间。"

"好……"

我避着李致硕也避着李致娜，不知道李致娜是不是察觉出了我的异样，频频地叹气。

李致娜磕磕绊绊地将李致硕抬到酒店房间，把他丢进床里后，赶紧去冰箱里拿矿泉水喝："这浑蛋小子，他不说以后都不喝酒的吗？今天怎么喝多了？"

"大家太热情了，李老师不好意思吧！"我怎么也不能说李致硕是我找王静民灌醉的，"致娜姐，我们过去吗？"

李致娜看得很明白："要去被他们这群人灌酒吗？我们在这儿歇会儿，等下去算账就好了。"

我很听话地坐在李致娜旁边，静静地陪着她看着李致硕。中途蒋小康来过一次电话，我想都没想，直接按掉了。

"金朵，我这两天想了一下。"李致娜误会了我刚才闪躲的意思，解释说，"我是太自私了，为了我弟弟……你是个好姑娘，我不应

/215

该强行把你和我弟弟拴在一起。"

李致娜的想法，我完全能够体会。一边是自己不熟悉的女同学，一边是自己血浓于水的弟弟，李致娜的自私，是人之常情。一个有血有肉的人，都会这么做的。

最开始李致娜说想要我和李致硕在一起时，我并没觉得怎么样。因为我不喜欢李致硕，所以李致硕做什么我都不会往心里去……但是就在刚才，所有的事情都变了。我看李致硕的眼神变了，我也就做不到不掺杂念地待在李致硕身边了。

以前我看李致硕不穿裤子，都没有任何感觉。可现在我只是看着他的侧脸，就心跳得厉害。

李致娜说了好多，我能回应的，只有淡淡的一个字："哦。"

"金朵，你喜欢我弟弟吗？"李致娜还是有点儿不甘心，孤注一掷地握住我的手，问，"你要是喜欢我弟弟的话，我……"

"致娜姐，你说什么呢！"我撒谎连眼睛都不眨，"李老师是有女朋友的人啊！我怎么能喜欢他？他为燕飞晓坚持了那么长时间，需要你这个做姐姐的祝福和支持。"

我鼓起勇气，问："燕飞晓是被李老师的房东……"

李致娜颇为震惊："这个……李致硕告诉你了？"

我摇头："我只是刚才听他说了一点儿，猜的。"

"唉，真是孽缘啊！"李致娜握了握手里的矿泉水瓶，望着天花板，说，"其实当时，是这样的……"

{第九章}
我们不如想象中伟大

事实就是，李致娜没有那么无私，李致硕也没有我想的那么伟大。

李致硕和燕飞晓，和一般的异地恋情侣没有区别。先是同班，后来异地，再后来异国……所有的感情，都只能靠着电信网络来传达。所有的思念，都只能自己默默记下留着见面诉说。

家里刚送李致硕出国的时候，李致硕也试着反抗过。不过最后李致硕的父母答应让他大学毕业后就跟燕飞晓结婚，态度强硬的李致硕便也妥协了。

虽然李致硕不是花花公子，但他毕竟是纨绔子弟。李致娜玩着手里的矿泉水瓶子，颇为沉重地说："美国开放自由，思想自由，性生活也自由。李致硕天天开着跑车在校园里，到处是大波妹，燕飞晓很是不放心。他们两个见不到面，彼此的信任度下降，吵架是必然的。"

"李老师不会偷腥被抓了吧？"我觉得好像不太可能，"他在美国的时候爱上别人了？"

李致娜轻笑："要是那样的话，你觉得李致硕还能尽心尽力地照顾燕飞晓这么多年吗？你还太小，可能不明白。愧疚啊，对男人来说是最一文不值的东西……我得承认，李致硕还是很爱燕飞晓的。"

好吧，我也不认为李致硕是会偷腥的人。

如果不是发生了后来的事情，没准李致硕和燕飞晓异地两年就会分手。但是早有预感的燕飞晓，并不想让原本炽热的感情冷却。攒了一个暑假的打工钱，燕飞晓坐着飞机来了美国。

李致硕那时候也年轻，一点儿都不体贴温柔。在美国生活了两年，李致硕很多习惯理念跟燕飞晓产生了很大的分歧。李致硕还爱着燕飞晓，但是他想不明白问题出在哪里。在李致硕美国住的房子里，

/217

燕飞晓和他每天都吵架。有时候吵得太凶,邻居还会报警。

"李致硕那时候可是吓死我了。"李致娜叹了口气,继续说道,"和燕飞晓吵了架,他就出去喝得醉醺醺的。胃出血,酒精中毒,都有过。他自己在美国,是真的没人管。想怎么样怎么样,无法无天得厉害。"

我低头玩着手指,沉默不语。

"李致硕喝醉了,就打电话问我……姐姐,你说为什么燕飞晓这样?姐姐,你说为什么燕飞晓那样?姐姐……也是不凑巧,那阵子我正好在办离婚的事儿,没能安慰开导好李致硕,这才出了乱子。"

李致硕去同学家打游戏喝酒的日子越来越多,燕飞晓在家哭的时间越来越长……李致硕房东来那天,只有燕飞晓一个人在家。结果,不好的事情就发生了。

顾忌我的年纪,李致娜本不想多提。可在我的坚持下,李致娜终于动摇了,说:"李致硕的房东,是个坏蛋。邻居总报警,警察自然会通知房东。房东看燕飞晓自己在家,得知李致硕不会中途回来,所以他找了几个人……燕飞晓不但被他们侵犯了,还拍了视频。"

燕飞晓在反抗的过程中,打通了李致硕的电话。李致硕误以为燕飞晓是想跟他吵架,想都没想直接挂断了没有接。

不愿意和燕飞晓无休无止地争吵下去,李致硕那一晚上都没有回家。

如果说李致硕不是闹脾气不回家,可能悲剧也就不会发生了。人年长后,总是要为年轻时候欠的债负责任。很多事情,都是阴错阳差造化弄人。

"燕飞晓出事,我是第一个发现的。"李致娜揉揉脸,眼圈有点儿红,"我这辈子,从来没见过这么惨烈的场景……我到的时候,李致硕家门是敞开的,地上都是酒瓶子,燕飞晓什么都没穿,皮肤上都是发黑的青紫,满身的血渍……"

李致娜的声音沙哑:"我看到那样的场景,当时脑子就蒙了。燕飞晓倒是特别镇定,镇定得不正常。我想扶她起来,她只是问我,致娜姐,李致硕回来了吗?"

"李致硕在我后面进屋的,他一进门就跪坐在地上了。"李致娜忍耐多时的眼泪终于掉了下来,"燕飞晓连责怪都没有,语气轻柔和缓地说，李致硕，你回来了？饿不饿？我去煮早饭。"

"我是李致硕的姐姐，李致硕做错了事，我当然要打他。"李致娜控制住情绪，擦擦鼻子，"把燕飞晓送到医院救治时，在病房里，我狠狠地揍了李致硕一顿。李致硕一声不吭，就让我打……可是燕飞晓，一句话都没说。"

不仅李致娜哭了，听到这里，我也忍不住哭了。

"你是个小姑娘，我本来不该跟你说这些的。"李致娜表情纠结，抽噎了一下，"可是我想，女人多了解点儿不是坏事儿。燕飞晓的事儿……你引以为戒吧！无论什么时候，保护自己不受伤害是对的。"

有那么几秒钟，我们两个都没说话。蒋小康的电话又打了过来，我看都没看直接关机了。李致娜看了看我，问："男朋友？"

我摇头："一个学长而已。"

李致娜又叹气："金朵，我真是对不住你……你是个乐观的好姑娘，我不应该把你卷入我家的是是非非。"

我真的很想告诉李致娜，我并不介意被卷入他家的是非。因为有李致硕，我反而觉得卷入进去是件很开心的事儿……可是一想到燕飞晓，我又什么话都说不出来了。我擦干净鼻子里的鼻涕，小声说："哦。"

又坐了一会儿，同事打了电话过来。王静民喝多了耍酒疯，吵着要见李致娜。

"我们回去。"李致娜站起来抱了抱我，"金朵，找一个阳光点儿的男孩子，好好地去谈恋爱吧！"

我嘴里说着好，心里却不这么认为。谈恋爱……我脑子里除了李致硕以外，根本想不起来其他人。

这样的我，要怎么去谈恋爱？

王静民已经喝得没有理智了，满场蹦跶着找致娜姐。好在别人都以为王静民的行为是在搞笑，所以也并未往心里去。

没有等到欢送晚会的最后，我便找借口回家了。李致娜想跟我一起走，可她一直被王静民缠着没法抽身。最后还是郑惠的男朋友开车来接，他们送我回去的。

从KTV出来，我忍不住回头往李致硕住的酒店瞥了一眼。郑惠

/219

奇怪地叫我:"金朵?你干吗呢?喝多啦?怎么不走?"

"可能……"夏天闷热的夜风一吹,我脑袋更是一堆糨糊,"我真是喝多了吧!"

郑惠不懂我的话,笑嘻嘻地拉我上车。郑惠也喝了不少酒,在路上叽叽喳喳地跟男朋友撒娇。郑惠的男朋友脾气很好,郑惠说什么他都只是笑笑。偶尔郑惠玩笑过分了,她男朋友也只是丢下一句"回家收拾你"了事。

我孤孤单单地坐在车后座,觉得异常寂寞空虚冷。我禁不住想起睡在酒店的李致硕,不知道他会不会有这样的感觉……难道真的是我有问题?为什么我活了十八年却不能像郑惠似的简简单单谈个恋爱呢?为什么我不是遇到蒋小康那样的,便是遇到李致硕这样的?

想不通,完全想不通。

我没有带钥匙,给我开门的人是凌辉。我满身的酒气让凌辉皱眉,他沉声说:"金朵,你喝多了?"

"喝了点儿酒,但是没有喝多。"我情绪不高地在玄关处换鞋,问他,"我爸妈呢?怎么就你自己在家?"

"姨跟科室的出去吃饭,姨夫和单位的同事打牌。"凌辉给我倒了杯水,"今天不是周五吗?他们估计都是通宵,明天回来。"

盯着凌辉端来的水看了好一会儿,我难以置信地说:"你给我倒水?"

"是啊!"凌辉满不在乎地回我。

我更加难以置信地问:"你是……在水里下毒了吧?"

凌辉有点儿生气,稍微用力地将水杯放在门口的鞋架上:"你爱喝不喝。"

对嘛,会这样说话的才是凌辉啊……我拿着水杯咕咚咕咚地把水喝干净,踢踏着拖鞋,跑到凌辉旁边坐下。

凌辉跟领导审查工作一般,严肃的表情跟我爸似的:"金朵,你的实习完了?"

"嗯,完了。"

我心情不太好,什么都不想再说了,懒洋洋地往沙发上一靠,和凌辉就这么静静地坐着。

以凌辉和我的关系，我们即便坐着不说话，彼此之间也不会觉得尴尬……不过我总感觉凌辉身上有说不出的别扭："凌辉，你不去睡觉吗？"

"不困。"凌辉打了个哈欠。

"你到底是怎么了？"我奇怪，"这次回来，你就怪怪的……不会因为上次奶茶店的事儿你还生气吧？不至于吧？喂，你不该这么小气的啊！你每次闹我的时候，比这个过分多了，我也从来没说过什么呀！"

"是啊，不至于。"凌辉端坐着，"我怕你自己在这儿无聊，陪你坐一会儿。"

凌辉要是因为我回来晚耽误他睡觉骂我一顿，我还能接受。现在他这样，我真是寝食难安。我同样坐直了身子，上下打量地看了看凌辉："凌辉，你老实告诉我，你是不是在国外受刺激了？"

"不是。"凌辉答得自然。

我不甘心地继续问："那你是被羊肉的膻味儿熏傻了？"

凌辉的语气淡淡的："没有。"

"凌辉，你别吓我啊！"我发现凌辉的问题好像很严重，"你是不是中邪了？你对我这么礼貌，我实在是不太适应。"

凌辉深吸了一口气，咬牙切齿地反问我："金朵，难道你就没觉得，我是变成熟了吗？"

呃，成熟……

我忍住笑意，坦言道："凌辉弟弟啊，成熟这种东西，真的不适合你……我这么说吧！我们的辅导员李致硕你见到了吧？他就算穿着人字拖沙滩裤，我都觉得他很有男人味。但是你？你现在穿上阿玛尼的西装，也顶多算是个穿大人衣服的小孩子。"

男女的思维不同，这直接导致了审美上的差异。男人看男人和女人看男人正如女人看女人男人看女人一样，关注的焦点完全是颠倒的。

不知道凌辉是怎么理解男人成熟这一话题的，但在我看来，男人的成熟不是外在的。成熟的标志需要有一颗强大的内心，有一种宠辱不惊的情怀，有一种不卑不亢的心态……凌辉和李致硕不同，凌辉是阔少爷，没吃过苦没受过穷，他扮成熟，总有一种女人穿着礼服华丽奔跑的感觉，说不出的矫情。

"你就是个小孩子，装哪门子成熟？"我拍拍凌辉的肩膀，起身往屋里走，"早点儿睡吧！别想那么多了……我看你再这样下去，估计跟我们公司的老杨差不多了。你知道吗？老杨特别夸张，还没到三十呢！脑袋上已经六条抬头纹了。"

我越过凌辉往卧室里走，在经过凌辉身边的时候他却突然过来拉我。我脚下没站稳，重重地跌回沙发上。凌辉整个人迅速地伏在我身上，盯着我看得认真："金朵，我不是小孩子了。"

凌辉应该是刚刷完牙没多久，他一说话，满满都是牙膏的薄荷味儿。我们两个离得近，我眼睛斗眼斗得厉害。

我眨眨眼看凌辉，没心没肺地开着玩笑："行，你不是小孩子，你是小弟弟，可以了吧？别闹了，我真要回去睡觉。"

"我不是小孩子，也不是你弟弟。"凌辉表情严肃得我有点儿害怕，"金朵，我凌辉是个男人，跟你没有一点儿血缘关系的男人……是不是太长时间的陪伴已经让你忘了，我根本不是你的弟弟？"

不知道为什么，我突然赶到了前所未有的害怕。我还记得李致娜说过的话和燕飞晓的遭遇，虽然凌辉不至于……我试着去推凌辉，他却加大了攥住我手腕的力度。

"凌辉！你松开我！"我有点儿害怕，喝的那点儿酒都被吓醒了，"咱不闹了，真不闹了……你掐得我太疼了，凌辉！"

我家客厅的吊灯有个灯泡坏了，因为我爸一直没找出时间修，所以它总是一晃一晃的。在忽闪忽闪的灯光下，凌辉的脸色也跟着辨识不清。甚至有那么一刹那，我觉得自己八成是要完蛋了。

好在凌辉没有喝酒，他的理智还在。在我的一再诉求下，凌辉终于松了手。

我一逃开凌辉的桎梏，便撒丫子往卧室里跑。跑到卧室，我想都没想赶紧把门锁插好。担心门锁不牢，我又搬了椅子堵住门。

"这些人都是怎么了？"我坐在椅子上，皱眉嘀咕道，"到底是他们不正常，还是我脑子有病？"

我的世界外人看不懂，外人的想法我同样看不透。我是穷嘚瑟，凌辉是穷折腾。被戳破的凌辉不再继续装成熟大叔范了，第二天又回国外找他爸妈去了。

在茫茫众生中寻一懂我的知己，实在太难得，而一定要选一个出来的话，非刘楠莫属。

刘楠千里迢迢满怀希望地去实习，可等她回来的时候已经被打击得垂头丧气如同败鸡。在实习结束的第五天，我和刘楠相约在医院对面的奶茶店见面。

我倒是要看看，这家奶茶店的蛋挞有多好吃……在尝试过了所有味道的蛋挞后，我终于得出结论。这家奶茶店的蛋挞，估计就是李致硕说的"记忆里的味道"那一类。

"唉……"刘楠一个劲地叹气，"实习这几天，简直是折磨。班长的女朋友天天中午跑来跟班长吃饭。我和班长又不在一个部门，我在后勤他在工地……看来，我们今生是没有缘分了。"

之前我还没领会刘楠的心情，但是自打我察觉出自己喜欢李致硕后，我觉得最懂刘楠的人，恐怕就是我了。

刘楠喜欢班长和我喜欢蒋小康时不一样，而我喜欢李致硕又跟刘楠喜欢班长不一样……刘楠总结，优秀专情自己又喜欢的异性恋男人，往往是别人家的。

别人家的男人你别动，你动来动去也动不明白。历史经验告诉我们，挖墙脚的，往往不是被墙砸死就是被抓去游街。早晚有一天，你企图偷的情，都将成为你欠下的债。唉，这才叫真正的孽缘。

对李致硕，我现在唯一能做的一件事儿就是离他远点儿。能有多远离多远，能避多远避多远。管好自己的春心和大腿，是每个女人该有的操守。

郑惠在假期的时候给我打过一次电话，希望我能回公司打工。我跟郑惠关系不错，她准备给我开个后门："老林他们那儿最近接了一个项目，办公室人手不够，正缺人呢……要不我跟总经理说说，叫你回来吧？"

以前我是求之不得，现在是避之不及："谢谢你了，我还是先不去了……下学期开学要补考好多科，我还得在家复习呢！"

"那好吧！"郑惠咂咂嘴，笑着和我分享了一个八卦，"你那个师兄王静民，我怀疑，他是不是喜欢致娜姐啊？"

这还用怀疑吗？完全就是啊！

见我没说话，郑惠又给我说了一个更加劲爆的八卦："我就觉得不对，致娜姐一来，他眼睛都亮了……而且，上周我和男朋友逛街的时候，我发现致娜姐和王静民一起从市里的四季酒店出来！"

我手里的电话差点儿掉在地上："王静民和致娜姐？他俩去酒店？你没看错吧？"

郑惠信誓旦旦："怎么会看错？王静民那么黑……金朵，这事儿我就告诉你了哈！你可千万别和总经理说。"

告诉李致硕，那简直是死路一条。别说王静民没有活路，通风报信的恐怕也要遭殃……我跟李致硕说？我要怎么和他说？难道要跑到办公室告诉他，他的大姐和他的学生去酒店滚床单了？

反正这话，我是说不出口。

我的恋爱道路十分坎坷，基本上两次都是无疾而终。蒋小康已经让我元气大伤断了胳膊，李致硕更狠，让我连开始的机会都没有。

别人家的男人……这是一个伤感的称谓。

整个暑假，我都因为李致硕而变得心情低落。凌辉走了，我妈所有的精力都放在唠叨我上。不是出国做交流生的事儿，就是抓紧找男朋友的事儿。本来糟糕的心情，变得更加糟糕。

为了躲过我妈的轮番轰炸，我只有提前回学校。

暑假的时候还是有不少家远的同学留校的，虽然人数不是很多，但我总归不至于太孤单。

比较欣慰的是，学校的图书馆还照常开放。每天，我都孜孜不倦地背着书包去图书馆复习。即便看不进去什么，也好过无所事事。

看着图书馆外面绿油油的树木，我内心总是一片茫然。

再次开学后，我大三蒋小康大四。年级的变化意味着，我能胡闹玩笑的时间越来越少。一旦大学毕业，我面临的将是人生第一次失业。

蒋小康有理想有规划，毕业之后有想去的企业……那我呢？

凌辉有钱有闲有后台，毕业之后能去他爸的公司继承家业……

那我呢？

李致硕有目标有行动，坚定不移地奔着和燕飞晓结婚去……那我呢？

回头看了一眼，我见到的是空荡荡的图书馆，以及本不应该出现在图书馆里的李致硕。

破洞牛仔裤，黑色板鞋，简单的白衬衫，怀里抱着大摞的书……李致硕穿得还真像个来上自习的大学生。

李致硕同样看到了我。他刚想上前跟我打招呼，一旁的图书馆女老师便笑着站起来拦住了他："李老师来了啊？这是吃过午饭来看书的？"

李致硕客气地跟图书管理员打招呼："今天你值班？"

李致硕真的只是客气客气，女管理员却拉着他聊了起来。我坐在不远处的椅子上倍感煎熬，不知道该走该留……李致硕为了尽快脱身，笑着打断管理员的话："我学生在那边呢！我先过去，有时间咱们再聊。"

"好啊！"女管理员笑得眼睛都眯起来了，"哎，李老师，我听说你辞职了是吗？教得好好的，为什么不干了呀？你是想……"

女管理员太热情，李致硕又被缠了十分钟。

感受到李致硕的无奈，我很善解人意地叫道："李老师来了啊？我有点儿事儿想问你，你方便过来一下吗？"

"金朵啊！"李致硕配合地装傻，赶紧跟管理员告辞，"我学生叫我呢！我先过去了。"

一贯沉稳的李致硕，步子走得有点儿匆忙。到我坐的桌子前，他长长地舒了口气："金朵，谢谢了。"

"不客气。"我脸有点儿红得不自然，又不知道该说什么好了。

"最近在复习？你还挺用功的，这么早就回学校了……"李致硕一边整理自己手里的书，一边和我闲聊，"下学期的考试准备得怎么样了？"

"还成吧！"有一段时间没见了，我不太清楚该怎么和他交流。李致硕手上动作不停，我没话找话地说，"李老师你来图书馆干吗啊？这都是些……心理学的书？"

/225

李致硕发笑的样子让我心神微动，他语气柔和："我没告诉你吧？飞晓的爸妈，把她送回我家来了。"

　　"哦。"对我来说，这可不是个好消息，"老板娘既然回来了，你怎么没在家里照顾她？"

　　"今天我大姐有时间，在家里帮着照看飞晓。"李致硕应该很开心，并未注意到我的低落，"我想着把心理学的书籍报告都研究一下，兴许能找到开导治疗飞晓的办法。虽然不一定有用，但是不管怎么说……"

　　李致硕开始看书，便不说话了。

　　不想图书管理员经常过来搭话，李致硕勉为其难地和我坐了一张桌子。看书之前，李致硕很正经地警告我不要瞎胡闹……他坐在我旁边，我哪还有胡闹的心思？

　　李致硕忙着看书，我忙着偷瞄他，心里偷偷滋长的喜悦，藏也藏不住。时不时偷瞄李致硕一眼，我嘴角挂着的是压不下的笑意。幸好李致硕看书看得专注，不然他非觉得我精神有问题不可。

　　一天的时间，我书看得是心猿意马。而一天的工夫，李致硕已经研究完了一份纯英文的心理分析报告。

　　我现在的英语水平，完全是在吃高中的老本。在李致硕翻看的报告里，我除了"am""is""a"，基本上都不认识。李致硕居然能为了女朋友研究如此高深的学术课题……学霸的爱情，像我这样的学渣永远不懂。李致硕待在图书馆不走，我也舍不得离开。我安慰自己说，这不算是我有意接近，我们两个属于友好范围内的意外偶遇。

　　不管怎样，我的想法都是自欺欺人的。避免自己一秒钟大姐变小三，我很及时地选择悬崖勒马。

　　可我悬崖勒马得有点儿晚，我准备离开图书馆的时候，外面天已经黑透，图书馆都快闭馆了。

　　"这么晚了？"李致硕看书看得太投入，刚回过神来，"金朵，你上午就来了吧？怎么一直没去吃饭？"

　　男色当前，秀色可餐。即便只是画饼充饥望梅止渴，可效果还算明显。

我摇着头说不饿，李致硕努努嘴没说话。

李致硕停下了看书的动作，图书管理员便找准机会上前搭讪。不习惯女人的热情示好，李致硕几乎是连拉带拽地扯着我出了图书馆："太晚了，我要送我学生回宿舍……王老师，咱们改天再聊啊！"

出了图书馆，我终于忍不住放声大笑。

"李老师，你跑那么快干什么啊？"我故意揶揄着说，"你怕王老师咬你啊？"

李致硕脸色不怎么好看，面无表情地回答我："燕飞晓情绪不稳定，我一般都比较注意自己的行为。燕飞晓情绪好一点儿，我还要送她来T大当辅导员……所以，对T大的老师，我更要谨言慎行一些。"

燕飞晓来当辅导员……李致硕还真是勤勤恳恳孜孜不倦，为了燕飞晓能过上正常人的生活，他也是够卖力的了。

学校放假，到了晚上校园里更是静得发空。李致硕说到做到，抱着书先送我回宿舍。我绞尽脑汁想要找点儿什么来聊，但直到宿舍楼下，我都没想好要说什么。

我正准备和李致硕告辞时，蒋小康的短信又来了。

只是一眼，李致硕便明白了："蒋小康现在，在追你？"

李致硕之前提醒过我，要我别接蒋小康的电话。虽然没有说为什么，可李致硕关心我，我还是很高兴的……我不清楚自己是有心还是无意，耸耸肩说："应该算是吧！"

"那你呢？你怎么回答他？"

我窃喜，脸上却表现得为难："我也不知道该怎么回答他……你知道的，我之前那么喜欢他。"

"我记得。"八成想起了我之前追蒋小康的事儿，李致硕难得露出笑容，"我大姐说得没错，你是个傻姑娘。"

"李老师，我感觉你不太喜欢蒋小康。"我鼓起勇气，壮着胆子问，"你能跟我说说，为什么吗？"

李致硕但笑不语。

知道李致硕不想在背后说人坏话，我婉转地提出："李老师，你可以隐晦地说说嘛！冷嘲热讽和指着秃子骂和尚，这事儿你不是

/227

最拿手？不，你别误会，我的意思是说……"

李致硕哈哈大笑。

我立马改口："我其实是想说，李老师最会透过现象看本质了。"

"不用解释。"李致硕停下笑，淡淡地说，"你说得没错，我确实是很会冷嘲热讽指着秃子骂和尚。"

这是李致硕自己说的，可不是我说的。

"金朵，你有话直说，我也就有话直说了。"李致硕可真是不客气，"你这个人平时总是傻乎乎的，考虑问题单线条，又不爱动脑筋。多数情况下，你的行为都不靠谱，我……"

实在受不了李致硕不留情面的言辞，我赶紧打住他："李老师，我觉得吧，你不用这么直说，你可以委婉一点儿的。"

李致硕可婉约可豪放，拿捏准确收放自如，循循善诱有教无类："金朵，我换一种说法。一个结了婚的男人，每天晚上回家拿手机发短信却从来不打电话……你觉得是为什么？"

为什么……我不明白："因为他喜欢发短信？"

"不，肯定不是。"李致硕分析给我听，"金朵，我是男人。男人的心理简直是太好理解了，你能从他的行为上看到的，多数情况是他心里所想的。"

呃，李致硕还不如直接说呢！他一婉转，我听得更是糊涂了。

李致硕见我一脸茫然，更进一步地解释："为什么当着妻子的面不打电话而是发短信？那是因为他要说的内容不想让妻子听见……金朵，我这么说，你还是听不懂吗？"

"你是说……"我好像明白点儿了，"你是说蒋小康结婚了啊？不可能吧？"

李致硕无奈："金朵，你赢了。想怎么样，你随便吧！我能帮的，也就这么多了……时间不早了，我该回去了。你抓紧上去，等你上去了我再走。"

我磨磨蹭蹭不想离开，但是不走又不行。李致硕不断地看表，又不好意思催我。我咬咬牙狠狠心，最后猛地往楼上冲。

李致硕被我的行为逗笑，我自己却感觉无比心酸。

自从在图书馆偶遇李致硕后，我便爱上了自习。

之前上自习，我是左磨右蹭，不是在床上翻腾到快中午，就是偷懒借口不想去……可得知李致硕会来图书馆后，我天天一大早就赶到图书馆来了。

早早来图书馆的不止我一个，还有管理员王老师。我能很明显地感受到，王老师身上散发着饥渴的春意，甚至连她常年不修边幅的打扮和妆容，也有了些许变化。

"金朵，你们李老师今天会来吗？"每天我到图书馆打卡的时候，王老师都会这么问我。

我不想让她失望，同时我也不想让自己失望："应该吧！"

可是实际上，李致硕只来了图书馆一天。接下来的日子，我们都没有见过他。

我曾经旁敲侧击地问过郑惠有关于李致硕的行踪，郑惠言辞闪烁，说得也是不清不楚。看样子，李致硕也没有去公司。我给王静民打电话，结果他手机一直关机……李致硕，他去哪儿了？

兴致高昂去图书馆，垂头丧气回寝室，我显然掉进了这种恶性循环里。这样的日子持续了一个月后，我整整瘦了十斤。等学生陆陆续续返校，旅游归来的刘楠大为惊讶："金朵？你怎么苦夏苦得这么厉害？"

我笑得无奈，心里暗暗地想。我哪里是苦夏？分明是在苦恋好吧？

假期生活已经让刘楠不适应上学的节奏，她打了个哈欠问我："金朵，有件事儿，你听说了吗？"

我随意地接道："啥事儿？"

刘楠说："听说，燕飞晓还是不能出来工作，这学期，估计还得李致硕老师来当辅导员。"听完，我激动得差点儿从床上掉下去。

不是吧……

"李致硕还来当辅导员？"我不知道是该喜该愁，"他不用照顾燕飞晓了？他不用去上班了？他不用当老板了？"

刘楠耸耸肩："这我就不清楚咯！不过听说李老师的爸妈回来了，李老师的工作应该能轻松不少吧？最起码，燕飞晓有人照顾了啊！"

我和刘楠坐在床边晃荡着腿，好半天谁都没说话。各自想着心事，唯剩下满腔惆怅的青春小烦恼……我忍不住再次想起李致硕，不知道他上大学的时候是怎么个样子。

因为想得太入神，刘楠的电话响起时我们两个都被吓了一跳。刘楠接起电话，问："谁啊……李老师？"

听到是李致硕，我耳朵全竖起来了。我贴在刘楠电话听筒的另一侧，却只能听到刘楠的说话声："我是和金朵在一起啊！你找金朵吗？"

心怦怦地跳，我反复揣度着李致硕会和我说什么……让我失望的是，刘楠用遗憾的语气问："那李老师你有什么事儿吗？"

"啊？"刘楠很惊讶。

"就这事儿啊？"刘楠很不解。

"啊，我知道了。"刘楠挂了电话。

刘楠一挂断电话，我赶紧问她："李致硕找你什么事儿啊？他提到我了？他说什么了？你快点儿说话啊！"

刘楠还没从困惑中解脱出来，难以置信地说："金朵，你能相信吗？李老师打电话给我，就是通知我到阶梯教室开班级会议。"

啊？不是有班长吗？怎么要辅导员通知？

刘楠说不到重点，我急得要命："那他问我干什么啊？"

"他就是问你跟没跟我在一起，让我通知你开会。"刘楠一下一下地咬着指甲，"为什么不是班长通知我，而是李老师通知呢……金朵！你说班长不会是讨厌我了，然后让李老师打电话通知我吧？"

我觉得刘楠的假设完全就是胡扯："班长讨厌你？班长讨厌你的话也不能让辅导员打电话给你啊！是吧？"

"也是……"

刘楠抓得头皮都要破了时，班长的电话也打来了。没有其他特别，跟李致硕通知的内容一样，六点十分土木专业全体去阶梯教室开会。

班长的电话刚挂，蒋小康的电话又跟着来了。

"邪了门了。"刘楠盯着手机屏幕，"怎么都给我打？我这成热线了？"

我见蒋小康的名字就觉得烦:"你接吧!找我就说我去拉屎了。"

"还真是不一样了啊!"刘楠接电话前不忘调侃我几句,"你追蒋小康那时候,拉屎都得说成去吃饭。现在……"

我在洗漱间一边刷牙一边想,真是要感谢凌辉。如果没有凌辉对我的千锤百炼,估计我也很难有现在"宠辱不惊"的作风。

也不知道凌辉怎么样了,他不是太过于频繁地出现就是太过于频繁地不出现……我等下是不是该给凌辉打个电话问候一下?再怎么说我比他大十五天,多少该有点儿姐姐的样子。

东想西想,我毫无意外地想过了时辰。刘楠拉着我一路从寝室狂奔到阶梯教室,却还是晚了。我俩没时间看手机,何佳怡和陈敏慧电话都打疯了。

我和刘楠赶到阶梯教室时,班里同学都笑了。我伸手帮着刘楠把刘海儿放下,心里默念这有啥好笑的。

清爽的海魂条纹上衣也没能映衬出好气色,驼色的布裤子站在黑板前面更多了几分沉重,李致硕稍显疲惫地站在讲台上,还是熟悉的姿势,还是熟悉的味道。

熟悉的感觉让我倍感亲切,温情得甚至有想哭的冲动。

李致硕的脸色一直不太好,见我和刘楠迟到,他并没有说什么,仰仰下巴,示意我们先进去。何佳怡和陈敏慧挥挥手,我和刘楠快速到她们身边坐下。

"这学期,还是我当你们的辅导员。"李致硕嗓子哑得厉害,"说一下这学期的要求,以及重要的事情。拿笔的同学,可以记一下。"

李致硕站在讲台上讲,我趴在桌子上听。自始至终,李致硕的目光都没往我这边看过……这样更好,他不看我,那我就看他。我看他,他也不知道。

看看吧!我忍不住对自己纵容,看看,又不犯法。

因为有交流生的事情,所以整个大三都变得至关重要起来。T大属于国内高等学府,能够去的地方很多。中国香港中国台湾新加坡,英国美国加拿大。想去哪儿就去哪儿,世界的大门对你敞开着。

但是前提是,你的学习要足够好。

"每个学校的考核标准和要求不一样,具体事项老师现在也不清楚。初期，要填写一张报名表。"李致硕轻咳了两声，我的心都跟着揪了下，"10月份收报名表格和报名材料，11月份考试，12月份院校面试……等到明年1月份，学校会公布成绩。"

我前桌的女生叹息着翻动报名表格，小声嘟囔："辅导员这么帅，学校是成心不让我们去交流吧？"

嗯，我觉得前桌女生说的问题极其关键。

我仔细收好表格，说什么也不能让我妈看见。李致硕事情讲得差不多，大家便可以离开了。我饥肠辘辘，抓紧时间往外走……站在班级门口的班长好心地叫我："金朵！蒋小康找你！"

班长的话音刚落，正在往外走的班里同学集体回头看我。我被看得面红耳赤，就差抱头鼠窜了。

"干吗啊！"还是刘楠帮我劈开了重围，"看什么看？有什么好看的？没见过啊！"

李致硕忙着给女同学介绍交流学校的问题，对于同学们的骚动，他头都没抬。

我知道李致硕不喜欢我，但是他的反应也太没有人情味儿了。不管怎么说，我也算是热心帮助过他的学生。虽然我帮助的效果不怎么明显，可我"乐于助师"的精神总归值得表彰吧？

仰天长叹，一把辛酸泪。

蒋小康穿了一身运动服，正站在教室门口对我笑，抬起手上的快餐给我看，我口水流得是眉开眼笑。

"有人追就是好啊！"刘楠无比哀怨地望了望已经淹没在人群中的班长，"洛阳亲友如相问，恨不相逢未嫁时啊！"

我饿得说不出话来，只能拍拍刘楠的肩膀以示安慰。我跟刘楠随着人流刚走到教室门口，正在讲解的李致硕突然回身叫住我："金朵，你等一下再走，我有点儿事要和你说。"

我现在饿得前胸贴后背，李致硕要能等我吃完饭叫我就完美了："李老师，我那个……"

"你等我一会儿。"李致硕直接打断我的话，说，"我马上就好了。"

李致硕这个"马上"，让我等了半个小时。我不忍催促，蒋小康也不好拿吃的进来。等到蒋小康班级要开会了，李致硕才完事儿:"金朵,你过来,我跟你说。"

我提着蒋小康留下的快餐,李致硕笑了。不知道他是真没看到还是假装没看到:"你没吃饭呢?我也没吃呢!正好,你拿着快餐,咱俩边走边聊。"

李致硕一点儿不按照套路出牌,刚才还板着个死人脸,现在又笑呵呵地拉我去食堂吃饭。刘楠比较识时务,说要回寝室收拾东西,先走一步了。只剩下李致硕和提着快餐袋子的我,我们两个慢悠悠地往食堂走。

走在学校的小路上,李致硕不开口,我也不催他。还是李致硕忍不住先问我:"金朵,你和蒋小康在一起了吗?"

我望着天,尽量不去看李致硕,"没有。"

李致硕的眉头皱紧又松开,他点点头,又沉默了。我盯着鞋尖,笑:"李老师,你就想跟我说这个?"

"那倒不是。"李致硕的话还不如不说,"你这学期的补考准考证都在我的办公室,我叫你跟我一起去拿一下。"

我满腔的失望:"哦。"

"金朵。"李致硕看着我,满脸都是人民教师慈爱关心下一代的表情,"出国交流的事儿,你有没有什么想法?"

我觉得这样真心难受:"李老师,咱俩不如还是说说准考证的事儿吧,行吗?"

李致硕略微一愣,轻笑道:"我是不是管得有点儿多了?"

多倒是不多……只是我俩的关系,不适合聊太私人的问题。

可能李致硕也明白,巧妙地把话题转移到别的事儿上:"假期实习被蔡月琴一闹,校方为了安抚她,送她先去当交流生了。"

李致硕话题转移得很成功,他说完以后我就愤怒了:"为什么啊?这也太不公平了吧?学校也太黑了,黑幕!"

"你觉得不公平。"话题成功打开,李致硕顺利主导谈话,"可这个世界上的公平是相对的,不公平是绝对的。很多事情,是不能用常理去考虑的。有一些能争能抢的人,他们势必要在制度外捞到好处……不过这些好处,注定不是长远的。"

我戗着李致硕说:"怎么不长远?我看蔡月琴能有交流机会……

/233

这就很长远啊！"

"你觉得长远，是你看得不长远。"李致硕理智地给我分析，"就算蔡月琴被外校接收去交流，就算她的档案写得很丰满……但是用人单位又不是傻瓜，为什么蔡月琴比学校招生的时间提前半学期？真正花钱雇人的老板，会介意的。"

好吧，李致硕说得好像挺有道理。

在和我分着吃掉了蒋小康买的快餐后，李致硕才进入正题："走吧！去我办公室，我给你取准考证。"

一句话的事儿，折腾了这么久……不过，我却好喜欢李致硕的折腾。

我们正走着，就碰上跑得满脑袋汗的蒋小康，他和李致硕打过招呼后，问："金朵，你和李老师干吗去啊？"

"我去取准考证。"我老实回答。

"那你去吧，我在食堂等你。"蒋小康看我手里的快餐不见了，神情稍显失望，"你取完来找我。"

我想了想："好。"

蒋小康交代完，急着往食堂里走。我旁边的李致硕轻笑一声，话说得稍显狡黠："这个时间去食堂……希望蒋小康能吃到饭吧！"

为啥我觉得，李致硕是故意的呢？

人生嘛，能有什么大不了的。吃饱了饭的我，心情也好了些。天已经彻底黑了，学校一排排的路灯亮起。海风带来凉爽，也带来了李致硕的咳嗽。

李致硕的咳嗽声勾起了我的心疼，我们两个相顾无言地走到辅导员办公室。李致硕一边给我找准考证，一边指指椅子："金朵，你先坐。"

再次回到李致硕的办公室，感触颇深。之前我来这里，总是带着李致硕怎么还不去死的想法。可是现在……我连看李致硕皱眉都不舍得。

李致硕应该是今天刚搬来的，办公桌上堆了不少的书和纸壳箱。东找西找找不到，李致硕一摊手："我忘了夹在哪本书里了。"

"没事儿。"我并不着急，"明天我再来取就好了。"

李致硕更不着急："我无所谓啊……但是金朵，你明天中午好像要考公共基础课程？没有准考证，参加不了考试，你这科要大挂了吧？"

"……"

我深吸口气："你放哪儿了？我自己找吧！"

"可以啊！"李致硕很大方地一摊手，"不过我忘了放在哪里了，要把书都整理了，才能知道。我今天晚上要给学校写一份计划，估计没时间整理了。"

要我收拾书本，就直说嘛！

也是，要是直说了，也就不是李致硕了。

准考证找不到，去教务处补办就好了。可他故意装傻，我也就将计就计："好，我帮你整理。"

李致硕没想到我会这么痛快，指了指屋里提醒："这么多书，都要放到书架上码好……你可以吗？"

"可以啊！"我挽起袖子，"有什么不可以的，这些书是吧？你忙你的吧，我自己来就行。"

李致硕开玩笑："当然你自己来，难道你以为我会帮忙？"

虽然只是句无心的话，我却当真了："当然我自己来，难道你以为我会指望你帮忙？"

李致硕哑口无言。

偶尔看看李致硕吃瘪，其实也挺好的。

李致硕坐在办公桌前写报告，我在一旁给他收拾书。书本纸张翻动的频率和键盘敲响的声音混合，听着无比和谐。除了中途保安检查过一次办公室外，便没有其他了。

"李老师。"我尽量选择措辞，既达到关心的目的又不会显得很暧昧，"你平时都几点睡觉啊？"

李致硕晃晃脖子，他的黑眼圈看着很重："看情况吧，一般没什么事情就睡了。"

"哦。"

"金朵你呢？"李致硕突然咧嘴笑，"你平时都几点睡觉啊？"

被李致硕一问，我瞬间手足无措，手里的书没拿住，"啪"的

/235

一下掉在地上。书里面夹着的照片，慢悠悠地飘了出来。

是李致硕和燕飞晓在游乐场拍的。

"燕飞晓……"我弯腰捡起来，"她以前真漂亮。"

李致硕没说什么，起身过来把我手里的照片抽走："金朵，你好好干你的活。"

"哦。"我点头。

不知道我哪句话又说得他不高兴了，李致硕皱眉："你哦什么哦啊？"

"啊？"我不明白。

"你啊什么啊？"李致硕一向面瘫的脸上有几分不耐烦，"跟个老年人似的……金朵，怎么一个假期回来，你这么听话了？你的精气神哪儿去了？"

我倒是想不听话，但是我不听话了，你以后不再和我说话了，怎么办？

我勉强挤出点儿笑容："你快写吧，我继续找。咱们各忙各的，然后各回各家。"

李致硕欲言又止，终是说："那好吧！你去忙吧！"

看样子李致硕这学期是不打算走了，半面墙的书架被塞得满满当当。从心理学到生理学，从人生到哲学，李致硕看书的范围很广。开始我还打算记几本书名，然后好回去看看。不过到最后，我是记了个乱七八糟。

"要是想看，你来拿就行了。"李致硕脑袋后面跟长了眼睛似的，头不抬眼不睁地说，"我办公室在哪儿，你又不是不知道。"

"哦。"我随口答。

李致硕停了下来："金朵，你要是再和我一个字儿一个字儿地说话，小心我罚你抄校规。"

校规里哪条规定和老师说话必须有层次有节奏的？

鉴于李致硕晚上没睡好脾气不好，我决定先不和他一般见识："好。"

"金朵！"

"好啦！"

李致硕不搭理我，继续写他的计划去了。

一直收拾到晚上十二点，李致硕的那堆书才整理干净。我整理完，李致硕正好也合上电脑："金朵，我送你回寝室。"

"不用了。"我摆手拒绝，"我自己能回去。"

"没事儿，顺路。"李致硕拿上手机和钥匙，"太晚了，你自己回去不安全。"

我很担心："李老师，你把我的准考证放哪儿了？我把所有的书都翻遍了，可是没看到我的准考证啊！"

李致硕一拍脑袋，做恍然大悟状："刚才去洗手间的时候我才发现，你的准考证在我兜里。我最近记性真是太差劲了，转身就给忘了……哦，我记错了，你考试不是明天，是下周日开始。给，你把准考证揣好吧！可别掉了。"

我……我能杀人吗？！

李致硕带着我从办公室出来，学校路灯关得已经差不多了。我叹气抱怨："大晚上关什么灯啊！"在暗的地方，我要是控制不住对着李致硕扑过去怎么办。

"节能减排啊！"李致硕语气轻快，"你跟着我，别摔了。"

"跟着你？"我不满的情绪加重，小声嘀咕，"你当你出来遛我的啊？"

不知道李致硕是不是听到了，他宽宽的肩膀动了动。

因为道路两边没有灯，我走下坡路时不小心崴伤了脚。剩下的路途，我几乎是被李致硕拎着走的。经过校医室的时候，李致硕面无表情地买了药水和纱布塞到我手里，继续面无表情地拎着我往寝室楼走。

幸好有李致硕跟着，不然寝室楼下的管理员大妈怎么也得记我一过。直到我上了楼，李致硕才离开。

不知道我是跟学校八字不合，还是我跟李致硕八字不合。只要李致硕出现在教室里，我就难免有所损伤。新学期第一堂课，我就以一瘸一拐的形象示人。班里同学开我的玩笑："金朵，你这是手伤下移了？改脚伤了？"

这真是个很好的提醒，我简直是担心得要命……两只手骨折，

/237

最起码行动是方便的。可要是两只脚都伤了,下次出来只能坐轮椅了。

在一片愁云惨淡中,我开始了新学期的课程。

比我还愁云惨淡的,要数蒋小康了。学校今年不知道抽了什么风,大四的课程排得是满满当当,最奇葩的是,不允许迟到早退,不然的话,毕业证是别想要了。

整个T大,一片怨声载道。教务处的课表一定会拆散好多的情侣。

蒋小康几乎每天都会给我打电话,电话的内容无非吃没吃睡没睡。周五的晚上,蒋小康笑着邀请我:"朵朵,明天咱俩去看电影吧!"

去就去吧……可周末一大早,班长就打电话过来:"金朵,辅导员让我通知你,今天你开始补考。"

"今天?"我不明白,"可是我的补考证上写的是周日啊!"

"嘿,那个不算数的。"班长很正式地说,"在辅导员办公室,八点钟开始考。"

我赶紧从床上起来,洗漱更衣打电话。无独有偶,蒋小康也正好有事儿。

"朵朵,我有个表妹来了。"蒋小康颇为遗憾,"我今天恐怕不能跟你去看电影了。"

不能去正好,我其实也没多想去:"你什么表妹啊?我今天补考,不能陪你招待了啊!"

蒋小康略显失望:"没事儿,你好好考啊!等晚上,我给你打电话。"

匆匆挂了电话,我拿着纸笔就往李致硕办公室跑。敲敲门进屋,李致硕正在打印卷子:"来了啊?坐那儿吧!马上准备考试了。"

"李老师?"我喘匀气儿问他,"我今天考的不是'马克思'吧?"

李致硕吹吹卷子上的墨水,笑道:"不是,但是你的考试,都是我来监考。"

"啊?"我觉得李致硕一定是在开玩笑,"李老师,我今天先补考什么啊?"

李致硕拎起卷子,皱眉看了看:"复变函数与积分变换……你管考什么干吗?考什么你答什么不就好了?把跟考试有关的都放在沙发上，我们八点准时开考。"

我摸摸鼻子："我能再问一句和考试没关的吗？"

李致硕看了下腕表："可以，但是只能问一句。"

"为什么我的考试要你监考啊？"上课有李致硕下课有李致硕，等到周末补考还有李致硕，能不能让我去个没李致硕的地方待会儿，"专业课老师呢？教复变函数与积分变换的老爷爷呢？你一个教'马克思'的，跟着掺和些什么啊？"

李致硕的手掌白皙，手指一下下地敲击着办公桌的桌面："虽然你问了这么多……我还是都回答你好了。

"因为全专业只有你一个缓考的学生，校方觉得让你和补考的学生在一起考试不太公平。我呢，是你的辅导员，为你争取合理的利益，是我的职责。而你说教复变函数与积分变换的老爷爷是返聘回来的，今年都已经八十六岁了。校方担心在监考过程中发生不必要的冲突误会等影响其健康……所以你的考试，都由我来监考。金朵，这么说你明白了吗？明白的话就别站在这儿了，现在已经八点十分，你再说下去，可以直接在卷子上写名字离开了。"

李致硕语速极快，我一句话都插不进。我猛吸了口气，老实地坐在李致硕对面的办公桌上答卷子。

复变函数与积分变换……听名字就知道这科目有多么变态。现在由李致硕监考，我别说有小动作了，连集中精力都困难。

而监考的李致硕十分尽职尽责，什么都不干就坐在对面盯着我答题。我没有作弊，却莫名心虚。头皮被李致硕看得发麻，我在草稿纸上写了划划了写，完全不知道自己在干吗。

"你能不能别看我了。"我猛地抬头，还吓了李致硕一跳。我的怒气瞬间消散，哭笑不得地说，"李老师，你这样我没法好好答题。"

"你答你的，我看我的。"李致硕晃荡着椅子，脑袋枕着手掌，"我是监考的，我不看你看谁？"

李致硕穿着黑色七分西裤，白色编织半拖鞋，具体穿的是什么花纹的上衣，我也没太好意思看。办公桌下面，李致硕的脚一晃一晃的，我觉得自己劈掉的脚指甲更疼了。

好不容易忍耐完上午的考试，李致硕收好卷子嘱咐我："下午一点来考下一科。"

"下一科考什么啊?"这都十二点多了,"一点考下一科,李老师,我这也赶不及去吃饭了啊!"

"金朵,你早饭还没吃吧?"李致硕灵巧的手指把卷子钉在一起,我觉得他越来越像一个老师而不是老板,"要不你留在这儿跟我一起吃吧,我订了比萨。"

以我对李致硕的了解,李致硕的饭不是乱吃的:"李老师,你是不是有什么事儿要我做?"

李致硕倒也没隐瞒:"是啊,是有事儿要让你做。"

"不吃,不做。"我摸手机找刘楠,"我让寝室同学给我送来好了。"

我打了一圈电话,刘楠去社团活动在市里,何佳怡和陈敏慧去做家教,蒋小康电话没人听,王静民还在李致娜那儿……更让我泪奔的是,李致硕的比萨已经到了。

"李老师,你要我做什么啊?"我看着比萨,口水都流下来了,"你先说来我听听。"我看看划算不划算,再决定。

"我让你做好事儿啊!"李致硕打开纸盒盖,满屋都是比萨的芝士香气,"你一边吃我一边告诉你。"

李致硕递过来的比萨跟有毒似的,我避之不及:"你先告诉我,要不……"我才没那么笨先吃他的东西嘴短呢!

"哦,其实也没什么事儿。"李致硕漫不经心地把奶茶盖子也打开了,"就是学校食堂招勤工俭学的学生,一个专业有一个名额,下周,我想让你去。"

"就这事儿?"

"就这事儿。"

去食堂打工,算是学校给家庭条件困难的同学一种额外补助。每天的工作时间是从晚上六点到九点,吃饭免费还有每小时十块钱的补助。这种好事儿,别人求都求不来……我难以置信:"你请我吃比萨,就是让我去食堂打工?仅此而已?"

"仅此而已。"李致硕诚恳得让人恼火,"金朵,可能你上学期的辣椒摘得好,食堂的魏师傅今天特意跟我问起你……既然大厨问我了,我也不好意思不答应,是吧?"

如果只是这样的话,吃一个比萨也没什么关系吧?

我无比忐忑地吃了一块比萨,然后又无比自然地吃了第二块,接下来又堂而皇之地吃了第三块。

看着纸盒里为数不多的比萨,我谦虚地问:"李老师,你不吃啊?"

"不吃,我不饿。"李致硕只是喝茶水,"金朵,你吃吧,吃饱了好考试。"

李致硕眼神慈爱得,前所未见。可我总觉得他说的是,你吃吧,吃饱了好上路……

接下来的考试,一切正常。我中午吃太撑,直到考试结束都没缓过来。晚上刘楠找我去食堂吃饭,我也只是作陪。

"朵朵,你考试考得怎么样啊?"刘楠正在吃面,热得满头大汗,"蒋小康干吗去了?他不说找你看电影来着?"

提到考试,我的脑袋里都是比萨的味儿。而提到蒋小康,我是一无所知:"陪他表妹去了吧!不清楚。"

刘楠奇怪:"他在追你哎!他表妹来,他都不带你去见见吗?"

蒋小康又没问我,我咋去见?再说,我也并不是多感兴趣:"不去了吧!吃完饭你跟我去图书馆,我明天还有一天的考试呢!楠姐,你看这个函数图……"

刘楠拍着脑袋:"求你了,放过我吧!"

吃过饭,我拉着刘楠往图书馆去。在食堂大门口,正看到我们班几个女生兴高采烈地往外走。其中一个还叫我:"金朵,我们出去吃饭,你去吗?"

"不了。"我奇怪,"今天是谁过生日吗?"

叫我的女生跟我关系还不错,小声告诉我:"是咱们专业的刘畅,她不是特困生吗?本来轮到她去食堂勤工俭学……李致硕老师花钱把她的名额买下来了,一天给一百块钱。这不,她请大家吃饭呢!"

/241

{第十章}
你再不会遇见第二个我

Je suis d'accord, mais n oublie pas

"什么?"怒发冲冠什么样儿?就是我现在这个样儿,"李致硕你死定了!"

刘楠赶紧拉住我:"金朵?你疯了吧?你干吗你?"

我疯了,我是真疯了,我要被李致硕逼疯了。我没有心情去图书馆了:"摆架!回寝室!"

晚上我做了一夜的梦,不是拿李致硕堵机关枪,就是用李致硕去扛炸药包。看着李致硕的身体被机关枪打出无数个洞,我乐得合不拢嘴。早上六点多,刘楠担忧地将我摇醒。寝室的三个人全坐起来看我,她们以为我睡觉的时候神经错乱了。

我没发疯,真没有……我是喜欢李致硕的金朵,我是恨着李致硕的金朵。我是爱不得恨不得的,金朵是也。

李致硕照旧回来当辅导员,也照旧整我。是我太大意,才会以为他想要与我和平相处握手言和。

为了不犯昨天不吃饭的错误,我一大早就去寝室楼下的小卖店采购。碰到蒋小康的同寝陈凯,他笑着问我:"金朵?怎么这么早就回来了?你昨天晚上没和小康出去吗?"

"我要去补考。"我抢先一步拿走了最后的面包,"我先走了啊!"

陈凯看着空荡荡的货架,愁苦地说:"唉,晚上度春宵,早上有面包……为什么一定要难为我们单身的人呢?"

没工夫注意陈凯在嘀咕些什么,我集中精力才是要紧的,若再放松一下,很容易让李致硕钻空子。

李致硕干吗花钱买了个勤工俭学的名额给我呢?想不通,完全想不通……最好的解释就是,李致硕虐待我还没虐待够。

上学期后山摘辣椒的悲剧,恐将重演。

我迈着无比沉重的步伐来到李致硕的办公室，他还是跟昨天一样，站在打印机旁边印试卷。不用上课，李致硕穿得也没那么正式。粘着金片的黑色蝙蝠袖上衣，黑色的拉裆裤，依旧是半拖鞋，不过换了一双黑色皮质的。

"金朵来了？"李致硕抖了两下卷子，"坐吧，这就可以考试了。"

我瞪了他一眼，问："今天考哪科？"

"我这科。"李致硕指指桌子，"坐吧，'马克思'是可以开卷的。"

高中的时候特别喜欢开卷考试，因为不用太费力就能拿到超高的分数。可上了大学，开卷并不是太愉快的事情。开卷就意味着，你要一直不停地抄两个小时。

怕李致硕耍花招，我不辞辛劳地把上学期所有课本都背了来……可我还是低估了他的变态程度，卷子发下来之后，我立马傻眼了。

哲学嘛，基本上都差不了太多，考试的时候答答原理，分析一下实例，就可以了。但是李致硕的考卷，真的是让我无话可说。

"李老师，你是不是发错卷子了？"我很怀疑，"这都是什么问题啊？怎么用哲学的眼光看待土木工程？用哲学的角度分析一下人这个概念？请你用哲学的思维，浅谈一下当今时代……李老师，你确定你没发错考卷吗？"

"我瞧瞧。"李致硕故作姿态地拿起考卷翻了翻，说，"没错，这是你的考卷。"

我要彻底癫狂了："但是你上学期的时候根本没讲过这些啊！你上学期上课的笔记，我都看过了！"

李致硕面瘫的脸上有了笑意，他挠挠下巴，道："我有讲过啊！你看这道，怎么用哲学的眼光看待土木工程？我在土木班级第一堂课的时候就提到过……哦，对，我忘了。我的第一堂课你不在，当时这道问题也不是重点，可能很多同学就没记。"

闲话休提，考试开始。

李致硕考书本上的知识还能好点儿，他一出发散性思维的题我立马抓瞎。我是个理科生，上哪儿研究"从哪儿来到哪儿去为什么"的深奥哲学问题？

"我出的考题，都是课上讲的，只要认真听全能答上。"李致

我很好，只是忘不掉

硕端着茶水杯坐在我的对面，笑得抬头纹都出来了，"其实也没那么难，是吧，金朵？"

"是。"

我答一个字儿，咬得牙都要碎了。

李致硕也没那么闲，偶尔会有老师来找，时不时会有郑惠的电话。我试着拿出手机发短信问刘楠……结果却被李致硕发现了。

"手机，拿来。"李致硕满脸挂着"早知如此"的笑，"金朵，虽然是开卷，但没让你联线场外观众。"

"我还没看呢！"我苦着脸。

李致硕把我的手机收走了："你要是看了，你觉得我还能让你继续坐这儿考试吗？"

手机被收走了，我的幻想彻底破灭。

整整两个小时的时间，我都在抓耳挠腮地捶桌子。李致硕笑得开心，我答题答得痛苦。

李致硕穿的是半拖鞋，跷着二郎腿，鞋偶尔会掉下来……心里有怨气的我，偷偷伸脚过去把李致硕掉下的鞋钩了过来。

然后，我赶紧用脚夹着将鞋藏到了桌子下面的垃圾桶里。

"金朵？"李致硕叫我，"你看没看到……"

"什么？"我装得无辜又认真，无比虔诚地问，"李老师，怎么了？"

"没事儿，答题吧！"

剩下的时间里，我所有的注意力都在如何藏好李致硕的鞋上，还在考试的事儿，被我忘得一干二净。

"可以了，该收卷子了。"李致硕对着我伸伸手，"金朵，卷子拿来，我看看。"

我做着垂死挣扎："李老师，我能再答答吗？"

"不能。"桌子下面，李致硕没穿鞋的脚叠在另一只上，"快点儿，我直接给你批出来。"

我的卷子写得比我的脸还干净……这还用批吗？

"什么都没写啊？"李致硕把卷子扣上，"走吧，今天中午时间长，你能去食堂吃饭了。"

/244

我委屈地装着哭音："李老师，你别让我挂科！我妈要是知道我挂科，该让我睡大街了……你当可怜可怜我还不行吗？我又病了，脚指甲还劈着呢！"

李致硕看了看我，明知故问地说："金朵，是不是长教训了？"

我赶紧点头。

李致硕牵起嘴角，露出个疑似笑容的表情："那你跟我说说，这学期，我的课你还逃吗？"

我猛地摇头："打死都不逃了。"

李致硕对我的态度很满意，点点头道："好啊，我看你的表现，金朵。"

"那这学期的课程……"李致硕没松口，我就不轻松，"能算我过吗？"

反正挂科的又不是李致硕，他话说得漫不经心："看你表现吧！"

看我表现……

根据以往的经验，我深刻思考了一下李致硕话语里的引申义。在看到李致硕叠在另一只鞋上的脚时，我瞬间醒悟了。

当我钻到办公桌下面拎起垃圾桶里的鞋时，我不禁感慨，我的人生到底是怎么个状况，为什么我总是喜欢办搬石头砸自己脚的事儿呢？

这是一个让人费解的哲学问题。我想。

垃圾桶里是我昨天丢掉的奶茶杯，周末清扫人员放假，垃圾也没能及时丢掉……李致硕的鞋里面都是不明的液体，他脸色难看地问我："金朵，你让我这么穿上？"

我拿纸巾擦了擦，但没想到奶茶残汁的液体发黏，纸巾的纸屑都粘在了鞋上。我欲哭无泪："李老师，你要不等我一下？我去厕所给你冲冲处理一下？"

李致硕表情扭曲地动了动："还是算了吧，我一会儿找人送一双来。"

虽然鞋上粘了点儿纸，我觉得问题也不是很大啊！

学心理的，一般心理都有问题。我估摸着，李致硕可能是有洁

/245

癖之类的……为了不挂科，我是异常卖力："你等我一下，我去想办法！"

没理会在身后喊我的李致硕，我拎着他的鞋跑出了办公室。

一口气跑到学校的大商店，我到柜台前拍着桌子叫："老板！快，给我照着这个鞋码来一双拖鞋！"

因为是周末，即便是临近中午人也不是很多。老板正在柜台前昏昏欲睡，我一拍桌子倒吓了他一跳："你买什么啊？"

我奋力地喘了口气，心平气和地说："拖鞋。"

"这姑娘，风风火火吓我一跳。"老板乐呵呵地在柜台上找，"我还以为你来买什么呢！别着急，慢慢说。"

能不着急吗？李致硕那边还没鞋穿呢！

拖鞋嘛，哪里都差不多。老板拿出来一抖，我就被塑胶味儿呛得脑袋疼。翻检了半天，我觉得李致硕还是喜欢穿半拖鞋样式的："就要那个鳄鱼头的就行。"

"这个？"老板乐呵呵地给我拆包装纸，"二十五。"

买了拖鞋就好办多了，最起码我有了塑料袋子可以装，而不是拎着李致硕的大鞋到处跑。

等我拿着买好的拖鞋再回到办公室，李致硕气得脸都要绿了："你干吗去了？"

"买鞋子给你啊！"我从塑料袋里掏出"鳄鱼头"给李致硕，"你穿这个吧，这个干净。"

李致硕的表情十分纠结，他想了好半天，才憋出一句："金朵，你买的是……什么颜色的？"

呃……荧光绿。

以李致硕的形象气质，穿一双荧光绿的拖鞋，实在是喜感十足。李致硕在脏掉的拖鞋和干净的鳄鱼头中间瞧了好半天，最终勉强自己选择了后者。

我尽量不让自己笑得太明显，哑声说："其实，也还好。"

话一说完，我还是没憋住，笑得扑倒在了桌子上："李老师，你要相信，人长得帅，弹玻璃球都是帅的……哈哈哈。"

李致硕的表情看不出喜怒："你去买饭回来吃。"

我笑着摆手:"不用了,我今天带了面包,我等下吃面包就……"

"我说的是给我买。"

我被李致硕的面瘫惊呆,笑意憋回去吐了个嗝出来……李致硕也在憋笑,憋得像抽筋。

行吧,看在不挂科的面子上……

买完了鞋,吃完了饭,下午的考试继续。可能是怕上午的事件重演,李致硕很小心地没有再跷二郎腿。

考完试我拿包离开,李致硕已经被塑料拖鞋的胶味儿熏迷糊了。

蒋小康的表妹晚上六点多的长途车离开,蒋小康送完她,大概八点多回的学校。不知道该欣慰还是该心酸,一周没见面,蒋小康居然没忘了我。晚上回寝室,他立马打我电话:"金朵,明天我上午没有课,我们去网吧通宵吧?"

"别了。"折腾了一天,我早就累了,"我考试考了两天,你也玩了两天,咱们都好好休息吧!你明天上午没课,我们明天上午有课啊!周一早上第一节是辅导员的课,不去不行。"

上学期的课程能否顺利通过还不清楚,这学期再逃课完全是自寻死路……蒋小康不知道是咋想的:"没事儿,不是'马克思'吗?没什么要紧的,来吧,出来玩吧!"

蒋小康是软磨硬泡,我是见招拆招。等到最后,蒋小康是来了脾气丢了面子:"金朵,来不来就一句话的事儿。你到底有没有把我当朋友啊?"

这个……

正当我不知道怎么回答的时候,一旁的刘楠帮我解围了:"金朵,你要和蒋小康出去啊?"

有外人一问,我不答应也不行了:"啊,是,蒋小康叫我去上网。"

"你俩还是别去了。"刘楠可能是明白了我的为难,帮衬着说,"班长刚才来短信了,说晚上辅导员查寝……蒋小康他们专业,估计也查吧!让蒋小康给王静民打个电话吧!他们马上要毕业了,别出什么差错。"

蒋小康明显看出刘楠是帮着我扯谎,也就不再坚持了:"是吗?那金朵,你早点儿休息吧!"

说完,蒋小康挂断了电话。

电话一挂断,我扑过去亲了刘楠两下:"楠姐,你解决了我好大一个麻烦!你是怎么想出撒谎说查寝的事儿的?你也太聪明机智了!"

"我没撒谎啊!"刘楠的表情很认真,"今天确实是辅导员查寝啊!"

我才不信她的:"得了,你就编吧!我信你才有鬼!"

何佳怡和陈敏慧正好开门进来:"听说晚上查寝啊?"

我们学校女生宿舍,住宿率能达到一半以上就很不错了。现在大家缺勤缺得厉害,不是和男朋友在学校外面租房子就是出去住旅店的……这个时候来查寝?老师脑子有病吗?来查啥?查床铺?

所以说,信她们三个的话,我脑子才有病。

"你们仨串通好的吧?"我脱下衣服端盆往外走,"行,查就查呗,反正我哪儿也不去。"

"金朵!你穿得也太少了。"刘楠丢了件外套给我,"万一一会儿辅导员上来,你不得走光了?"

说得还真像那么回事儿:"李致硕上来?不可能!以我对李致硕的了解,他恨不得和所有女人划清界限呢!大夏天往女生宿舍钻,除非……"除非李致硕被我买的拖鞋熏疯了。

学校查寝,就是那么回事儿。学生会那些干部人五人六地走一圈点点人数,就可以了。辅导员查寝,别说笑了,我在T大以来听都没听过。

白天跑了一天,我满身都是汗。去澡堂洗澡来不及,我只能在宿舍的洗漱间擦擦。周末宿舍里人不是很多,我十分酣畅地穿着短裤内衣自己在水池前冲胳膊冲腿儿。

宿舍楼的洗漱间紧挨着楼道,穿堂风比较大,木门总是呼扇呼扇的。用凉水一冲,那舒爽的感觉,简直是无法言喻。

我洗得放松所以也没注意到其他,当我听到有男人说话的声音时,一群男人已经走到了楼梯口!

不听大家劝,注定是要吃亏的……说好的辅导员查寝呢?怎么别的专业的辅导员和班长也都来了?

此时往寝室跑,也只是增加曝光率。想要跑过去关门,更加来不及。我抓耳挠腮地站在水龙头前,完全不知道该怎么办。

在嘈杂的人声中,我无比清晰地听到李致硕说:"土木系的女生除了蔡月琴是不是都在学校?让她们在走廊站好,我清点一下……"

转弯上楼的李致硕,走在靠我这一侧。正在说话的他偏头看见我穿着短裤内衣站在水龙头前无处可藏,立马愣住了。

李致硕还是穿着上午那件黑衬衫,晚上雾大,他又加了件薄外套。

幸好我站的地方有排水管遮挡了一下,不然的话,我算是彻底被看光了。

李致硕手疾眼快地把门关上,宽阔的肩膀跟堵墙似的,生生挡住了其他人的视线。班长不明白李致硕的话为什么说了一半还有如此奇怪的举动,好奇地问:"李老师,你怎么了?是有人在里面吗?"

不知道是哪个专业的女老师插话:"这些学生,真是越来越没有规矩了!说了辅导员查寝,怎么还不在寝室里等着?谁在里面呢?把门打开!点名了!"

我死命地堵着门板,把吃奶的劲都用上了。要不是我们寝室在五楼,我早就跳窗户跑了。

听说有女生在洗漱间里不出来,门外的男生班长们叽叽喳喳说个没完……我心里哀叹,这要是把门打开,我就不是丢人那么简单了。

"你们去忙你们的吧!"李致硕清冷的声音像是一针强心剂,"这里的事情,我能处理。"

女人何苦为难女人,同来查寝的女老师不依不饶:"李老师,不会是你们专业的女同学不懂规矩吧?这次查寝,可是你提出来的。我们其他专业,都是配合你……你现在这么徇私,是不是有点儿说不过去?"

"查寝,是我提出来的。"李致硕也毫不相让,"而我,也没要求你们配合我。查寝是为了保证学生的安全,我们是重点大学,不是放牛班……连自己的学生是不是住在寝室里都不知道,是不是

/249

太失职了！"

我们学校有些中年大妈，就是喜欢为难学生。虽然李致硕也喜欢为难学生，但他是真的为学生考虑。

隔着门板，我都能感觉到李致硕的话掷地有声。班长还是蛮给力的，关键时刻起到了关键的作用："李老师，用不用我留下来帮你？咱们专业女生少，不着急，咱们来也主要是帮着他们中文专业的查寝。"

"没事儿。"李致硕的语调不变，吩咐道，"你先去吧！我有点儿私人问题要在这儿处理……等下我过去找你。"

李老师有什么私人问题要处理，别人自然是不好意思问的。班长善解人意地带着其他老师和同学去查寝，走廊里的嘈杂声渐大，一群女生吵吵闹闹的。

我身上都是水，澡巾还掉在了地上。水珠蒸发带走热量，我冻得哆哆嗦嗦。

"金朵？"估计没人注意到洗漱间这边了，李致硕才敲敲门板叫我，"你衣服穿好了吗？"

我也顾不得门板脏了，挡着门板以免李致硕进来："没有，我在寝室里冲凉，能带衣服吗？你们查寝查到什么时候啊？"

"要登记要点数，怎么也要半个小时吧？"

啊？半个小时啊？

"金朵？你不用害怕。"李致硕可能听出我说话发抖，安慰我道，"我在这儿堵着门，他们谁敢进去啊！"

我忍不住被李致硕逗笑，身子却还是在抖："我是冷的……李老师，你能帮我回寝室拿件衣服吗？"

李致硕犹豫："我去你们寝室给你拿衣服……不合适吧？"

呃，好像是不太合适……我叹气："那算了吧，我再坚持坚持。幸好是夏天，也没多冷。"

等了一会儿，李致硕突然敲门："你把门开一点儿，我把衣服给你。"

我马上打开门，接过李致硕塞进来的外套……还带着温度的衣服有点儿热。李致硕的声音顺着门缝溜进来："你先穿我的吧！"

等了差不多一个钟头,查寝总算完成了。等到走廊里的声音小了,刘楠敲敲门板:"是我,你把门打开吧!"

"人走了啊?"我忽然觉得哪里不太对,"楠姐,你怎么了啊?"

"没事儿。"

"你到底怎么了啊?"

"我真没事儿。"

"刘楠?"

刘楠"哇"的一声哭出了来:"我都说我没事儿我没事儿,你问什么问啊?"

我跟刘楠做了这么久的姐妹,她放个屁我都能猜出原材料来。现在她哭得这么伤心,我自然清楚理由:"又是因为班长吧?"

差不多到了该睡觉的时间,陆续有人往洗漱间走。刘楠在这儿哭,实在是不太好……可刘楠说完下句话,我也忍不住哭了:"金朵,你说我脑袋有病吧?我干吗要喜欢有主的啊?"

"谁说不是呢!"李致硕外套上的商标扎得我难受,我哭得更加伤心了,"不止你脑袋有病,我脑袋也有病!咱俩是天下第一等的大傻瓜!"

在人来人往的洗漱间,我和刘楠哭了个畅快淋漓。直到晚上熄灯人都去睡觉了,我俩才哭尽兴。

对望了一下两个人哭肿的眼睛,我和刘楠一起笑了。刘楠哑声说:"真是有够傻的。"

"可不是。"

哭完了,日子还要继续。刘楠洗漱好去睡觉,我自己留在洗漱间给李致硕洗衣服……有那么一瞬间,我甚至管不住自己去幻想,李致硕,是我的。

那是一种很奇妙的感觉,有点儿涩,还有一丝不易察觉的甜。如同裹上糖浆的山楂球,什么味道只有自己的嘴知道。

李致硕的衣服我反反复复洗了好几遍,等到回寝室晾好,已经是凌晨了。我拿手机看了看,蒋小康这中间给我打了五个电话发了三条短信。前面那两条我只是草草翻了翻,最后一条蒋小康直接说他睡了。

/251

第二天，没有课的蒋小康早早地就在寝室楼下等我。我本来是要和刘楠一起去吃饭的，见蒋小康过来，只好让刘楠和何佳怡她们一起。

蒋小康是少有的殷勤，一个早饭而已，买了一大桌子。我被他笑得发愣："什么事儿啊？这么高兴？"

"今天晚上你没课吧？"蒋小康搓搓手，准备吃饭，"晚上我带你去市里吃吧？吃完饭看个电影……咱俩一周没见面，好好出去散散心。"

我喝着粥，犹豫着开口："我晚上不能去，要去食堂勤工俭学。"

蒋小康放下手里的包子："你勤工俭学？你有特困证吗？我怎么没听你说过？再说了，有我你勤工俭学什么啊，我的饭卡给你，以后你刷我的。"

"我刷你的干吗啊！"我把蒋小康的饭卡推回去，"我勤工俭学，是因为上学期答应一个大厨……"

我没有办法解释，只能把李致硕蒙我的那套拿出来蒙蒋小康。还没等蒋小康明白过来，我拿起包子就跑："我要上课了啊！有什么事儿，下课再说吧！"

"金朵！"我的袋子忘在了椅子上，蒋小康随手翻开，"你这是什么……金朵，这男人衣服是谁的啊？"

"蒋小康！"我红着脸去抢，"你给我！谁让你动的！"

我的语气有点儿重，蒋小康脸色不好地问我："金朵，你随身带着别的男人的衣服，我问问都不行了？你还拿我当朋友吗？"

周一早上的食堂，人不算少，加上学校这一阵打了鸡血似的折腾学生，大家都比较积极。我和蒋小康在餐桌这儿一嚷嚷，周围人不断地往这边瞄。见我不肯说话，蒋小康彻底发了火。

"金朵，你行啊！"蒋小康把粥碗推洒了，"我不动你的东西，我以后都不动，行了吧？"

说完他踢开桌子，快步离开了食堂。

泼出来的汤粥顺着桌子的边缘往下流……蒋小康说这番话的意思，是想和我绝交吗？

早知道这样，我刚才多喝两口好了，粥都洒了，可惜了。

从食堂到教室，我抱着李致硕的衣服一路往前走，内心充满了深深的自责。为了忘记李致硕，我很真心诚意地试着接受蒋小康。可是这种事情想起来容易，做起来太难了。

周一第一堂课是李致硕的'马克思'，提神醒脑又明目。刘楠比较体贴，很善解人意地为我占了个前排。我把李致硕的衣服收好放在腿上，能多拿一会儿是一会儿。

"我和蒋小康，怕是要绝交了。"

刘楠奇怪地看着我小声问："为什么啊？"

"唉……"我再次叹气。

"唉……"刘楠没有多问，和我一起叹气。

李致硕的衣服，我决定下课的时候给他。课间休息，我和刘楠相顾无言地嗑着瓜子沉默。一向腼腆的班长，挤着坐到了刘楠旁边。

班长面皮白净，一说话就脸红："刘楠，我能跟你聊聊吗？"

"有什么事儿你说吧！"出乎我的意料，刘楠依旧一副女汉子形象示人，"金朵不是外人，你跟我说什么，我都会告诉她的。"

"那个……"班长的脸一红，声音小得我几乎听不见，"刘楠，其实，我也挺喜欢你的。"

"噗——"

刘楠没怎么样，我倒是紧张得不得了。刘楠的眼泪换来了缘分，班长这次是开窍了。

"你和你女朋友……"刘楠勉强维持住"汉子"的形象，颇为镇定地问，"你们两个分手了吗？"

班长表情沉重，摇了摇头："还没有，快了。"

"快了，那不就是还没分？"刘楠咧嘴，笑得挺难看，"没分手，你跟我说这话是什么意思？脚踏两只船啊？"

班长赶紧摇头："我没那个意思。"

"我知道你是什么意思，"刘楠不客气地火力全开，"你是想利用我，去逼着你女朋友跟你分手，是吧？让我跟你在一起，然后跟她说，全是我的错，我追你喜欢你，让你情难自禁，是吧？"

"你想得也太好了。"刘楠继续嗑瓜子儿，"这种事儿不用想着我，我不会去做的。你爱找谁找谁，想忘恩负义还想做尽好人，天底下哪有那么便宜的事儿？"

　　班长叫郝建伟，因为叫班长叫习惯了，时间一长大家都忽视掉了他的本名。建伟听着还不错，但是加上前面的姓，总有种说不出的别扭。

　　班长这样的职位，就是需要个老好人。要是选我和刘楠这样的倔驴当，班级里估计都得成战场了……班长欲言又止表情委屈，似乎无时无刻不在表达着"同志们不要客气，尽情向我开炮"的意思。

　　同学们没有人好意思正大光明地看热闹，但是都在偷偷地看。班长五步一回头，十步一徘徊，都走了一段距离了，又跑回来："刘楠，你就没有什么想和我说的了？"

　　刘楠跟我的脾气比较像，决定了就义无反顾，放下了便不再回头。要不是喜欢李致硕，我恐怕也不会跟蒋小康在一起。好吧，话题扯远了，我想说的是，刘楠和班长是没机会了。

　　"有话，还有话说。"在一众人好奇观望的眼神中，刘楠无比自然地抓了把瓜子皮塞到班长手里，"留着课上吃吧！"

　　班长："……"

　　站在讲台上离我们不远的李致硕不知道是不是看到了发生的事情，拍拍手示意："都回到座位上吧！准备开始上课了。"

　　"楠姐，你刚才真是太帅了啊！"面对李致硕的时候，我恐怕做不到这么洒脱，"你昨天那么伤心，我还以为你……楠姐？"

　　在桌子下面，刘楠用力地掐着我的手。她脸上的表情很镇定，手掌却一直在抖："行了，金朵，别说了，上课吧！"

　　"楠……哦。"

　　我的注意力都在刘楠身上，一节课下来，李致硕讲什么我都没太听清。李致硕刚一说下课，刘楠拿着东西就跑了。我刚想追上去，何佳怡赶紧拉住我："金朵，让她自己散散心吧！"

　　等到班里同学走得差不多了，我这才磨磨蹭蹭地凑上前去给李致硕送衣服。李致硕抽了下鼻子，皱眉："你把衣服洗了啊？怎么这么香？"

　　因为刘楠刚才的举动，我下定决心在感情上要和李致硕划清界限："昨天晚上顺手洗了。"

"你这眼睛怎么了?"蒋小康早上都没发现的问题,倒让李致硕看出来了,"昨天晚上哭了?因为在洗漱间的事儿?金朵,你不能吧?这么点儿小事儿哭了一晚上?你放心,没有人看见。"

什么叫没有人?你不是人啊?

我提醒自己要划清界限,所以尽快结束对话:"蚊子咬的……那什么,李老师,我先回去了。"

"郝建伟刚才和刘楠说什么了?"李致硕难得八卦,"我记得郝建伟在老家,有女朋友吧?"

"可能吧。"我不想多提。

"有女朋友,那他和刘楠是干什么呢?"李致硕啰唆得有点儿讨厌,"金朵,刘楠刚才的做法,我还是很认同的。"

李致硕的话,让我十分生气:"你怎么不说班长?班长想要脚踏两只船,这像话吗?男人都是这样,吃着碗里的瞧着锅里的……"

"是啊,男人本性如此。"李致硕似乎并不介意我的语气,继续深入地跟我讨论着这个话题,"男人已经烂泥糊不上墙了……幸好女人懂得洁身自好,金朵,你说是吗?"

李致硕话里有话,我总觉得他是在说我。我赌气地反问他:"你也这样吗?"

"什么样?"李致硕漫不经心地收拾着讲台上的书本,故意装傻。

"想着脚踏两只船,吃着碗里的瞧着锅里的。"这个问题,李致硕似乎怎么回答我都不会满意,"李老师,你有过这样的想法吗?"

"我啊!"李致硕抬头眯眼看了看走空的教室,淡淡地回,"应该有过吧,谁知道呢?距离我上次年轻不懂事儿,都已经七八年了。那么久远的事儿……金朵,是你你还记得吗?"

那到底是有还是没有嘛……李致硕明显是在转移话题。

"给你。"李致硕从包里拿出纸单,"拿着这个,晚上去食堂就可以了。到时候需要你做什么,大厨会告诉你的。"

没给我问问题的时间,李致硕拿起东西就往外走。似乎想到什么,到了门口他又停下:"哦,对了,金朵,我把你的课程表给大厨了。咱们专业下午没课,你要记得过去。食堂那个时候忙不开,你要去帮着给同学打饭。"

/255

这次是彻底交代清楚了，李致硕瞬间走没影了。

即使不用擦黑板，李致硕同样没让我消停过。我上个学，比上战场都累。不仅点名要到，食堂开饭也要我参与。每天端饭盛饭，我的发丝里都是挥散不去的浓浓的油烟味儿。

蒋小康只是生气，并没有真的不理我。我们两个吵吵嘴嘴，在所难免。和好之后，蒋小康每天晚上接我从食堂回寝室。不过爱干净的他，始终跟我保持着一步的距离。刘楠她们对我也是如此态度，这让我十分受伤。

"有那么夸张吗？"我闻闻自己的袖子，"我没觉得我身上有什么味道啊！"

蒋小康推着我的脑袋，稍显嫌弃地看看自己的手掌："金朵，你什么时候洗的头啊？"

"早上啊？"我动手摸了摸，"今天晚上食堂炸丸子，油稍微大了点儿……也不知道怎么了，怎么这周几乎天天吃炸丸子？"

感谢学校食堂的炸丸子熏了我一身的油烟，蒋小康的举止都是中规中矩。大夏天油腻腻的味道确实是不怎么让人愉悦，几乎每天晚上我回到寝室刘楠她们都嚷嚷饿。

"金朵，你不能总炸丸子啊！"半夜何佳怡从床上爬起来去泡面，"你以后晚上打点儿丸子回来，让我们品尝品尝你的成果……我的亲娘哎，可饿死我了。"

泡面味儿比丸子味儿还折磨人，没一会儿我们四个全起来觅食了。

我在食堂勤工俭学了一周，我们寝室的人体重是直线上升。刘楠拍着自己的肚子问："金朵，你都干了五天了，周末是不是不用去了？"

"是啊，周末不用。"能休息，我也很开心，"周末咱们四个逛街去吧？我想去买两件衣服，我衣服上的油烟味儿好像怎么洗都洗不掉。"

"和我们逛街？"刘楠坏笑着撞撞我，"你现在呢，快有男朋友了吧？和我们逛街，你不用陪蒋小康了啊？"

蒋小康周末还真不能跟我出去，我解释说："蒋小康的表妹来，他周末出不来。"

"又来啊?"刘楠问了一个很关键的问题,"蒋小康和他表妹,有血缘关系吗?"

刘楠说的这个问题,我还真是没注意:"不过蒋小康告诉我是表妹,那应该有血缘关系吧?"

"你和凌辉还是表姐弟呢!"刘楠很有见地地指出,"你们两个有血缘关系吗?"

呃,我还是不太明白:"这怎么又跟我和凌辉扯上关系了?"

"你就傻吧!"刘楠见我不开窍,重重地拍了我的额头一下,"我上周末给王静民打了一个电话,他说他们寝室周末就两个人在。换句话说,周末蒋小康没有住在宿舍里。"

"我知道啊,蒋小康说了。"我揉揉额头,"他去陪他表妹了……喂,怎么又打我?"

刘楠摇头晃脑地指点我:"要不我说你傻嘛!什么表妹能开学连着来学校看表哥啊?什么表妹来,需要表哥陪着住啊?别说凌辉不是你亲表弟,就当他是你亲表弟,他来看你,你能出去和他住吗?"

呃,好像是不能。

"所以啊,蒋小康的表妹肯定有什么问题。"刘楠紧着催我,"你倒是问问啊!"

我嘴上答应刘楠,却完全没把这事儿放在心上。对于蒋小康,我还是很放心的。哪怕他有天说不喜欢我了,我也没觉得有什么要紧。

又是一周索然无味地过去了,周日晚上惯例迎来了辅导员的大查寝。老师和班委将女生宿舍楼团团围住,连只苍蝇都飞不上来。这次我是长了记性,把自己包裹得异常严实。

女同学们无比期待,何佳怡抱着毛绒玩具两眼冒心:"希望李致硕老师还能来。"

"希望李致硕来了就不走了。"陈敏慧凑到何佳怡旁边,两人的眼神色情而又露骨,"他来了的话,我们就把他扑倒再拉起,再扑倒,再拉起。"

"哎哟,你在说些什么啊!"何佳怡羞涩地一拍脸,"为什么要一直女生主动?怎么也要给李致硕一个反扑的机会啊!"

/257

陈敏慧一本正经:"哦,也是。来吧,来扑我,我可以的!"

这两个色女,真是够了啊!

我偷偷瞄了一眼,赶紧跑了回来。九月底的天气,夜里已经开始变凉。李致硕不是查寝的,完全是来走时装秀的。藏青色的棉麻木扣上衣,浅白色的棉麻七分裤,编织样式的半拖鞋,还戴了一副黑框的大眼镜,模样斯文得很像个大学教授。

"土木的。"班长站在走廊的人群里喊,"土木的过来一下,我点下名。"

"金朵,让何佳怡她们帮咱俩点到吧!"刘楠拉住我,"我不想出去,你在寝室陪陪我呗?"

我能看出来,班长张罗了半天就是想引起刘楠的注意。我也同样能看出来,刘楠是走路都躲着他……我点点头,转身对何佳怡说:"那你帮着我俩点个到吧!"

"行。"何佳怡和陈敏慧还沉浸在花痴的幻想中,"金朵,李老师今天穿这么帅,不出去可惜了啊!"

我觉得我的心在滴血:"不,不用了,我不去了。我在寝室陪刘楠,她有点儿不舒服。"

何佳怡和陈敏慧叽叽喳喳地去走廊,门一关上,噪音小了很多。

"说狠话的都是女人,做狠事儿的都是男人。"刘楠说话带点儿北方口音,平时慢点儿说普通话还能好点儿,语速一快,就跟单口相声似的,"郝建伟还真对得起他的名儿,他也是够贱的了啊!拿我当什么人了?以为他给我个笑脸,我就会奋不顾身前赴后继地去给他当小三?我是喜欢他,但我还是要脸的。"

我对着刘楠竖起大拇指:"好,说得简直是太好了。"

刘楠慷慨激昂地说了五分钟,接着又蔫了:"唉,还不是自己没出息?愿意喜欢人家,活该。"

"楠姐,班长还是总找你吗?"

"电话短信天天来,我都没给他回。"刘楠怅然道,"班长大部分的短信是说他快和女朋友分手啦,我误会他啦,他没别的意思,让我别生气啦……我是在等他说这些废话吗?我是在等他说,刘楠,我跟女朋友分手了,咱俩在一起吧!说了这么多的废话,还不是想让我给他当备胎?"

　　班长的行为,确实挺让人无语的。脚踏两只船,还是好听的。再说难听点儿,班长完全是把刘楠当备胎……我对男人找备胎的行为极为不耻:"楠姐,你别往心里去了。经过这事儿,你也看清楚他是啥样的人了,好车谁用备胎啊!只有破车才用备胎呢!"

　　"可不。"刘楠越说越生气,我都担心她扛椅子出去揍班长一顿,"我就算是个轮胎,也不给他那辆破车用。"

　　外面一片嘈杂,我和刘楠在寝室里骂得畅快淋漓。渐渐地,话题由谴责班长找备胎的行为转换成班长和破车哪里相似。

　　我和刘楠聊得正高兴,门外突然有人敲门。刘楠也没想其他,坐在椅子上喊:"谁找你姑奶奶我啊?进来吧!"

　　"刘楠和金朵。"

　　李致硕开门进来,刘楠顿时慌乱地从椅子上摔到了地上:"李老师?!"

　　寝室里挂着的都是内衣内裤,李致硕的视线都不知道该往哪里看了:"你俩继续说吧!我就看一眼。"

　　一句话说完,李致硕又快速从寝室里退了出去。

{第十一章}
我很好，只是忘不掉

Je suis d'accord, mais n'oublie pas

　　我和刘楠对望着眨眼，不知道该说什么好。还是何佳怡和陈敏慧回来解答了我们的疑问："李老师听说英语专业的男生有好多和女朋友出去过夜的，可能以为金朵也去了吧！"

　　没来由地，我的心突然猛跳了一下……李致硕，是不想我和蒋小康出去吗？

　　不敢让自己想太多，我拼命制止住自己悸动不安的想法。为了强化培养自己和蒋小康的感情，我还主动给蒋小康打了个电话。

　　蒋小康不知道在干吗，并没有接我的电话。我心里的悸动逐渐转为不安，可是这不安，我又不知道该如何处置。

　　我早早地躺在床上睡了过去。第二天一早，那些不安和悸动终于找到了出口。

　　我在寝室门口被蒋小康的"表妹"打了一个耳光。

　　周一早上下起了雨，要不是有李致硕的课，我说什么也不去了。海边的天气就是忽冷忽热，下雨冷得要命，出太阳又热得要死。我们三个刚从寝室楼出来，香柏树下一个打着黑伞的女生叫住了我："金朵？"

　　"你谁啊？"和我打一把伞的刘楠陪我停下，我问，"同学，你找我有事儿吗？"

　　女生穿着紧身牛仔裤黑色帆布鞋，因为下雨，她的布鞋已经湿了一圈。透明的穹形圆伞，亚麻色的长发，美瞳裸妆黑指甲……全身最刺眼的，就属她上身那件黑色的超人短袖。我记得蒋小康这学期开学的时候，穿的也是这个样式的短袖。

　　应该是，情侣装吧？

　　女生没给我答案，我同样没想明白自己的困惑。女生身高跟我差不多,她丢掉伞走过来,在我们所有人没反应过来时,狠狠地给了我一个耳光。

"你有毛病啊!"刘楠也把伞丢掉,动手把女生推开,"你谁啊?撒什么疯?"

我确实有点儿被打蒙了,好半天都没回过神来。要不是刘楠拉着,估计这女生的巴掌又要往我脸上招呼了。刘楠跟女生拉扯了起来,地上水花四溅,周围都是看热闹的同学:"你到底是谁啊?"

女生气冲冲地隔着刘楠用手指着我的鼻子说:"我叫卓玲,昨天晚上是你给蒋小康打电话了吧?我告诉你,蒋小康昨天晚上一直跟我在一起。"

"啊!"刘楠为难地回头看看我,又回头看了看卓玲,"你是蒋小康的表妹吧?"

"谁是蒋小康的表妹?"卓玲破口大骂,"我是蒋小康的女朋友!我俩谈恋爱都快五年了!蒋小康说他表妹跟他在一个学校,晚上打电话的是他表妹……呸!臭不要脸的!我打听过了,你一直在追小康吧?现在我让你知道知道,我卓玲的男朋友,不是谁都能碰的!"

"我……"

我想要解释,想要说自己并没有和蒋小康在一起。可是想要解释的话,怎么听都有几分欲盖弥彰的意思……确实啊,卓玲说得没错,我是追过蒋小康。整个T大,谁不知道我跟蒋小康那点儿事儿?

现在我说我们两个没关系,谁信呢?

现在我说自己对蒋小康没想法,谁信呢?

"你骂谁呢!"刘楠力气大,猛地就将卓玲推出去了,"我也告诉你,你少在这儿胡说八道!蒋小康从来没有过女朋友,是他自己亲口说的,不信的话,你自己去问蒋小康的室友!蒋小康在学校四年,你去打听打听,T大谁不知道蒋小康是单身!"

"知道能怎么样?不知道能怎么样?"卓玲叉着腰,叫骂的样子活像个泼妇,"金朵,我这次来,你的事情我早就打听好了……你也是够没脸没皮的了啊!蒋小康当初那么侮辱你,你居然还想跟他在一起!你不用跟我装疯卖傻,你这样的女生,我太了解了。你别以为你能把蒋小康从我这儿抢走!你做梦!"

/261

雨下得很大，我们三个人都已经被浇透了。刘楠气得要命，恨不得动手打人了："卓玲是吧？你要是嘴上再不客气，小心我揍你啊！"

"怎么的，我怕你啊！你算是什么东西？金朵养的狗？金朵不要脸，你跟我叫什么？"卓玲跳脚和刘楠对骂，"金朵，你的事儿，小康都跟我说了！小康就是玩玩你！他跟你一点儿感情都没有！我今天来，就是给你提个醒！别以为我不在这儿上学，我的男人你就能随便碰！"

"金朵！"刘楠急了，"你倒是说句话啊！"

我说话？我有什么好说的？

站在大雨里，我眯着眼睛看了一圈周围站着的同学。多么似曾相识的场景啊，几个月前，蒋小康让我跳楼的时候也是这样的情形吧？

李致硕一直难以启齿想给我提醒的，就是这事儿吧？我不禁哑然，金朵啊金朵，你真是二到家了。

我用手往后拢了拢湿头发，都被自己逗笑了："哈哈哈，你说你是蒋小康的女朋友？"

"是啊！"卓玲不明白我为什么会笑，可依旧气势汹汹地瞪着我，"你个不要脸的！"

"你把嘴放干净点儿！"

我拉住刘楠，跟卓玲生气完全没有必要。我笑得有点儿岔气，继续问卓玲："蒋小康跟你说，我是他表妹？"

"是啊。"卓玲的火气降了些，"以前的事儿算了，以后你给我离蒋小康远点儿！你记住没有？"

蒋小康闻讯跑了过来，急忙拉住卓玲："你怎么来了？跟我回去！"

蒋小康这个态度……什么都不用多说多问了，事情怎么回事儿一目了然。

"我去哪儿啊！"卓玲扭着身子躲开蒋小康，"既然人都来齐了，那我再把刚才的话说一遍！我……"

"啪！"

当着所有人的面，我狠狠地给了蒋小康一个耳光。

"谁让你打他的？"卓玲又来劲了，踢打着对我挥拳头。

"卓玲！卓玲！"蒋小康拦腰抱住卓玲，卓玲的脚带起了一地的泥水。烟雨朦胧中，蒋小康脸上的巴掌印异常清晰，"卓玲！有什么事儿，咱们私下说！"

"私下？"卓玲气得蹬腿，"还想多私下？是不是等你们两个私下里有了孩子，再说？"

趁着蒋小康和卓玲纠缠的工夫，我再次抬手给了蒋小康一个耳光。

卓玲不动了，蒋小康也不动了。两人抱在一起，眼神呆愣地看着我。

两个耳光过去，我的掌心都有点儿发烫。我颇为镇定地看着卓玲："你打我，我不怪你。我要是你的话，也会打我自己。"

"蒋小康，你别这么看我。"大笑过后，我脸上的肌肉有点儿酸，"我就算打你两个耳光，你也没什么好委屈的。我打你，是你自己活该。"

刘楠牵着我的手，恶狠狠地瞪了蒋小康一眼："金朵，我们走。"

我没动，我觉得有些话还是一次性说清楚好："刘楠刚才也说过了，蒋小康从来没说过自己有女朋友。你们两个沟通出了什么问题，跟我没关系。我就算成了表妹，也是蒋小康骗你的……卓玲，我受你一巴掌，不是因为我金朵做错了什么。而是我自认倒霉，我觉得自己活该。"

"被小三"在大学校园里和"找备胎"是一样普遍的行为。

可能我做梦都想不到，我会"被小三"。

我觉得我是被卓玲打清醒了，突然有一种大彻大悟早死早超生的感觉。自己眼瞎，就不能抱怨走路撞电线杆。自己长个包子样，就难免会被狗惦记。要是自己长点儿心眼，也不会闹到今天这么难堪。

我甩开刘楠的手，弯腰从地上抠出一大坨泥巴，重重地呼在了蒋小康的脸上："明明是个渣，装什么阳光暖男小清新啊！来，给你，给你点儿泥巴，祝你俩花开百日红，滋养了大地，开出下一个花季。"

"我妈经常跟我说，女人做鸡做狗都不能去做小三。我得感谢你，蒋小康，你也算帮着我的人生圆满了。"我把手上的泥巴蹭在蒋小康的后背上，实话实说，"哼，小三？你真会开玩笑！李致硕的小三我都不做,我会做你的小三吗?"

我的话一出口,在场的同学一片哗然。不过这话一说出来,我自己心里倒是舒坦了:"该哪儿哪儿去,该干吗干吗,没事儿别围着了,都散了吧!"

刘楠再次拉我,而这一次我没有拒绝她。雨实在是太大了,我的脸上都是水。要不是我自己知道,我都以为自己哭了。我刚才说的最后一句话,估计不用到上课时间李致硕就会知道……我嘴痛快完了,脸上倒有点儿挂不住:"刘楠,今天的课我不去了。李致硕要是点名,你就说我病了。"

刘楠真是好姐妹,听完我的话拿手机发短信:"我跟何佳怡她们说一声,我也不去了,陪你遛跶遛跶,散散心。"

都没心成啥样了,还散心呢?我拦住刘楠发短信的手,说:"我没事儿,你让我自己走走看看,你去上课吧!不用管我。"

刘楠对我很不放心:"你自己能行吗?我和你一起吧!"

左拦右挡,刘楠才勉为其难地自己去上课。看着刘楠的背影,我重重地叹了口气。我身上的衣服都能拧出水来,拿着伞反倒是累赘,刘楠非要把雨伞给我,我说什么都没要。

我妈总结过,我就属于那种巴掌不打在脸上就不会长记性的人……现在,是真长记性了,妥妥的。

如果说,李致硕听到我的话,会有什么样的反应?

第一种反应,是比较正常的。李致硕会一本正经地说:"金朵,我是你的老师,你怎么能说这种话?下回不要开玩笑了。"

第二种反应,是比较癫狂的。李致硕可能会气得跳脚:"金朵,马克思思想我是怎么教你的?你上学期的课程不想及格了吧?"

第三种反应,是比较淡定的。李致硕听完别人的讲述后,八成会瘫着脸说:"金朵你有病吧?"

当然,李致硕作为人民教师,是不会骂人的。

只要一脑补出李致硕听到我那话的反应,我就恨不得再给自己两耳光。我是脑子抽什么筋了,居然当着那么多学生的面说想给李致硕当小三的话?

别说李致硕今天的课我去不了,以后的课,我都别想去了。

我沿着公路,直至走到海边才停下。一屁股坐在沙石上,我拿出微潮的手机给刘楠发短信:"楠姐,刚才的事情李致硕知道了吗?"

"知道了。"刘楠短信回得很快,"你在哪儿呢?什么时候回来啊!"

我觉得我紧张得都要吐了:"李致硕怎么说的?"

这次,刘楠回复得有点儿慢。大概过了五分钟后,她才说:"李老师没说什么,就哦了一下。"

多么大气磅礴浑然天成淡定优雅的一个"哦"字。

看来,我还是不了解李致硕啊……

我重重地叹了口气,大大咧咧地躺在海滩上。雨点砸在脸上,我觉得卓玲刚才打的位置更疼了。

海上的天阴沉沉的,暗得要命,风吹得冻人,云层也跟着越卷越厚。仰头间,我甚至都能看清楚云朵之间水雾的拉动。没有云卷云舒的闲适,更多了几分乌云的张牙舞爪。

你是云朵,我是金朵。你能不受约束自由自在,我怎么就老是掉在自己画的圈里呢?

蒋小康的事情解决了,我心里反倒觉得舒了口气。

但为什么我还是想哭呢?

海边风大雨大,委屈没发出去,我反倒哭了满嘴的沙子。我一生气,猛地从地上跳起来。大海像是个树洞,我发泄地大喊:"喜欢就喜欢,还杀人啊?我就是喜欢了,我也没做什么!我就活动活动心眼,还不行啊?

"有什么大不了的?谁说别人买了西红柿,我就不能想吃西红柿了?谁说的谁说的!难道说,你家买了西红柿,所有人以后都不能喜欢西红柿了?也太霸道了吧!呸!"

我停下喊叫,呼呼地喘气:"喊,我以后改吃黄瓜不就得了。你们家的西红柿,你自己揣好吧!我还不稀罕呢!"

"哈哈哈,当然可以啊!"凌辉大笑的声音突然出现在我身后,"可是金朵,你是蠢到什么程度?改吃的黄瓜怎么还是别人家买的?"

我挺直了脖子:"我用你告诉我啊?我自己没瞎,能看见。"

多日不见,凌辉黑了不少,身上穿得花里胡哨。凌辉应该是瘦

/265

了,脸颊线条略显生硬。雨水一浇,凌辉寸长的头发全都打湿粘在脸上:"金朵,你是不眼瞎,但是你心瞎啊!你们李老师的岁数都该当爹了吧?"

"你怎么……你怎么知道的?"我脸红着辩解,"谁说李致硕该当爹了?他现在年纪正当年!不忙事业不忙工作,枉费大好时光!"

凌辉在我眼睛上比画了一下:"啧啧啧,你这对大眼睛算是白长了。你们李老师都这种情况了,你还在自己骗自己呢?"

我底气足了些,一说话嘴边的雨水被吹得到处乱飞:"你什么时候回来的?你怎么知道我在这儿啊?你都胡说八道些什么啊?有劲没劲?有意思没意思?"

凌辉拍着我的肩膀,我们两个一起坐在地上。凌辉把裤子往上扯了扯,笑着说:"你的问题,我一个一个回答……大概你开学那天我回来的吧!我怎么知道你在这儿……我早就告诉过你了啊,金朵,在你们学校,我是有眼线的。而我是不是胡说八道,你和我一样清楚。"

"至于有劲没劲,有意思没意思……"凌辉笑着露出嘴角的酒窝,"我很明确地告诉你,有劲,很有劲。有意思,很有意思……你知道吗?金朵,这个世界上,再也没有比我看着你倒霉还有劲还有意思的事儿了。"

唉,我就知道是这样。

又是被扇耳光又是扇人耳光,我折腾得已经没有力气了:"是吗?"

"怎么了?"凌辉一撞,我差点儿趴在地上,"金朵,你的战斗力呢?这可不像你啊!小时候我欺负你,你还记得吧?你拿着铲子追着我跑了三条街……"

凌辉没有激发我的战斗欲望,我想哭的感觉反而更甚。自己忍不住又怕凌辉笑,我只能转过头捂着脸小声地哭。

"我就说你,你从来就是只跟我有本事。"凌辉使劲儿将我拉进他的怀里,还像往常我犯错误时那么教育我,"那个李致硕,是你能喜欢的吗?我都给你打听过了,李致硕完全就是个鬼见愁。"

"你说这个有啥用？"我把鼻涕都抹在凌辉的衣服上，"还鬼见愁……我又不是鬼。"

凌辉难得好脾气地道："是是是，你不是鬼，你是美少女，你是水冰月，行了吧？不过我说正经的啊，你要是水冰月，李致硕也不是夜礼服假面。"

"就李致硕那家世那长相那身段那个头，有多少姑娘惦记着呢？那么多的大波僵尸妹都没拿下，你干瘪得跟豆芽菜似的怎么可能会有希望。"凌辉估计想让我置之死地而后生，"李致硕女朋友出的那档子事儿你知道吧？我这么跟你说吧，除非李致硕的女朋友跟别人幸幸福福结婚，不然的话，你和李致硕没机会了……而李致硕的女朋友现在过正常人的日子都困难，怎么还可能跟别人结婚？"

"你上哪儿打听来的啊？"我从凌辉怀里钻出来，皱眉问，"李致硕家的事儿，别人不应该知道啊！你怎么打听得这么详细？"

凌辉在我的大额头上拍了一下："别人是不知道啊，但我又不是别人。你看你眼睛瞪得，我告诉你不就得了……李致硕家新请的看护，是我家的如姨。"

我惊讶："你妈把如姨开除了啊？"

凌辉耸耸肩："怎么可能？我妈就是不要我，也不能不要如姨啊……我听说李致硕家缺个看护，就把如姨介绍去了。如姨，那就是我安插在李致硕家的眼线。李致硕那个女朋友挺依赖如姨的，李致硕白天在学校上课不在家，她什么事儿都跟如姨说。而我又是如姨一手带大的，如姨又什么都肯对我说。"

我不哭了，急着问他："如姨都问出什么来了？"

"你早给我打电话，不就好了？"凌辉仰头，眸子里映出天上的大片乌云，"金朵，你要是早想起来给我打电话，是不是也没这么多事儿了？"

我照着凌辉的后脑勺儿拍了一下："我是你表姐，你少跟我卖关子！我问你什么，你就给我答什么。"

"你算哪门子表姐啊？"凌辉不满地辩解，"我可从来没承认过你是我的姐姐。"

见我又要哭，凌辉受不了地挥手："好了好了，我真服了你了。

金朵,你能不能别哭了?"

"嘤嘤嘤……"我跟示威似的,哭得更大声了。

"闭嘴吧,你再哭,我可一句话都不说了啊!"

凌辉的话很管用,我立马止住了哭声。凌辉厌弃地看看我,说:"先不说李致硕会不会喜欢你,只要燕飞晓活着,他就不可能跟你有什么……当然,如果燕飞晓死了,你俩更不可能。我简直不敢想象,燕飞晓死了的话,李致硕会干吗。我估摸着,李致硕的爸妈现在也怕这个。所以最近,李致硕的爸妈才回国的。"

"燕飞晓家不就是有一堆讨厌的亲戚嘛。"凌辉摸摸下巴,"对李海波来说,和自己儿子比起来,那些都可以忽略不计。"

"就这样?"

"就这样啊,你还以为有什么。"

要是这样我用你说?我自己不知道吗?

我懒得理凌辉。

"金朵,咱们小时候玩的游戏你还记不记得?"凌辉问我。

我故意找碴:"咱们小时候玩的?咱们小时候玩了那么多,我怎么知道你说的哪个?"

凌辉强行拉着我起来:"就是小时候挖坑抓螃蟹啊,什么什么的。我记得小时候你爸爸周末就喜欢带咱俩来海边玩。他挖坑灌水,把咱俩泡在坑里。"

"你要是这么说的话……"我破涕为笑,"小时候你光屁股泡在海水里,还被螃蟹夹过小丁丁。"

凌辉笑得虚假:"金朵,我真是谢谢你提醒我……来,咱俩再玩一次?"

我俩现在已经这么大了,这得挖多大的坑啊?

在我提出疑问后,凌辉又是咧嘴一笑:"没关系,我有办法。"

凌辉动作迅速地弯腰,他手伸到我的腿弯处打横将我抱起来。我惊慌失措地叫:"干吗?你想干吗?"

"带你泡海水澡,哈哈哈!"

下雨天海边没有人,凌辉的行为也更加肆无忌惮,抱着我往海里冲,我吓得哇哇乱叫。等到水不算深的位置,凌辉抱着我跳进了海里……我发潮的手机,估计是报废了。

"哈哈哈,金朵。"凌辉的脸上都是海水,他眯着眼睛坏笑,"多日不见,你的屁股又大了啊!"

我把又咸又苦的海水吐掉,同样眯着眼睛看他:"凌辉,你再不把放我屁股上的手拿走,我就切了你的小丁丁。"

凌辉讪笑着收回手:"抱歉,习惯了。"

虽然凌辉胡闹了些,但是感谢有他,我的心情好了不少。在海里打打闹闹一会儿,我慢慢感觉有点儿冷:"凌辉,我们上去行吗?"

"金朵。"我旁边的凌辉突然抬手指了指岸上,"你看沙滩上的那把伞,细白条纹的……我没看错吧?那伞好贵呢!市场价要一千多块。"

我对奢侈品的认识都来自凌辉,对这些烧钱败家的东西没丁点儿兴趣。一千来块钱买把伞?纯粹是脑子有病。

我打了个喷嚏抽了下鼻子:"那么贵的伞,我怎么会认识……不过,那么贵的伞,怎么会有人丢在这儿?"

"你管它是谁的呢!"凌辉踏着浪花颠颠往回跑,"人家不要,咱们要呗!谁知道是哪个文艺男教师丢这儿的?是吧!"

文艺男教师……为什么我觉得凌辉的话,似乎是意有所指?

"你看见谁放这儿的了?"我问他。

凌辉摆明撒谎:"没啊,我没看见。"

"还是别了。"海浪太大,我险些被冲倒。学着凌辉的样子,我也踏浪回去,"万一人家一会儿过来拿呢?这么大的雨……"

凌辉手长脚长,跑过去拿着伞转了转。黑底白条纹的伞面一转,晃得我有点儿眼花,他将伞撑在我头上方笑了笑说:"有伞不撑,你真是傻了,走吧金朵。"

天跟破了个洞似的,雨是没完没了地下。我们学校浴室是太阳能的,天气糟糕成这样,估计热水也没有……我和凌辉打着伞,满身的海盐,最终决定回我家。

我们两个身上湿漉漉地滴着水,没有司机愿意接我们的单,还是凌辉加了两百块钱的洗车费,司机这才点头同意。

从早上到现在还没吃饭,我饿得是头昏眼花。到家之后,凌辉打电话叫了大餐……唉,凌辉花点儿钱就花点儿钱吧,谁让我是个失恋的人呢?

我恋爱之前是孙子,失恋了倒成了大爷。洗过澡吃过饭,我和凌辉一起靠在沙发上。凌辉甩着脑袋上的水,笑话着我说:"金朵,三岁看到老啊!你被蒋小康骗,早就有预示了。想当年……"

和凌辉聊聊以前的事儿,还挺有意思。比如小时候凌辉来我家玩的时候忍不住在我窗台上拉屎啦,比如凌辉跟我偷柿子被邻居家的狗追啦,再比如我去凌辉家把氧气泵关了把他家的鱼憋死啦,等等。

我们两个嘻嘻哈哈聊了一下午,直到我妈回来才停下。

我妈回到家还觉得奇怪:"你俩怎么都在家?金朵,你今天没课吗?"

"学校浴室没开门,我回来洗个澡。"我避重就轻地说。

我妈很会挑重点:"我昨天给你打电话的时候,你不是洗过了吗?怎么今天又洗?"

凌辉的存在,再次有了价值:"因为凌辉把我丢海里了。"

以往我怎么告状,我妈都是偏袒凌辉的……但是我妈今天不知道咋的了,拿按摩捶给了凌辉一顿打:"你个混小子!就会闹你朵朵姐!那大海是开玩笑的吗?这种天气,要是有什么意外怎么办?"

我妈平时偏袒凌辉,我觉得心里不高兴,现在教训凌辉,我又觉得过意不去。我赶紧拉住我妈开玩笑:"你是我亲妈吗?你是不是凌辉妈妈变的啊?"

说完,我同样挨了我妈一顿教育。事实证明,我妈还是原来的配方还是原来的味道。

经过一天的折腾,我的手机是彻底报废了。我身体比较"健壮",淋一天雨没感冒不说,反倒连打喷嚏都治好了。

隔了五天后,我才回学校上课。居然没有同学讨论我喜欢李致硕的事儿,我忍不住奇怪:"我那天都说要给李致硕当小三了……咋没人讨论呢?"

"你这几天都是因为这句话不来的啊?"刘楠后知后觉地明白过味儿来,笑道,"我的傻妹妹哟,谁会把你那句话当真啊?"

啊?不会有人当真吗

"当然不会啊！"刘楠好笑地解释给我听，"你想啊，你当时那种情形，大家肯定都以为你在说气话吧？女人不就是喜欢说什么，我嫁猪嫁狗也不会嫁你吗？你那天说的话，和这句话等同。"

呃，嫁猪嫁狗和嫁李致硕等同……李致硕是等同猪还是等同狗。

我说我妈怎么能如此淡定，原来大家都是这么想的啊！瞬间，我有一种心花怒放的感觉。

"可是，李致硕也是这么想的吗？"我很介意李致硕听到这句话时的回答。

刘楠再次挥挥手："李老师你还不知道吗？他上课的时候，全程不是基本面瘫。"

不知道是喜是悲，我闷闷地说："也是。"

"金朵……"刘楠挤眉弄眼地撞撞我，"既然你这么关心，不如你去李老师家看看他吧？"

"啊？"我怀疑自己听错了，"你说让我去李老师家看他？"

刘楠说风就是雨，大力一推我，我差点儿摔在地上："是啊！你去看看嘛！你不考虑别的，就想李老师平时那么照顾你……你周一没来上课，他都没说点名呢！"

呃，要是这么说的话，李致硕还真算仁慈了。

"行吧！"我还是有点儿犹豫，"楠姐，我……"

"我什么我啊！"不容分说，刘楠推着我就往校外走，"走吧！我陪你一起，到时候你自己上楼，我就在楼下等你。"

刘楠的话给了我无限的力量，我心里那些被水浇灭的死灰甚至开始复燃。刘楠推着我走了没多远，我又停下："楠姐，我觉得……"

"你闭嘴吧！"刘楠义正词严地教育我，"金朵，我算发现了，以后做重大决定的时候千万不能让你自己去。我不帮你保驾护航，就不行。"

"楠姐，不是……"

"你给我老实点儿！"刘楠很严肃，掐着我的肩膀都有点儿用力，"听我的，去看李老师。不行的话，你当陪我还不行吗？"

"刘楠！"我甩开刘楠的桎梏，好不容易才把自己的话说出来，"我可以去！但是你先告诉我，你知道李致硕家住哪儿吗？"

"……"

还是刘楠本事大，很快就从其他班委那儿问到了李致硕的地址。地址拿到手，我又有点儿往后躲："楠姐，要不然，算了吧？"

"地址都要到手了，你跟我说算了？"刘楠架着我的胳膊，昂首阔步地往前迈，"走吧！

李致硕家住在新开发区，基本特点就是地大房多公交车少。下了公交车，我和刘楠又走了半个小时。到了李致硕家楼下，我抢先一步挡住刘楠按门铃的手："楠姐，你和我一起上去吧！"

"我去干吗啊！"刘楠的态度很坚决，"金朵，你也老大不小了。自己的事情自己做，自己的情债自己还。趁着这个机会，好好观察一下李老师的态度。明白李老师是什么意思了，你也不纠结了，对吧？不然的话，你自己也总惦记着这个事儿不是？"

"不行不行！"我猛地摇头，"你了解我啊！我一紧张，就说话打结。说话一打结，脑子也跟着打结！楠姐，你救我！你和我一起上去吧！"

"金朵！你松手！你别扯我的袖子！这样太难看啦！"

我和刘楠拉拉扯扯也没注意到，一旁的大铁门不知道什么时候打开了。直到李致硕的咳嗽声响起，我和刘楠才尴尬地停下。

天气不算冷，李致硕却穿着粗线毛衣外套。他气色不好，脸上是病态的白皙，脚上穿着拖鞋，手里拎着垃圾。在我和刘楠之间看了一圈，李致硕的嗓音沙哑地响起："你们两个干吗呢？"

"探病。"

"路过！"

李致硕很不能理解地转头问我："金朵，你路过……路过到近郊的我家楼下来了？"

刘楠用一种无可救药的眼神看我……我就说了嘛，我紧张的时候脑袋会抽筋的啊！

李致硕没理会我们两个乱七八糟的解释，他剧烈地咳嗽完侧身："进来吧！"

既然被发现了，刘楠也不用走了。刘楠不走了，我心里就有底多了。我笑呵呵地扯着刘楠的胳膊往里走，生怕刘楠跑了。

跟着李致硕上了电梯,他抬手按了顶层十八层。我的脑袋再次抽筋:"哟,李老师,你家住十八层啊?"

我是太不安,所以才会话比较多。刘楠狠狠掐了我一下,我立马闭嘴。李致硕始终面瘫脸,声音喑哑:"是地上的。"

李致硕的冷幽默……好冷啊……

出了电梯,李致硕带我和刘楠进屋。首先映入眼帘的,就是李致硕和燕飞晓大幅的喜庆中式婚纱结婚照……我这哪里是来找答案的,分明是来找虐的吧?

李致硕家是一居大开间,一百多平方米,除了厕所以外,所有地方都是一目了然。榻榻米,开放式厨房,酒柜吧台吊秋千,纯西式的装修。

"走吧!"刘楠几乎是在后面推着我,要不是她堵在门口,估计我早转身跑了,"李老师,你家拖鞋在哪儿呢?"

没注意李致硕和刘楠在聊什么,我一直盯着李致硕和燕飞晓的照片看。有了灯光美光的效果,照片里的燕飞晓看上去少了病态多了甜美……燕飞晓要是没病的话,他俩现在应该就是这么幸福吧?

刘楠笑着和李致硕打哈哈,说出了我没能说出来的话:"李老师,你这照片照得不错啊!你是要结婚了?到时候记得要通知我们啊!"

李致硕没说话先咳嗽,他感冒真的很严重。咳了好一会儿,李致硕才说:"这个是好久以前照的了。"

我隐约记得,李致硕和燕飞晓结过婚,只不过最后被燕飞晓的家人一闹,他们两个的婚姻被判无效罢了。

"坐吧!"李致硕抽纸给自己擦鼻子,哑声问,"你们两个想喝什么?"

刘楠几乎是刚坐下,立马起来:"你看我这记性,我差点儿忘了。今天班务会议,我要跟班长去清算班费,等到国庆节的时候可能有活动……那什么,我先走了啊!"

"金朵,你留下来照顾一下李老师。"刘楠毫不留情地把准备起身的我推回了沙发里,"是我有事儿,你又没事儿,你着急走什么啊?李老师,是吧?"

/273

没用李致硕答是不是，刘楠迅速丢下我走了。李致硕家的大门"砰"的一声关上，刘楠也消失不见了。

"真是够朋友。"我哭笑不得咬牙切齿地嘀咕。

李致硕堵塞的鼻子影响了听力，他眼神迷惑地问我："金朵，你说什么？"

"没什么！"我笑得无比诚挚，"李老师，病得这么严重，你怎么不去医院看看？"

李致硕表情不适地摇摇头："不喜欢医院的药味儿。"

李致硕又问道："金朵，你来是有事儿吧？你和蒋小康的事儿，我听说了，你周一旷的课，我不会记的。"

"那真是谢谢李老师了，我……"

"哦，对了。"李致硕自然地打断我的话，"你的补考成绩出来了，你没有挂科。"

"没有挂科？"我笑得自然点儿了，"谢谢老师！我的'马克思'也过了？"

"为什么不过？"李致硕眼睛被揉得通红，他抽着鼻子，"你上学期虽然出勤率不怎么样，但是好在表现良好……鉴于你擦黑板时候的突出表现，我平时分给你满分。折合折合，添加添加，差不多就够了。"

虽然李致硕说得好像跟他没多大关系似的，可补考卷子答得怎么样我自己太清楚了……我由衷地说："谢谢李老师，谢谢你。"

"没事儿。"李致硕一感冒，他的脸好像更瘫了，"教书育人，我是领工资的。"

李致硕似乎很擅长如何迅速地让场面陷入僵局，他一句话之后，我又不知道自己该说什么好了。

正当我想不出该如何打破僵局时，不知道从哪个角落里突然窜出一条棕色的小狗，毛茸茸的，直接冲着我奔了过来。小狗抱着我的腿，便开始来回地晃。我吓得尖叫，接着便一动不敢动。

"朵朵！"

"啊？"我吓得脸色发青，"你在叫我？"

李致硕指指他家的小狗："我在叫多多，多少的多。"

可是我怎么听着像朵朵……

李致硕从沙发上起来,揪着多多的脖子将多多丢进了厕所。李致硕脸色稍红,解释道:"自从上次吃了你的包子后,它就有点儿……呃,躁动。"

躁动,没事儿,我安抚自己受惊的心脏。不怕不怕,只是躁动而已。

"我挺好的,感冒吃点儿药就好了。"经过了多多的躁动事件后,李致硕怎么都觉得别扭。他坐回沙发上,裹了裹身上的毛衣,说,"金朵,没什么事儿你回去吧!我有点儿不舒服,想休息了。"

"哦。"我尴尬地抽出纸擦擦裤子,起身告辞,"那你好好休息,我先……"

话说到一半我愣住了,我的注意力被李致硕家门口的伞架吸引了。

李致硕家的伞架应该是红木的,看上去光泽很好。挂伞的位置总共有两个,一个挂着伞,一个挂着伞套……而挂着的那个伞套,跟我在海边捡到的伞看上去是一样的。

"这伞是你的?"我呆愣愣地站着,"我就说嘛,原来凌辉当时真的另有所指……我和凌辉在海边说的话,你听到了?"

李致硕身子陷在沙发里,他身体不舒服也没有起来,表情让我猜不透真伪:"什么?什么时候在海边?"

"周一我和蒋小康还有他女朋友吵架之后。"我也不想猜来猜去,干脆有话直说,"你是不是去过海边?你把伞给我留下了,你自己淋雨回来的……所以你才会感冒,对吗?李致硕,你到底去没去过?"

听我叫李致硕而不是李老师,他明显愣了一下。可很快,李致硕避重就轻耸耸肩:"我应该去过吗?"

我反问:"应该?"

这两个字说明了一切,李致硕他完全明白我的真实想法。

"不应该。"我心里很清楚,"很不应该。"

屋子里静悄悄的,隔了几秒钟,李致硕才开口说:"既然不应该,那我就不应该去,不是吗?"

"哦。"我留在这儿好像没什么太大的意义,"你好好养病,我先走了。"

/275

我在玄关的位置换了鞋，可刚要开门，又脱掉鞋走了进来。李致硕被我吓了一跳，身子很明显地往沙发后面靠了靠："金朵，怎么了？你怎么又回来了？"

"既然你都知道了，我还是想当面把事情告诉你。"已经失恋了，那不如失恋得彻底些，"李致硕，我是挺喜欢你的……虽然你有女朋友，但我也没觉得我的喜欢有什么好丢脸的。"

我不知道我和凌辉的话，李致硕到底听去了多少，我索性大方点儿全说了："我知道你有女朋友，我知道你不能和燕飞晓分手……你不用害怕，我就是想把自己的想法说出来……等到我毕业之后，我们两个估计也没什么机会见面了……如果我不说出来，我怕以后的日子太长，把自己憋坏了。"

费了好大的劲，我才没让自己哭出来："李致硕，我喜欢你，是喜欢你的有担当……你能对燕飞晓负责到底，我甚至觉得自豪……我喜欢你的坦白，可为什么你对我坦白一次那么困难呢？我就是想知道你是不是明白我的心意，我要一句真话就这么难吗？"

李致硕眼神灼灼地盯着我，有那么一瞬间，我觉得自己的心跳都静止了。我只能听到李致硕艰难的呼吸声。

又是一阵剧烈的咳嗽过后，李致硕脸色涨红，声音平静地对我说："金朵，这学期结束，我和飞晓要去美国了。或许不会再回来……"

再次抬头看了看墙上挂着的结婚照，我忽然觉得，事情本来就该如此。

"金朵，其实……"李致硕停顿了半秒钟，说，"飞晓，她……"

"哈哈哈——"也不知道自己为啥要笑，反正我是笑得很开心。我走过去拍了拍李致硕的肩膀，"你不用跟我说，致娜姐都告诉我了，我都懂。"

李致硕偏头看看我拍在他肩膀上的手，轻声说："不，你不懂。"

我微微怔住："你说什么？"

李致硕冲我笑了笑，笑容苍白无力，他摇了摇头，仿佛刚才一瞬间失态的人不是他，他说："我说，你懂就好。"

感冒严重的李致硕，声音沙哑得像是在哭。

虽然我还是没太明白李致硕是怎么想的,不过这次我总归明白了自己有多幼稚。这个世界上,有很多东西比自己的感情要重要得多。比如说责任,比如说承诺。

李致硕是个有担当的男人,他清楚自己背负的是什么。而我说了这么多话,并不是想改变什么。所有关系早已成定局,我把自己的想法说出来,为的只是,不辜负自己。

不辜负自己的青春,不辜负自己的爱。

这些本应该藏在心底的话,今天全都被我挖了出来。虽然会觉得有点儿羞赧,可我并不后悔。可能是性格所致,可能是天性使然。即便这段感情禁忌又苦涩,但我还是想告诉他,说给他听。

瞧,李致硕,在我金朵最美好的年华里,我曾深深地爱过你……很可惜,在适当的岁月中,我没有遇见你。

我十分狼狈地从李致硕家跑了出去。

害怕面对李致硕,我藏在家里身体倍棒吃嘛嘛香地过了三天,我妈强硬地将我拎着送回了学校。我可怜兮兮地哭求:"妈,我生病了,真的,我特别难受。虽然没表现在我的生理上,但是我心理上已经病入膏肓了。"

"金朵,你可真废物!"我妈明显话里有话,"多大点儿事儿啊,你就不去上学了?你要是这么没出息,可别说你是我的女儿……周四第一节是什么课?我送你去。"

李致硕的课……

被我妈逼着,我不得不来学校上课。我带着上坟一样的心情来到教室,可意外地,我并没看到李致硕。

我无比惊恐地看着讲台上年纪能当我爷爷的老教授,问刘楠:"李致硕呢?他请假了?"

刘楠拉着我的手,嘿嘿一笑:"这两天我没打通你的手机,其实我想告诉你……"

"怎么了?"我皱眉,"干吗话说得吞吞吐吐的?到底怎么了?"

刘楠深吸一口气,闭着眼睛说完:"李老师辞职了,回美国去了,应该不会再回来了。"

我眨眨眼,拿出课本放在桌子上。我的脑子里一片空白,我听

我很好，只是忘不掉

到自己说："哦。"

"金朵？"刘楠不太放心地拉拉我的袖子，"你没事儿吧？"

"没事儿。"我无比平静，忽然觉得这样也蛮好，"听课吧！以后都是这个老教授教吗？楠姐，那个交流生的表格还能交是吧？你有多的吗？能给我一张吗？"

"好。"刘楠一边看着我一边把表格递给我。

"谢谢。"我面无表情地继续听课。

李致硕走了，整个学校好像都空了。

李致硕走了，我的整颗心也都空了。

他是老师，我是学生。他有不离不弃的恋人，我的年纪还小……其实想想，李致硕这样的决定，对我们两个都好。

或许，李致硕他也是想保护我的吧？

李致硕一走，我像是突然转性了。我努力地上课，拼命地读书，放弃了所有的课外活动，专心致志地准备交流实习。

对于我的转变，我妈乐得合不拢嘴。我每天晚上在家看书看得鼻血直流时，我妈都笑得拍大腿："朵朵，这才对嘛！这才是妈妈的好女儿！努力，争气，妈妈在办公室扬眉吐气可指望你了。"

我提不起兴趣，始终无言。

感谢我还算好用的智商，在努力了三个月后，我顺利考上了去中国台湾的交流生。虽然不是学校里最好的，但好在不是最差的。

唉……

等到我爸妈将我送上飞机，我才意识到发生了什么。这几个月来的委屈全都涌上，我窝在挡光板的位置哭得畅快淋漓。

哭吧，金朵，哭吧。我告诉自己，哭完你就好了。

这个世界上，有很多感情是不应该的。爱上有主的男人，不应该。爱上自己的老师，不应该。可在这个世界上，偏偏有很多感情是不受自己控制的。即便是明知道不应该，也还是发生了。

也许是命中注定，又或者是孽缘天生……能怪谁呢？谁也不能怪。

那些道理我全都懂，但我还是控制不住伤心难过。过往的点点滴滴好似漫不经心，此刻却有种刻骨铭心的力量。回忆翻搅着往上涌，瞬间将我淹没,疼得无法呼吸。

微风细雨,繁华一路,早已刻进记忆,无法抹除。

哭吧,金朵,哭吧。

我对自己说,我很好,只是忘不掉。

而就在我释放得畅快淋漓之际,空姐推着餐车缓缓过来:"打扰一下,请问你们要喝点儿什么?"

"我要一杯咖啡,给我旁边的小姐来一杯橙汁。"我还以为自己听错了,凌辉突然在我旁边的座位上说话了,"有纸巾吗?麻烦你帮我多拿些来。"

听到和凌辉相似的声音,我瞬间全身的细胞都抖擞了。要是凌辉知道我在飞机上哭,指不定怎么跟我妈说呢!我拼命用袖子蹭鼻涕,身旁男人猛地抓住我的手:"干吗呢?脏不脏啊!"

我不敢摘了眼罩,脸对着旁边的座椅问:"你谁啊?先生,你哪位啊?"

"哈哈,你猜我是谁啊?"凌辉的话语里兴致盎然,"大屁股金朵,你真是没出息啊!我就猜到你会哭,所以我偷偷买了机票跟来了……喂,你把眼罩摘下来,我看看。"

把眼罩摘下来?你当我傻吗?

我不傻,凌辉也不傻。凌辉拍着巴掌逗弄着我说:"金朵啊金朵,你呼蒋小康泥巴时的气势哪儿去了?你扇蒋小康耳光时的气势都哪儿去了?现在你连个屁都没有,溜溜地跑了……金朵啊金朵,你的大屁股白长了啊!"

凌辉一惊一乍的语调,真真是气死人不偿命。我气得一把扯下眼罩,怒气冲冲地瞪视他:"行!看吧看吧看吧!我就是哭了,我就是没出息!你管呢?我愿意!"

"我不管你,谁管你啊?你以为李致硕那个没良心的会管你?"凌辉的大手伸到我的脑后,按着我的后脑勺儿拉我进他怀里,"金朵,你总是把脸藏起来,把屁股撅起来露在外面……说你傻,一点儿没冤枉你。你浑身上下就是屁股肉多!你还非要露在外面给别人咬。"

凌辉虽然是在对着我讽刺挖苦嘲笑打压,可我还没那么没心没肺听不出他是在关心我。有人跟着一起,我瞬间放心不少。我把整

/279

个脑袋都藏在凌辉的怀里，掐着他的衣领隐忍而小声地哭。

周围可能是有回头张望的乘客，全被凌辉不客气地吼回去："看什么看？没看过女人哭啊？"

我的额头靠在凌辉的怀里，他一说话整个胸膛都嗡嗡响。和李致硕比起来，凌辉的上身稍显瘦弱，可此时此刻，让我无比安心。

有凌辉给我撑腰，我哭得踏实多了，把鼻涕都抹在了他的胸口。凌辉听我哭出声，笑得更加开心："这就对了，失恋嘛，多大点儿事儿。哭出来，就好了。"

从城区到台北，我挥洒了一路的泪水。

下了飞机出了机场，听着不熟悉的方言和对话，看着眼前熙熙攘攘的人群……我这才意识到，我真的是离家了。

凌辉护送一路，手续行李都是他在办。见我望着大街发呆，凌辉笑着用手在我眼前比画："Welcome to Taiwan！"

我站在大街上看着人流，好半天都没说话。凌辉拉着箱子走在我前面，我心里默默地念着，中国台湾，你好。

李致硕，再见，或许真的再也不见……

新书抢先看 / 好书半价购 / 编辑作者亲密接触 / 线下书友会聊天交朋友

大鱼品鉴团招募啦！

快来加入大鱼品鉴团吧！

招募君教你如何入团，轻松两步就可以搞定

Step1
添加大鱼文化品鉴团 QQ：1514732198 为好友

Step2
将姓名＋城市＋年龄＋性别＋手机号码＋QQ号码信息发送至品鉴团 QQ 即可。

（这些信息主要是方便团长可以及时找到你，给你送券送礼物送福利神马的，千万不要想歪了）

以下是品鉴团福利项目，主人快来领走我吧！

1. 获得大鱼文化淘宝官方旗舰店 **55 折购书券**，可任意购买你心仪的图书哦！
2. 获得品鉴员独一无二的编号，每月抽奖，送大鱼文学最新图书或杂志。
3. 品鉴团 QQ 空间定期连载大鱼文学最新图书，不参加活动也能免费看新书。
4. 更有机会成为大鱼特约品鉴员，优先参与大鱼各种见面会，与编辑作者近距离接触！

大鱼文学小档案

- 我们是一支年轻而富有创造力的团队，我们崇尚真爱，不忘初心，从不放弃梦想。
- 我们有一批知名的大牌作者入驻，莫峻、烟罗、籽月、随侯珠、林家成、十四郎、麦九、岑寒、阿Q等。
- 我们还有一群支持我们的可爱读者，她们的名字叫美人鱼；
- 我们也策划出很多好口碑的图书，如《初晨·夏木·后来》系列、《小情书·彩虹》、《星星上的花》、《别那么骄傲》、《重生之名流巨星》等。其中《夏木》与《别那么骄傲》《名流巨星》都已开始进行影视剧的改编，未来将搬上大荧幕和大家见面哦；
- 我们的品牌 LOGO 是

如何购买到大鱼文学的产品

1. 全国各大新华书店、书城、书报亭、书店都可以买到大鱼文学的产品；
2. 当当网、亚马逊、京东、天猫等网上书店也都能买到大鱼文学的产品。
3. 官方淘宝店"大鱼文化"不仅可以买到所有大鱼文学的图书杂志，还有独家签名版和独家礼品版以及作者周边产品哦。

【打开淘宝，搜店铺"大鱼文化"即可进入官方淘宝店选购】

鬼马作者**准拟佳期**，
紧接《姻缘劫》后最新力作！

书名：小白，快跑
作者：准拟佳期
定价：24.80
系列：心动联萌

**2016年1月
爆笑上市！**

学霸 = 学习好 + 恶霸
学长 = 学习好 + 长得好
} 而这些都 = 祁让

腹黑学长智商碾压
小白学妹避之不及

祁让与顾潇白的奇葩日常

"学校要举办一个酒会你知道吗？"
"嗯。"
"我缺个舞伴，你正好四肢健全，一起去吧。"

"学长，要不一起做卷子玩？"
"也好。上次一起去买的微积分的还有吗？"
"管够！"

"你早晚是要学会做饭的，最起码你得会西红柿炒蛋吧？"
"为什么呀？"
"我喜欢吃。"

"学长……"
"叫我祁让。"
"祁让学长。"
祁让脸一黑，变脸跟变天似